HAYMON verlag

Edith Kneifl

Blutiger Sand

Kriminalroman

Für einen Ho-Chunk namens Craig

Auflage:
4 3 2
2015 2014 2013 2012

HAYMON verlag
Innsbruck-Wien
www.haymonverlag.at

ISBN 978-3-7099-7004-1

Umschlag- und Buchgestaltung, Satz:
hœretzeder grafische gestaltung, Scheffau/Tirol
Coverfoto: www.shutterstock.com/AR Pictures

Gedruckt auf umweltfreundlichem,
chlor- und säurefrei gebleichtem Papier.

Prolog

Amarillo, Texas, Oktober 1992

Vollmond über Texas. Die untergehende Sonne verwandelte den Mond in einen prallen roten Ballon. Das Pärchen in dem weißen Trailer würdigte das prächtige Schauspiel am Himmel keines Blickes.

Rita und Max Kafka waren zehn Stunden lang durchgefahren. Obwohl sie sich am Steuer abgelöst hatten, fühlten sich beide wie gerädert.

Am frühen Abend erreichten sie Amarillo. Die Stadt, im Westen Texas' gelegen, erschien ihnen nicht gerade sehenswert. Sie hielten beim nächsten Supermarkt und kauften fürs Abendessen ein.

Der schwarze Chevy, der seit ihrem letzten Stopp an einer Tankstelle hinter ihnen hergefahren war, blieb ebenfalls auf dem riesigen Parkplatz stehen. Keiner der beiden Männer stieg aus.

Während Max die Einkäufe im Trailer verstaute, warf Rita einen neugierigen Blick auf den Chevy. „Ich habe gedacht, amerikanische Männer wären emanzipierter als europäische. Aber die sitzen bloß blöd im Auto herum und lassen ihre Frauen allein schleppen. Wahrscheinlich ist Einkaufen unter ihrer Würde."

„Diese Texaner sind eben noch richtige Männer", sagte Max grinsend.

Max Kafka war ein groß gewachsener, grauhaariger Mann Mitte fünfzig. Bis vor kurzem hatte er in der Druckerei eines großen österreichischen Verlages gearbeitet. Als die Sozialdemokratische Partei ihre Tageszeitung und zugleich den Verlag eingestellt hatte, war er, so wie alle anderen Mitarbeiter, entlassen worden. Mit der Abfertigung hatte er sich den größten Wunsch seines Lebens erfüllt: eine Reise quer durch die Vereinigten Staaten, von Chicago nach Los Angeles, auf der legendären Route 66 oder zumindest auf dem, was davon übrig war. Seine Frau war von dieser Idee sehr angetan gewesen. Ihr als Zigeunerin liege das Herumfahren ohnehin im Blut, hatte sie lachend gesagt. Allerdings hatte sie darauf bestanden, die Reise in einem bequemen Wohnmobil zurückzulegen anstatt auf dem Rücksitz einer Harley Davidson, wie es ursprünglich Max' Plan gewesen war. Es wurde nicht lange diskutiert, Max kannte seine Frau gut genug, um zu wissen, dass sie in wichtigen Fragen meist ihren Kopf durchsetzte.

Von Amarillo aus fuhren sie nun weiter Richtung Westen bis zur Cadillac Ranch. Es war zu dunkel, um mehr als die Silhouetten der alten Cadillacs zu erkennen, die senkrecht – nur die Hecks ragten heraus – in die Erde versenkt worden waren.

Auf ihrer Straßenkarte war in der Nähe des skurrilen Autofriedhofs ein Self-Service-Campingplatz eingezeichnet. Sie folgten den Schildern. Die Gegend wurde unwirtlicher, die Straßen schlechter. Keine Häuser weit und breit. Plötzlich tauchten im Mondlicht silbern schimmernde Aluminiumdächer auf.

Max warf ein paar Dollar in den Schlitz eines Kästchens am Eingang des Campingplatzes. Der Schranken öffnete sich automatisch.

Er parkte das Wohnmobil in der Nähe der schwach beleuchteten Sanitäranlagen.

Kein anderer Wagen war zu sehen.

„Wir sind anscheinend die Einzigen hier." Max klang nicht gerade begeistert.

„Na und? Das ist doch toll! Oder bist du nicht mehr gern allein mit mir?" Rita zwinkerte ihm kokett zu. „Schau, hier gibt es sogar Waschmaschinen und einen Getränkeautomaten. Diese Amis haben für alles Automaten. Wie praktisch!"

Max blickte sich um. „Ich weiß nicht, ich hab so ein mulmiges Gefühl. Sollen wir uns nicht lieber einen etwas belebteren Platz suchen?"

„Was ist denn los, mein kleiner Angsthase?", neckte Rita ihren Mann, der um mindestens einen Kopf größer war als sie. „Ich kann keine Minute länger mehr sitzen. Mir tut das ganze Gestell weh. Dir nicht auch? Gib's zu. Soll ich dich nachher ein bisschen massieren?"

Vielleicht war es die Aussicht auf eine ihrer wundervollen Massagen oder einfach nur seine Gutmütigkeit, jedenfalls gab er nach. „Wie du meinst, mein Schatz."

Sie teilten sich ein Coke, bevor Rita die Schmutzwäsche zusammenpackte und hinüber zum Waschsalon brachte.

Die Nacht war sternenklar. Es war kühl geworden.

Max stellte den kleinen elektrischen Grill im Freien auf. Mithilfe eines Verlängerungskabels schloss er ihn am Stromkästchen neben ihrem Stellplatz an und legte zwei Steaks und zwei große, in Hälften geteilte Kartoffeln darauf.

Als Rita zurückkam, schienen die Steaks halb durch zu sein. Die Kartoffeln fühlten sich ziemlich hart an.

Max öffnete eine Flasche Rotwein, schenkte seiner Frau und sich selbst ein und stieß mit ihr an.

„Zu blutig?", fragte er nach dem ersten Bissen.

„Nein nein, mir kann's nicht blutig genug sein", antwortete Rita lachend.

Sie bemerkten nicht, dass sie beobachtet wurden, während sie die Steaks und die halbrohen Kartoffeln mit ein paar Gläschen Rotwein hinunterspülten.

Die beiden Männer in dem schwarzen Chevy waren ihnen vom Supermarkt aus gefolgt. Mit abgedrehtem Motor und ohne Licht hatten sie ihren Wagen die abschüssige Straße zum Campingplatz hinunterrollen lassen, etwa zweihundert Meter entfernt vom Eingang geparkt und sich zu Fuß genähert. Verborgen hinter dem Sanitärgebäude verfolgten sie jede Bewegung des Pärchens.

Aus einem kleinen Weltempfänger, der auf dem Campingtisch stand, ertönte Elvis' Stimme. Rita drehte lauter. Sie liebte Elvis Presley.

Der Rotwein schien Max' Bedenken vertrieben zu haben. Er machte sich über ihre Schwärmerei für den King lustig. „Seit wann stehst du auf fette Männer?"

„Wenn sie so eine tolle Stimme haben, schau ich nicht auf die Figur. Ewig schade, dass er so jung sterben musste. – Komm, tanz mit mir!"

Max Kafka war kein guter Tänzer. Auf einem einsamen Campingplatz mitten in der Wüste wagte er jedoch ein kleines Tänzchen mit seiner Frau.

„Das nennst du Rock 'n' Roll?" Lachend übernahm Rita die Führung, schleuderte ihren Mann wild durch die Gegend.

Sicherheitshalber nahm er seine Brille ab.

Kaum war der *Jailhouse Rock* verklungen, küssten sie sich und gingen eng umschlungen zu ihrem Wohnwagen zurück.

Für die beiden Männer war der Zeitpunkt gekommen, loszuschlagen. Lautlos schlichen sie sich an den Trailer heran. Der eine riss die Tür auf, stürmte mit einem Revolver in der Hand hinein und schoss Max gezielt in die Brust.

Max taumelte, ergriff aber, bevor er zu Boden ging, die zweite, noch volle Weinflasche und schleuderte sie nach dem Angreifer. Sie traf ihn am Kopf. Der zweite Schuss ging daneben. Schon stürzte sich der andere Mann auf Max. Blitzschnell schnitt er ihm mit seinem Messer die Kehle durch. Max verdrehte die Augen, sein Blick erlosch und sein Körper erschlaffte. Rita reagierte anders, als die beiden Männer erwartet hatten. Schreiend schnappte sie sich ein Fleischmesser, stieß den Revolverhelden zur Seite und sprang aus dem Wohnwagen. Der andere Typ folgte ihr. Erwischte ihren linken Arm.

Sie drehte sich um, stieß ihm ihr Knie in die Eier und rannte los.

Nach etwa hundert Metern hatte er sie eingeholt. Packte sie an den Beinen und brachte sie zu Fall.

Als er sich über sie beugte, stach sie zu. Er warf sich nach rechts. Die Klinge drang knapp unterhalb seiner linken Schulter in sein Fleisch. Er stieß einen Schrei aus, der gleich darauf in ein höhnisches Lachen überging. Sie hatte ihn nicht schwer verletzt.

Seine Hände schlossen sich fest um ihre Kehle. Ihre großen dunklen Augen quollen hervor, starrten ihn böse an.

Fast bekam er es mit der Angst zu tun.

Sie wehrte sich, so gut sie konnte, zerkratzte ihm das Gesicht.

Er ließ ihren Hals los und zückte sein Messer.

Kein Ton kam mehr über ihre Lippen. Sie fixierte ihn, hielt seinem Blick stand.

Was für ein Teufelsweib, dachte er, bevor er ihr das Messer in die Brust stieß. Der Stich war nicht tödlich.

Sie murmelte etwas in einer ihm fremden Sprache. Er verstand nicht, was sie sagte, hatte aber ein seltsames Gefühl. Rasch zog er das Messer aus ihrer Brust und bohrte es in ihren Bauch. Er weidete sich an dem Entsetzen in ihren schwarzen Augen.

„Lass uns abhauen, da kommt jemand!“, schrie der andere. Schnappte sich Max’ Rucksack, lief zu dem Chevy, riss beide Türen auf und raste durch den geschlossenen Schranken auf die am Boden liegende Frau zu.

Rita stöhnte leise, als die Räder des schweren Wagens ihre Beine zerquetschten.

Als ihr Mörder auf den Beifahrersitz sprang, verlor er seine Kappe. Das Letzte, was sie wahrnahm, war eine rote Kappe mit der Aufschrift „Texas Ranger“. Dann verlor sie das Bewusstsein.

1.
Aéroport Paris-Charles-de-Gaulle, April 2012

Ich hasse Fliegen. Als sich der riesige Airbus auf der Startbahn des Pariser Flughafens Charles de Gaulle in Bewegung setzt, klammere ich mich an den Arm meines Freundes Orlando.

„Erzähl mir irgendwas. Von mir aus einen blöden Witz. Du quatschst ja sonst auch ununterbrochen. Warum bist du jetzt so still?"

„Gib Ruh, Kafka. Ich möchte den Start genießen. Spürst du nicht dieses Kribbeln im Unterleib? Beim Start krieg ich immer fast einen Orgasmus."

„Du bist nicht ganz dicht."

„Konzentrier dich. Horch in deinen Körper hinein. Ich liebe diesen erhabenen Moment. Wenn sich der große Vogel in die Lüfte erhebt, überkommen mich beinah religiöse Gefühle."

„Ist vielleicht doch besser, du hältst den Mund!"

Ich verstecke mich hinter meiner Zeitung. Beeile mich, einen halbwegs interessanten Artikel zu finden, der mich ein wenig ablenkt.

Der Start ist das Schlimmste. Erst als das Anschnall-Zeichen erlischt, beruhige ich mich ein bisschen, bestelle aber sogleich einen Whisky.

Um mir wenigstens einen Start zu ersparen, hatte ich darauf bestanden, von Wien nach Paris mit dem Nachtzug zu fahren, obwohl das unsere Reisekasse um hundert Euro mehr belastet hat.

Das Flugticket nach Las Vegas hat mir mein Großvater bezahlt. Als Historikerin bin ich seit vielen Jahren daran gewöhnt, von der Hand im Mund zu leben. Ich halte mich meist mit Kellnerinnen- und Barkeeper-Jobs über Wasser.

Mein schwuler Freund Orlando hat darauf bestanden, mich in die USA zu begleiten. Zu meiner Überraschung ist es ihm gelungen, das nötige Geld für die Reise aufzutreiben. Ich will lieber nicht wissen, wie er das geschafft hat. Vermutlich hat er einen seiner wohlhabenden Lover abgezockt.

Vor zwei Wochen kontaktierte mich ein Detective einer Sondereinheit des FBI in Las Vegas, die sich um alte unaufgeklärte Mordfälle kümmert. Er informierte mich, dass einer der beiden mutmaßlichen Mörder meiner Eltern gefasst worden ist.

Meine Eltern sind vor knapp zwanzig Jahren während einer Reise durch die Vereinigten Staaten auf einem Campingplatz an der Route 66 überfallen worden.

Die Täter haben sie nie erwischt. Dass es sich um mindestens zwei Täter gehandelt hat, haben die Fingerabdrücke im Wohnmobil meiner Eltern verraten. Der Detective teilte mir mit, dass einer der Mörder erneut ein Pärchen niedergeschossen hat. Dieses Mal hat er im Grand Canyon zugeschlagen. Da ihm weitere Überfälle auf Camper im Südwesten der USA angelastet wurden, hat er es im Internet bereits zu fragwürdiger Berühmtheit gebracht. Orlando und ich haben Dutzende Artikel über den „Route-66-Killer", wie er in den Medien mittlerweile genannt wurde, gefunden.

Das Pärchen, das er zuletzt ermordete, hatte kurz vorher in einer Wedding Chapel in Las Vegas geheiratet und war auf Hochzeitsreise im Grand Canyon unterwegs gewesen.

Die Fingerabdrücke auf dem Gepäck des Pärchens waren identisch mit den Fingerabdrücken eines Mannes, der die letzten fünfzehn Jahre wegen bewaffneten Raubüberfalls auf eine einsame Tankstelle im Death Valley gesessen hatte. Derselbe Mann hatte vor fast zwanzig Jahren meine Eltern überfallen.

Detective Simon Hunter von der Cold-Case-Abteilung war am Telefon optimistisch, bald auch den zweiten Mörder meiner Eltern ausfindig machen zu können. Daraufhin haben Orlando und ich sofort Flüge von Paris nach Chicago und von dort weiter nach Las Vegas gebucht.

Während Orlando den Transatlantik-Flug verschläft, betrinke ich mich sinnlos. Beim Umsteigen in Chicago verlasse ich mich ganz und gar auf ihn. Den Officer von der Immigrationsbehörde belabere ich mit völlig unsinnigem Geschwätz über den Sinn und Zweck unserer Reise. Erzähle ihm von meinen Vorfahren, den Roma, und dass ich Historikerin sei und den Spuren, die mein Volk in den USA hinterlassen hat, nachgehen möchte.

Er schaut mich irritiert an. Wahrscheinlich ist es unüberriechbar, dass ich betrunken bin.

Den Anschlussflug von Chicago nach Las Vegas verschlafe ich.

Als wir in der Wüstenstadt ankommen, empfängt uns glühende Hitze. Über vierzig Grad Celsius!

„Wir sind in der Hölle gel...landet“, stammle ich und überlasse es Orlando, unser Gepäck in Empfang zu nehmen und ein Taxi zu besorgen.

Wir haben ein Doppelzimmer für drei Nächte im relativ preiswerten Hotel *Pink Flamingo* am Strip gebucht.

Es ist Mitte April und wir sind in der Stadt der Sünde.

2.
Las Vegas, Nevada, 15. April 2012

Nicht nur New York City ist eine Stadt, die niemals schläft, auch in Las Vegas machen die vierzig Millionen Touristen im Jahr die Nacht zum Tag. In diesem flimmernden, glitzernden Wunderland, das von Verlierern erbaut wurde, ist Showtime rund um die Uhr angesagt. Angeblich wächst die Stadt um rund tausend Einwohner pro Woche.

Wir sitzen in einem Taxi und fahren im Schritttempo den Strip entlang, vorbei an Palästen aus Marmor, Gold, Silber und Glas. Ein Luxushotel übertrifft das nächste an Größe und Glamour. Die überdimensionalen Leuchtreklamen blenden meine müden Augen.

„Wow, echt cool. Der reine Wahnsinn. Schau, Kafka! Wie kannst du nur mit geschlossenen Augen durch dieses Eldorado fahren?"

Orlando ist der Vergnügungsmetropole mitten in der Mojave-Wüste vom ersten Augenblick an verfallen.

„Ich bin völlig kaputt. Das Einzige, was mich momentan interessiert, ist ein Bett."

Plötzlich taucht der Campanile von Venedig vor uns auf. Bin ich wirklich so besoffen?, frage ich mich.

„Kanäle und Gondeln, echt irre!", kreischt Orlando.

The Venetian erstrahlt vor uns in all seiner Pracht.

„Du musst zugeben, die Kopie ist perfekt. Dieses Hotel sieht genauso venezianisch aus wie die Palazzi am Canal Grande", sagt Orlando.

Der riesige Totenkopf an der Front des *Treasure Island* gleich daneben entlockt mir ein undamenhaftes Gekicher. „Und die Piraten sind auch nicht weit."

„Oh mein Gott, da ist *Caesars Palace*!", schreit Orlando. „Hab mal einen Film gesehen, der dort spielt."

Unser Chauffeur erklärt uns, dass er den ganzen Strip entlangfahren müsse, um dann umkehren und uns im *Pink Flamingo* absetzen zu können.

Mir ist alles egal. Soll er uns doch übers Ohr hauen, wenn es ihm Spaß macht.

Rechts vor uns erblicke ich das *Luxor*. Eine schwarze, gläserne Pyramide und davor die Sphinx in Originalgröße.

„Warum hast du uns nicht im *Luxor* einquartiert? Alle 4500 Zimmer sind im ägyptischen Stil eingerichtet. Laut meinem Reiseführer fühlt man sich dort in die Zeit der Pharaonen zurückversetzt."

„Reg dich wieder ab, Orlando. Die anderen Hotels sind nicht minder spektakulär", sage ich, als wir am *Aladdin* vorbeikommen, einem imposanten Palast aus 1001 Nacht. „Am Ende gewinnt immer die Bank. Diese Stadt ist eine einzige Spielhölle."

Orlando hört mir nicht zu. Mit weit aufgerissenen Augen starrt er auf die märchenhaften Shoppingcenter und Basare in diesem Disney-World-Wonderland.

„Da gibt es Wahrsagerinnen. Wäre das nicht ein Job für dich?"

„Sehr witzig." Sowohl meine Mutter als auch meine Großmutter waren österreichische Romni und haben sich mit Wahrsagerei und Kartenlesen etwas Taschengeld dazu verdient. Sie haben mir einige Tricks beigebracht, ich lehne diesen Hokuspokus aber grundsätzlich ab.

„Hey schau, dort drüben ist der Eiffelturm!"

„Komm wieder runter. Mir tun bereits die Ohren weh von deinem Geschrei."

„Oh, das ist wirklich schön." Orlando deutet auf die riesige Fontäne im Teich vor dem Hotel *Bellagio*.

„Ja, ganz hübsch. Aber wer weiß, ob das Wasser echt ist. Diese Glitzerwelt ist eine einzige Fata Morgana."

„Wohnen wir eigentlich in Bugsy Siegels Hotel?"

„Keine Ahnung."

„Das hieß doch auch *Flamingo*."

„Woher weißt du das?"

„So was weiß man als gebildeter Mensch einfach."

„Angeber!"

„Soll ich dir die Geschichte von diesem Mafioso erzählen?"

Ich gebe ihm keine Antwort. Er wird sich sowieso nicht daran hindern lassen.

„Nach dem Krieg hat Bugsy Siegel das erste Hotel mit einem Spielcasino in dem damals noch unbedeutenden Wüstendorf Las Vegas errichtet. Das Geschäft ist nicht so gut gelaufen. Und Bugsy hat seine Finanziers, die Cosa Nostra, um einen Batzen Geld gebracht. Daraufhin haben sie bei einer Tagung des National Crime Syndicate in Havanna beschlossen, Siegel zu töten. Und er ist kurz darauf tatsächlich ermordet worden. Dabei war er ein weitsichtiger Mann. Er hat geahnt, dass Las Vegas nicht einfach nur ein Zockerparadies sein würde, sondern *die* Metropole des Entertainment ..."

„Wir sind da", unterbreche ich ihn, als unser Taxi vor einem der älteren Hotels am Strip hält.

„Willkommen in Las Vegas, Ladies", begrüßt uns der Mann an der Rezeption mit einem breiten Grinsen.

Er wäre wahrscheinlich nicht weniger freundlich, wenn er wüsste, dass die leicht ramponiert aussehende Lady an meiner Seite ein Mann ist. In dieser Stadt ist jeder herzlich willkommen, der bereit ist, sein Geld loszuwerden. Hier dreht sich alles nur um Geld.

Unser Zimmer liegt in der siebten Etage und ist schwer in Ordnung. Zwei Queensize-Betten in einem großen hellen Raum und ein riesiges Bad, das Orlando sofort mit seinen Kosmetika vollräumt.

Die Minibar ist exzellent bestückt. Und der Blick auf den Las Vegas Strip, die umliegenden Casinos und auf die Berge im Hinterland beeindruckt sogar mich. Allerdings wage ich mich nicht zu nahe an die Fenster heran. Höhenangst.

„Du kannst jetzt doch nicht schlafen!", sagt Orlando vorwurfsvoll, als er nach einer drei viertel Stunde perfekt gestylt aus dem Bad kommt und mich angezogen auf dem Bett liegend vorfindet.

„Ich bin total fertig. Ich muss ein paar Stunden schlafen. Wenn ich morgen in der Früh Detective Hunter besuche, möchte ich einen klaren Kopf haben."

„Komm, Kafka, sei nicht so eine Spielverderberin. Wenn wir schon mal hier sind, werden wir uns wohl auch ein bisschen amüsieren."

„Haben wir nicht abgemacht, dass dies keine Vergnügungsreise werden soll, sondern wir hier sind, um die Mörder meiner Eltern zu überführen?"

„Deswegen können wir uns die Stadt ja trotzdem ansehen. Ich steh auf Casinos, auf diesen ganz besonderen Kick, den man dort kriegt. Bitte Kafka!"

Er blickt mich mit seinen stark geschminkten Augen so flehend an, dass ich fast geneigt bin, nachzugeben.

„Du wirst eine frustrierte alte Zicke werden, wenn du so weitermachst."

Diesen Satz hätte er besser nicht gesagt. Ich ziehe meine Schuhe aus, schnappe mir den Polster von seinem Bett, lege meine Füße drauf und schalte den Fernsehapparat ein.

„Spinnst du jetzt komplett? Du kannst nicht deine erste Nacht in Las Vegas vor dem Fernseher verbringen!"

„Das kann ich sehr wohl! Warum gehst du nicht allein weg? Du wirst bestimmt schnell Gesellschaft finden. So hübsch wie du aussiehst, wird dir kein Mann widerstehen können."

Bis vor einem drei viertel Jahr ist Orlando als Kopie der österreichischen Kaiserin Sisi herumgelaufen. Seit letztem Sommer trägt er moderne Frauenkleidung und bildet sich ein, wie die berühmte, viel zu jung verstorbene Schauspielerin Romy Schneider auszusehen, die die Kaiserin in den Sisi-Filmen verkörpert hat. Ich bin heilfroh über seine Entscheidung, habe ich mich doch manchmal für ihn geniert, wenn er in seinen wallenden Kleidern und seiner Langhaarperücke nachts durch die Lokale von Wien-Margareten gezogen ist.

„Du stehst jetzt sofort auf und ziehst dich um, Kafka!"

Ich habe den Nachrichtensender MSNBC eingeschaltet.

„Sei still, ich will die Nachrichten hören ..."

Wortlos öffnet er die Minibar und reicht mir ein Döschen Bier.

„Trink das. Hilft gegen den Kater. Und dann gehen wir essen. Du hast seit fast zwanzig Stunden nichts gegessen. Das Curry-Hühnchen, das sie uns im Flieger serviert haben, hast du ja verschlafen."

Sein energischer Ton erinnert mich an meine Mutter. Auch sie hatte oft mit mir geschimpft, wenn ich mich geweigert hatte zu essen, was auf den Tisch kam.

Ich sehne mich nach einer Zigarette.

Orlando scheint meine Gedanken lesen zu können. „In den Casinos darf man übrigens rauchen", sagt er, der normalerweise ausrastet, wenn ich mir eine anzünde.

„1:0 für dich." Grinsend springe ich vom Bett, gehe duschen und ziehe mich in Windeseile an.

Das reichhaltige Frühstücksbuffet in unserem Hotel ist ganz nach meinem Geschmack. Obwohl es in Las Vegas bereits Abend wird, lade ich Eier mit Speck und Bohnen auf meinen Teller.

„Im *Pink Flamingo* kann man den ganzen Tag um zwei Dollar frühstücken. Super!" Orlando strahlt mich an. Als Vegetarier begnügt er sich mit einem Müsli und ein paar exotischen Früchten.

Leider ist der Kaffee oder das, was sie hier so nennen, eine Katastrophe. Trotzdem trinke ich einen halben Liter von dem heißen Wasser mit Kaffeegeschmack.

Wir bummeln zu Fuß den Strip entlang. Von Bummeln kann eigentlich keine Rede sein, wir werden von den Menschenmassen von einem Casino zum nächsten geschoben. Trotz der riesigen grellen Leuchtreklamen sehe ich funkelnde Sterne am Himmel.

„Die Sterne kommen mir näher vor als bei uns."

„Das sind Lichter von Hubschraubern", sagt Orlando lachend. „Sie setzen die Global Player direkt auf den Dächern der Casinos ab."

„Idiot. Global Player sind internationale Konzerne, die im Zuge der Globalisierung weltweit agieren, und keine spielsüchtigen Multimillionäre ..."

„Ist doch scheißegal. Wollte dir nur klarmachen, dass du keine Sterne, sondern Hubschrauberlichter am Firmament siehst."

Ich fühle mich ein bisschen wackelig auf den Beinen und hänge mich bei Orlando ein.

„Ist dir aufgefallen, dass einem hier keiner in die Augen sieht? Alle starren wie hypnotisiert auf die glitzernden Werbetafeln und die flimmernden Screens."

„Hey, wir sind in Las Vegas! Ich glaub, du bist noch nicht wirklich angekommen."

„Ich weiß sehr wohl, wo wir sind. In einer Stadt, in der die Menschen alle Fremde sind. Sie laufen aneinander vorbei, ohne sich anzusehen, bereit, alles mitzumachen und allem aus dem Weg zu gehen. Einfach in Bewegung bleiben. So wie die Kugel, die rollt."

„Jaja, ist schon gut, Kafka, beruhig dich wieder."

„Rien ne va plus – nichts geht mehr!", sage ich, als wir uns am Ende der langen Schlange vor dem *Caesars Palace*, der Grande Dame der Casinos in Vegas, anstellen. Der in türkises Licht getauchte Prachtbau ist von Brunnen und Skulpturen im pseudoklassizistischen Stil umgeben.

Orlando kann es kaum erwarten, hineinzukommen.

Als wir endlich bei den Shops im Forum angelangt sind, staune selbst ich. So eine Ladengalerie habe ich noch nirgendwo gesehen. Unter einem künstlichen Himmel, der die verschiedenen Tages- und Nachtzeiten simuliert, reiht sich ein Designertempel an den anderen.

Orlando stürzt sofort in ein Geschäft, in dessen Auslage er Federboas und andere glamouröse Accessoires erblickt hat.

Ich warte draußen unter dem künstlichen Sternenhimmel. Beobachte die Leute, die mit hektischen Gesichtern an mir vorbeiströmen, und staune über den ganzen Edelkitsch. An jeder Ecke finden sich Anklänge an das antike Rom und an das Florenz der Renaissance.

Als Orlando nach zwanzig Minuten nicht zurück ist, werde ich ungeduldig. Ich sehne mich nach einem anständigen Kaffee. Außerdem ist die Luft hier drinnen, trotz oder wegen der Klimaanlage, furchtbar schlecht.

Ich beschließe gerade, ihn notfalls mit Gewalt aus dem Laden zu zerren, da erscheint er, von einem Ohr zum anderen grinsend, mit einem großen Papiersack in der Tür. Ruft dem offensichtlich ebenfalls schwulen Verkäufer ein völlig unangebrachtes „Tschüss“ zu und verschwindet in dem benachbarten Kosmetikshop.

Ich folge ihm und schnappe ihn mir, bevor ihn die Verkäuferinnen in die Finger kriegen.

„Es reicht! Oder willst du, dass sie deine Bankomatkarte gleich nach dem ersten Tag in den USA sperren?“

„Ich hab mir vor unserer Abreise die da besorgt.“ Stolz fächelt er mit einer Kreditkarte vor meiner Nase herum.

„Du bist nicht mehr zu retten. Ich frage mich, wie du da rangekommen bist. Dein Konto ist doch heillos überzogen.“

Wir trinken einen Espresso in einer der italienischen Bars auf der Shopping-Meile. Er schmeckt fast so gut wie in Italien.

„Und jetzt wird gespielt!“, sagt Orlando.

„Das meinst du nicht im Ernst!“

„Ich will endlich die Luft der großen weiten Welt schnuppern.“

Die Enttäuschung folgt auf dem Fuß. Im ersten riesengroßen Raum stehen hunderte Slotmaschinen. Es ist sehr dunkel und ziemlich laut. Gleich neben dem Spielbereich befinden sich Self-Service-Restaurants.

„Ist das hier das Flair der großen weiten Welt?“, frage ich spöttisch.

Orlando setzt sich dennoch vor einen Spielautomaten und lässt sich von der herbeieilenden Kellnerin ein Gratis-Coke reichen.

„Wenn du da auch nur einen halben Dollar hineinwirfst, bin ich weg“, drohe ich ihm.

„Sei nicht so spießig. Ich will ausprobieren, wie man sich dabei fühlt.“

„Beim Verlieren? Beschissen! Glaub mir. Schau dir die Leute hier an. Ihre Gesichter sind entweder verzweifelt oder versteinert. Und in ihren Augen brennt die Gier des Spielers. Aber bitte lass dich nicht aufhalten. Ich werde dir allerdings nicht dabei zusehen, wie du dich ruinierst.“

„Sei nicht so melodramatisch. Ich bin keine Spielernatur. Ich riskiere höchstens ein paar Dollar. Wenn ich sie verliere, mache ich Schluss. Großes Indianerehrenwort!“

„Hör auf mit diesem Karl-May-Quatsch. Ich gehe jetzt ins Hotel und hau mich aufs Ohr.“

„Nein, Kafka, bitte bleib. Wir wollten uns doch heute eine Show ansehen. Du hast es versprochen.“

„Wann soll ich was versprochen haben?“

„Im Flieger hast du gesagt, dass du mit mir eine der berühmten Dragshows besuchen wirst, falls du den Flug überleben solltest.“

„Da muss ich ziemlich blau gewesen sein, kann mich nicht mehr daran erinnern. Aber von mir aus. Show oder Spielen?“

„Erpresserin!“

Er hat kapiert, dass ich es ernst meine. Folgt mir durch die anderen, mit viel Gold und Marmor ausgestatteten Säle, in denen Roulette, Black Jack, Poker und Ähnliches gespielt wird.

Ich bin überrascht, dass fast alle Casinobesucher schlecht gekleidet sind. Bei uns lassen sie Männer in Jeans und ohne Krawatte gar nicht erst in ein Casino hinein. Hier laufen die meisten Menschen in Freizeitkleidung herum: Trainingsanzüge und Turnschuhe, kurze Hosen, viel zu knappe T-Shirts, ja sogar Mädels in Bikini und Badeschlapfen ...

Orlando mokiert sich lautstark über die schlampigen Outfits. Daraufhin fühle ich mich umgehend verpflichtet, die schlecht angezogenen Gäste zu verteidigen: „Die sind hier eben nicht so versnobt wie bei uns.“

Bevor wir das Casino verlassen, fragen wir einen Wachmann, ob er uns einen Blick auf die Badelandschaft im Freien werfen lässt. Palmen, Sand, türkisfarbenes Wasser. Und überall die Kopien römischer und florentinischer Meisterwerke, angestrahlt von Dutzenden Scheinwerfern. Auch Michelangelos David beglückt die Hotelgäste mit seinem perfekten Körper.

Als wir den falschen Caesarenpalast verlassen, warten vor dem Eingang noch immer eine Menge Leute darauf, hineingelassen zu werden.

„Von mir aus können wir auch in den *Cirque du Soleil* gehen, wenn du keine Dragshows magst.“ Orlando deutet auf eine Leuchtreklame auf der anderen Straßenseite.

„Hab ich schon mal gesehen. Großartig! Die Karten kosten bestimmt ein kleines Vermögen.“

„Ich kann jetzt unmöglich schlafen."

„Bringen wir zuerst einmal deine Einkäufe ins Hotel und dann schauen wir, ob wir wirklich noch Lust haben auszugehen. Okay?"

„Ich habe sicher Lust."

Auf dem Weg zum *Pink Flamingo* redet Orlando von nichts anderem als von den tollen Shows. „Die Karten sind nicht so teuer, glaub mir. Ich habe zuhause im Internet nachgesehen. Die Preise bewegen sich zwischen fünfzig und hundert Dollar. Das ist fast geschenkt ..."

„Du spinnst, oder du kannst nicht rechnen. Hundert Dollar sind ungefähr sechzig Euro. Das ist überhaupt nicht billig. "

„Man könnte fast denken, du gehst in Wien nie aus. Eine Karte für so ein teppertes Musical kostet bei uns auch an die hundert Euro."

Er gibt nicht auf, jammert, dass wir ohnehin zu kurz in Las Vegas seien und er vermutlich kein zweites Mal in seinem Leben hierherkommen würde. Irgendwann gebe ich auf und willige ein, mit ihm eine Show zu besuchen. „Vergiss nicht, die Karten dürfen nicht mehr als sechzig Dollar kosten."

Orlando besorgt sich an der Rezeption ein Programmheft und findet tatsächlich eine Dragshow mit erschwinglichen Eintrittspreisen.

Ich schlüpfe in meine schwarzen Jeans und lasse mich von ihm dazu überreden, ein weit ausgeschnittenes Desigual-T-Shirt anzuziehen, das meine vollen Brüste betont.

Zum Human Nature Theatre im *Imperial Palace* leisten wir uns ein Taxi.

Der alte Kasten sieht von außen recht prächtig aus. Das Theater erinnert mich allerdings an ein Puff. Nicht, dass ich schon mal in einem Puff gewesen wäre, aber ich stelle mir solche Etablissements genauso plüschig und schmuddelig vor.

Orlando ist wild entschlossen, Frank Marinos Show „Divas Las Vegas“ zu genießen, und beginnt wie wild zu klatschen, als der Transvestit die Bühne betritt. Ein paar eingefleischte Fans in der ersten Reihe jubeln Franky ebenfalls lauthals zu. Wahrscheinlich bezahlt er sie dafür.

Der Saal ist halbleer. „In der Pause setzen wir uns weiter nach vorn“, tuschelt Orlando mir ins Ohr.

Frank Marino imitiert die typisch amerikanische Hausfrau der 1960er-Jahre. Er trägt ein kleinkariertes Kostüm, hat die Haare zu einem Dutt hochtoupiert und die Lippen zuckerlrosa geschminkt. Er lässt kein Klischee aus. Ein Gag jagt den nächsten. Ich ärgere mich nicht einmal über diese billigen frauenfeindlichen Witze, langweile mich fürchterlich und gähne demonstrativ.

„Du hast einfach keinen Humor, Kafka. So was Tolles habe ich in Wien noch nie gesehen!“

Armes Schwein, denke ich. Will Orlando aber nicht die Freude verderben und halte meinen Mund.

Nach der Pause schicke ich ihn allein zurück in den Saal und rauche vor dem *Imperial Palace* eine zweite Zigarette. Da mir die Toleranz gegenüber Rauchern in dieser Stadt nicht geheuer ist, ziehe ich mich in eine dunkle Ecke, ein wenig entfernt vom protzigen Hoteleingang, zurück.

Plötzlich kommen drei Burschen aus dem Dunkel auf mich zu. Sie sehen nicht so aus, als hätten sie vor, ins Casino zu gehen. Der eine hält einen braunen Papiersack an seine Lippen. Ich nehme an, dass sich eine Bierdose oder eine Schnapsflasche darin befindet. Die anderen beiden haben Glimmstängel in der Hand.

Sie mustern mich ebenso abschätzig wie ich sie. Der Kleinste von ihnen starrt unverwandt auf meine Handtasche.

Okay, Boys! Mit Kleinkriminellen kenne ich mich aus. So mancher meiner Verwandten mütterlicherseits verdient seinen Lebensunterhalt mit Taschendiebstahl und anderen Gaunereien. Rasch werfe ich die halbgerauchte Zigarette weg und laufe zurück zum hell beleuchteten Eingang.

3.
Las Vegas, Nevada, 16. April 2012

Am nächsten Morgen blockiert Orlando für eine Stunde das Badezimmer. Ich bereue längst, ihn mitgenommen zu haben.

Als er mich endlich ins Bad lässt, bleibt mir fast der Atem weg. Er hat sich im Dutyfreeshop in Paris mit seinem Lieblingsparfüm und diversen Bodylotions eingedeckt. Ich finde diesen penetranten Patschuli-Geruch zum Kotzen.

Orlando trägt ein champagnerfarbenes Seidenkostüm und dazu die unvermeidlichen Highheels. Irgendwann wird er sich mit diesen zehn Zentimeter hohen Dingern die Beine brechen. Seine grünen, leicht schräg stehenden Augen, die meinen sehr ähnlich sind, hat er mit einem türkisfarbenen Lidschatten betont. Dazu hat er eine rotblonde Langhaarperücke gewählt.

„Wir gehen zur Polizei, nicht auf eine Hochzeit."

„Du könntest dich ruhig auch anständig anziehen. Man wird einfach besser behandelt, wenn man gut gekleidet ist."

Obwohl ich ihm ausnahmsweise Recht geben muss, bin ich zu faul, mich umzuziehen. Außerdem fühle ich mich in meinen schwarzen Jeans und dem weißen T-Shirt fesch genug. Meine lange rothaarige Mähne bändige ich mit einer getigerten Haarspange, die Orlando gestern im *Caesars Palace* für mich erstanden hat. Ich trage noch eine Spur Lippenstift auf und schlüpfe in meine bequemen Bensimon-Schuhe, die ich mir extra für diese Reise gekauft habe.

Nach einem opulenten Frühstück nehmen wir uns ein Taxi nach Downtown, zum Las Vegas Municipal Police Departement.

Als wir uns dem riesigen Stratosphere Tower nähern, verändert sich die Gegend schlagartig. Vor dem Turm haben sich unzählige Tattoo-Shops, Spielhallen und Souvenirläden angesiedelt. „Bonanza-Gift-Shop – der größte Souvenirshop der Welt“ verspricht eine monumentale Reklametafel. Orlando will unbedingt auf einen Sprung hineinschauen.

„Nicht jetzt. Ich will den Detective heute unbedingt erwischen. Am Telefon hat er gesagt, dass er in der Früh am besten erreichbar sei.“

„Ist eine üble Gegend. Vor allem in der Nacht sollten Sie nicht hierherkommen“, warnt uns der junge schwarze Taxifahrer. „Rund um den Turm treffen sich die Junkies mit ihren Dealern.“

„Was sind denn das für Hütten? Sind das die Slums von Las Vegas?“ Orlando deutet auf heruntergekommene, bunt gestrichene kleine Holzhäuser, an denen überall die Farbe abblättert.

„Hier haben sich ein paar arme Künstler niedergelassen“, erklärt uns der Taxifahrer. „Gleich wird die Gegend wieder besser. In der Nähe des Police Departements haben in den letzten Jahren jede Menge Law Offices aufgemacht. Das Courthouse und die City Hall sind ebenfalls nicht weit entfernt.“

Er hält direkt vor dem modernen Bau, in dem sich das Police Departement befindet, und beschreibt uns den Weg. „Durch den Innenhof und dann schräg links.“

Ich bedanke mich mit einem großzügigen Trinkgeld.

In der Anmeldung herrscht Hochbetrieb. Mindestens zwei Dutzend Leute, größtenteils Afro- und Lateinamerikaner, warten geduldig in dem kleinen Foyer.

Ein dicker Cop hinter einem verglasten Schalter versucht mit witzigen Lautsprecherdurchsagen die Stimmung in dem überfüllten Raum zu verbessern.

„Hi Ma'am. Was kann ich für Sie tun?", hallt es aus den Boxen in den Ecken.

„Wir sind mit Detective Simon Hunter von der Cold-Case-Abteilung verabredet." Die Lüge ging mir ganz leicht von den Lippen. Außerdem habe ich nur halb gelogen, denn ich habe diesem Detective bei unserem Telefonat meinen Besuch ja tatsächlich angekündigt.

„403. Vierter Stock."

Ich liege richtig mit meiner Einschätzung. Der spaßige Cop macht sich nicht die Mühe, zum Telefonhörer zu greifen und uns anzumelden.

Als wir mit dem Lift in den vierten Stock hinauffahren, ist mir doch etwas mulmig zumute. Ich zögere kurz vor der Tür mit der Aufschrift „Special Investigations", bevor ich anklopfe.

„Herein."

Ein großer schlanker Mann mit breiten Schultern und langen Beinen steht neben dem Schreibtisch und telefoniert. An seinen schmalen Hüften sitzen hautenge Jeans.

Er sieht verdammt gut aus, befinde ich.

Der Detective deutet uns, Platz zu nehmen.

Ein Schild auf dem Schreibtisch verrät uns, dass wir hier richtig sind: „Detective Simon Hunter".

Während er sich bemüht, sein Telefonat rasch zu beenden, mustere ich ihn unverfroren.

Markante Gesichtszüge, hohe, breite Wangenknochen, eine kräftige, stark gekrümmte Adlernase, schmale Lippen, sehr dunkle, leicht schräg stehende Augen, bronzefarbene

Haut, blauschwarzes Haar, das er zu einem Pferdeschwanz zusammengebunden hat. Eine rotbraune Narbe entstellt seine linke Gesichtshälfte, verläuft von seinem Auge fast bis zum Mund. Wenn dieses schüchterne Lächeln nicht wäre, könnte man glatt Angst vor ihm haben. Ich schaue rasch weg, als er meinen prüfenden Blick erwidert.

„Simon Hunter“, stellt er sich vor, nachdem er sein Gespräch endlich beendet hat.

„Katharina Kafka, und das ist mein ..., Orlando“, stammle ich.

„Ihre Schwester?“

Sehen Orlando und ich uns mittlerweile tatsächlich ähnlich? So wie alte Ehepaare oder Herrchen und Hund? Nein, wir haben nur die gleichen grünen, leicht schräg stehenden Augen. Und seine rotblonde Perücke hat fast die gleiche Farbe wie mein Haar.

„Nein“, sage ich. Gebe aber keine Erklärung ab.

„Nehmen Sie Platz. Was kann ich für die beiden Ladies tun?“

Er lächelt Orlando an, nicht mich.

Womöglich ist er, trotz seines sehr männlichen Aussehens, schwul? Blödsinn! Das ist meine Schwulenparanoia, die ich mir im Laufe der letzten Monate, in denen ich ständig mit Orlando zusammen war, zugelegt habe. Orlando hält jeden gut aussehenden Mann für schwul und leider hat er öfter Recht, als mir lieb ist.

Ich setze mich auf einen der unbequemen Stühle vor dem Schreibtisch des Detective und sehe ihn direkt an.

„Wir haben telefoniert. Sie sagten, dass Sie einen der Mörder meiner Eltern gefasst hätten.“

Seine Miene wird sofort ernst. Aber auf seiner Stirn sehe ich ein großes Fragezeichen.

„Wir sind aus Wien. Österreich. Der Fall Kafka. Meine Eltern sind 1992 auf einem Campingplatz in der Nähe von

Amarillo ermordet worden. Ich habe Ihnen bei unserem Telefonat gesagt, dass ich so bald wie möglich kommen werde", helfe ich ihm auf die Sprünge.

„Ach ja." Wenn er überrascht ist, lässt er es sich jedenfalls nicht anmerken.

Er kramt in den Papierbergen auf seinem Schreibtisch. Zieht eine ziemlich zerfledderte graue Mappe aus einem Stapel von Akten heraus und wirft einen Blick hinein.

„Haben Sie einen Ausweis dabei?"

Ich reiche ihm meinen Reisepass.

Er blättert ihn rasch durch und gibt ihn mir wieder zurück. Orlandos Pass will er gar nicht erst sehen.

„Dick Carson", sagt er. „Der Mann ist hier in Vegas in einem Jackpot Dotties gefasst worden. Übrigens dank der Aufmerksamkeit eines alten Havasupai."

„Was ist ein Jackpot Dotties?", fragt Orlando.

Ich versetze ihm einen Tritt gegen das Schienbein.

„Aua."

Dem Detective entkommt ein kleiner Grinser.

„Eine Art Casino für Arme. In diesen Lokalen gibt es ausschließlich Slotmaschinen. Hauptsächlich wird Poker gespielt. Eine der jungen Frauen, die dort die Spieler betreuen, ihnen Tipps geben und dafür bei Gewinnen zehn Prozent Provision kassieren, hat bei der Polizei angerufen, weil dieser Dick Carson randaliert und einen Kellner mit einem abgebrochenen Flaschenhals bedroht hat. Er war betrunken und hat damit angegeben, schon mehr Leute umgebracht zu haben. Als die Kollegen dort eintrafen, hat er die Kleine als Geisel genommen. Ihr einen Revolver an die Stirn gehalten. Er hat kaum mehr gerade stehen können. Den Cops ist es nicht schwer gefallen, ihn zu überwältigen. Dick war sehr gesprächig, hat auf dem Weg zur Polizeistation damit geprahlt, dass er bisher ganz andere Dinger gedreht hätte. Um es kurz zu machen: Man hat die

Kreditkarten eines Pärchens bei ihm gefunden, das vor kurzem im Grand Canyon umgebracht worden ist. Diese beiden jungen Leute aus Ohio hatten in Vegas geheiratet und waren auf Hochzeitsreise, wollten am Colorado River unten im Grand Canyon campen ..."

„Und was hat der Havasupai damit zu tun?"

„Dieser Indianer ist dem Pärchen begegnet, als er zum Grand Canyon Village hinaufgestiegen ist. Kurz danach ist ihm ein weißer Mann aufgefallen, der versucht hat, sich hinter einem Felsen zu verstecken. Als er etwas später zwei Schüsse gehört hat, ist er misstrauisch geworden und hat sich ebenfalls versteckt. Nachdem Dick Carson bepackt mit einem Rucksack an ihm vorbeigekeucht war, ohne ihn zu bemerken, ist er hinuntergeeilt und hat die beiden Leichen entdeckt. Der Inhalt ihrer Rucksäcke ist verstreut auf einer Felsplatte neben den Toten gelegen. Der Mörder hatte nur die Wertsachen und einen Rucksack mitgenommen."

„Oh mein Gott", flüstert Orlando.

„Dick Carson sitzt jetzt im Arizona State Prison in Florence und wird demnächst wegen dem Doppelmord im Grand Canyon angeklagt. Er ist nach Arizona überstellt worden, da er das Verbrechen auf dem Boden dieses Staates begangen hat."

„Und wie sind Sie darauf gekommen, dass er einer der Mörder meiner Eltern ist?"

„Er hat beim Verhör einen anderen Mord gestanden, der allerdings sehr lange zurückliegt. Daraufhin hat man uns informiert. Ich will Sie jetzt nicht mit technischen Details langweilen. Jedenfalls haben wir aufgrund seiner Fingerabdrücke herausgefunden, dass er bei mehreren ungeklärten Mordfällen zumindest am Tatort war. Auch damals, als Ihre Eltern auf dem Campingplatz bei der Cadillac Ranch in Amarillo ermordet worden sind."

Ich fühle mich wie erschlagen. Obwohl ich bereits seit Tagen weiß, dass einer der beiden Mörder gefasst worden ist, scheine ich erst jetzt zu begreifen, was das für mich bedeutet. Den gewaltsamen Tod geliebter Menschen verwindet man wahrscheinlich nie. Das Bedürfnis nach Vergeltung, nach Rache, hat mich in den letzten Jahren fast krank gemacht. Seit zwanzig Jahren quälen mich die Gedanken an dieses Verbrechen. Hoffentlich haben meine schrecklichen Träume ein Ende, wenn die Täter endlich gefasst und zur Rechenschaft gezogen werden.

Detective Hunter blickt mich besorgt an.

„Erzählen Sie weiter", fordere ich ihn auf.

„Dick Carson ist, wie ich Ihnen bereits am Telefon gesagt habe, wegen eines Raubüberfalls auf eine Tankstelle mit tödlichem Ausgang die letzten fünfzehn Jahre im Gefängnis gesessen. Der Tankstellenbesitzer und sein Sohn haben versucht sich zu wehren. Carson hat beide kaltblütig abgeknallt. Das war 1995. Er ist der Todesstrafe nur entgangen, weil sein geschickter Anwalt auf Notwehr beziehungsweise Totschlag plädiert hat und damit durchgekommen ist."

Obwohl ich eine Gegnerin der Todesstrafe bin, wünsche ich mir, dieser Mörder wäre damals hingerichtet worden. Ich spüre eine unbeschreibliche Wut, ja geradezu Hass hochkommen und muss mich sehr beherrschen, diesen netten Detective nicht anzuschnauzen.

„Ich will mit ihm reden!"

„Mit Dick Carson?"

„Ja!"

„Das wird nicht möglich sein. Sie werden keine Besuchererlaubnis bekommen."

„Sie könnten mir sicher eine verschaffen, wenn Sie wollen."

„Nein. Das steht nicht in meiner Macht. Aber ich erzähle Ihnen alles, was ich weiß. Fragen Sie mich, was immer Sie möchten."

Seine Blicke machen mich nervös.

„Waren es allein die Fingerabdrücke, die ihn überführt haben?"

„Ja. Die ganze Geschichte fing damit an, dass wir den Computer mit den Fingerabdrücken von Dick Carson gefüttert haben. Plötzlich sind sie gemeinsam mit den Fingerabdrücken von Leichen aufgetaucht, die vor Jahren auf diversen Campingplätzen im Süden der USA gefunden wurden. Kurz darauf hat sich eine andere Abteilung des FBI für diverse mysteriöse Todesfälle von Campern zu interessieren begonnen und uns den Fall weggenommen, da Serienmorde in ihren Zuständigkeitsbereich fallen."

„Sie haben in Ihrer Datenbank alle Fingerabdrücke, auch die von den Mordopfern?"

„Selbstverständlich."

„Darunter haben sich die Fingerabdrücke meiner Eltern befunden?"

„Ja. Es besteht, wie gesagt, der dringende Verdacht, dass Dick Carson mehrere sehr brutale Raubüberfälle und Raubmorde entlang der Route 66 verübt hat. Er ist in den 90er-Jahren mit einer Harley Davidson auf dieser berühmten alten Straße herumgefahren und hat anscheinend wahllos Touristen und andere Reisende überfallen. In den meisten Fällen hat er die Leute mit einer Waffe bedroht und ausgeraubt, sie aber nicht umgebracht. Übrigens hat er die unterschiedlichsten Schusswaffen verwendet. Er scheint ein großes Waffenarsenal zu besitzen."

„Ist er ein Kriegsveteran?"

„Nein. Er war untauglich. Bei der Musterung sind ihm eine Persönlichkeitsstörung und psychische Labilität diagnostiziert worden. Er war schon als Kind in psychiatrischer Behandlung, nachdem er sein Elternhaus in einem Kaff namens Springdale im Zion National Park abgefackelt hatte. Er ist ein richtiger Scheißkerl, bösartig, abgrundtief schlecht und nicht ganz bei Trost. Trotzdem haben wir Probleme, ihm die Morde nachzuweisen. Er gibt zwar zu, an dem Überfall auf Ihre Eltern beteiligt gewesen zu sein, behauptet aber, dass nicht er, sondern sein damaliger Komplize sie umgebracht hat."

Ich kann meine Tränen nicht länger zurückhalten.

Orlando legt seine Hand auf meinen Arm.

„Verzeihen Sie ..., ich dachte, Sie möchten ..." Der Detective sieht mich mit seinen schönen schwarzen Augen fragend an.

„Nein, nein, es geht schon. Sprechen Sie bitte weiter. Ich will alles wissen, jedes noch so winzige Detail!"

„Im Frühling 1993 wurde ein Pärchen im *Royal Hawaiian Motel* in Flagstaff, in der Nähe der Painted Desert in Arizona, auf ähnliche Art und Weise wie Ihre Eltern umgebracht. Der Mann wurde erschossen und die Frau ist mit einem Messer getötet worden. Mittlerweile sind wir überzeugt davon, dass Dick Carson die Morde nicht allein auf dem Gewissen hat, sondern dass er tatsächlich einen Komplizen hatte. Ihm ist nach stundenlangem Verhör sogar der Spitzname dieses Mannes rausgerutscht. Er hat ihn ‚The Snake' genannt, beteuert, seinen richtigen Namen nicht zu kennen. Aber ich traue seinen Worten nicht. Wir haben ihn schließlich dazu gebracht, uns den geheimnisvollen Unbekannten zu beschreiben. Die Angaben waren recht vage: mittelgroß, kräftig, dunkles Haar, helle Augen. Er hat behauptet, sein Kumpel sei ein Halbindianer, ein Mestize, und könne fantastisch mit dem Messer umgehen."

Ich habe das Gefühl, mich übergeben zu müssen. Meine Mutter ist durch ein Messer gestorben, nicht durch eine Kugel. Auch meinem Vater war die Kehle durchgeschnitten worden. Den Schuss hätte er überlebt, dessen bin ich mir sicher.

Detective Hunter bietet uns Kaffee an. Offenbar ist er sensibel genug, um zu bemerken, dass Orlando und ich am Ende unserer Kräfte sind.

Als seine Sekretärin, eine attraktive Blondine Anfang dreißig, uns die Pappbecher mit Kaffee auf einem Tablett reicht und ich danach greife, verbrenne ich mir fast die Hand.

„Ich brauche eine Zigarette ... komme gleich wieder", stammle ich.

„Rauchen Sie ruhig hier. Mein Büro ist das letzte Eldorado für Raucher." Detective Hunter lächelt mich verschmitzt an. Holt einen bunt bemalten Aschenbecher aus einer Lade seines Schreibtisches und gibt mir Feuer.

Orlando sieht total fertig aus. Er vergisst sogar darauf, mit mir zu schimpfen. Normalerweise kommentiert er jeden Zug, den ich mache.

Detective Hunter fischt ein Päckchen filterlose Camel aus seiner Hosentasche und bietet Orlando eine an.

Mein Freund schüttelt den Kopf.

Der Detective und ich rauchen unsere Zigaretten und sehen einander lange schweigend an. Nachdem ich ausgedämpft habe, frage ich: „Und welche anderen Verbrechen versuchen Sie diesem Carson und seinem Komplizen nachzuweisen?"

„Wir sind gerade dran. Während Carson im Gefängnis saß, hat es einen ähnlichen Mord an Campern gegeben. 2005 sind in Mesa Verde, in der Nähe von Four Corners, eine alte Anthropologin und ihr Sohn in einem Trailer niedergestochen worden. Mesa Verde liegt nicht an der Route 66, aber in der Nähe, im Südwesten des Landes. Dieser Doppelmord, den man also Carson nicht anlasten kann, ist mit einem Messer verübt worden. Offensichtlich hat sein Freund weitergemordet."

„Sie vermuten also, dass dieser Mann, der sich ‚The Snake' nennt, die anderen Morde allein begangen hat?"

„Wir vermuten es nicht nur, sondern wir haben auch seine Fingerabdrücke und sogar seine DNA. Er hat beim Überfall auf Ihre Eltern seine Kappe mit der Aufschrift ‚Texas Ranger' verloren. Am Klettverschluss klebten ein paar Haare. Sie stammten nicht von Dick Carson, das haben wir sofort überprüft."

„Aber vielleicht von meinem Vater?"

„Möglich. Aber Carson hat ausgesagt, dass sein Kumpel immer Baseballkappen getragen hat und zwar verkehrt herum. Viel mehr wissen wir, wie gesagt, leider nicht über diesen Mann. Was nützen all unsere High-Tech-Methoden, wenn der Typ in unseren Computern nicht existiert? Dick Carson hat betont, dass sein Kumpel noch größere Lust am Töten gehabt habe als er. Und das glaube ich ihm sogar. Es gehört wahrscheinlich mehr Perversität dazu, jemanden mit dem Messer zu ermorden, als ihn zu erschießen. Denken Sie an die körperliche Nähe, diese Intimität, die einer Penetration ähnelt ..."

Orlando ist leichenblass und starrt den Detective erschrocken an.

Simon Hunter scheint Orlandos Entsetzen nicht entgangen zu sein. Er hält inne.

„Reden Sie weiter", fordere ich ihn auf.

„Soviel wir wissen, sind Carson und ‚The Snake' ein paar Monate miteinander unterwegs gewesen. Haben kleinere Diebstähle und Raubüberfälle begangen, bevor sie Ihre Eltern in Amarillo umgebracht haben. Laut Carson war ‚The Snake' ständig eingeraucht und hat auch härtere Drogen genommen. Er habe gekokst wie ein Blöder, hat Carson behauptet ..."

„Meine Eltern wurden also von einem verdammten Kokser umgebracht."

Simon Hunter schaut mich wieder besorgt an.

„Nach dem zweiten Mord, damals in der Nähe der Painted Desert im *Royal Hawaiian Motel,* war ‚The Snake' plötzlich wie vom Erdboden verschluckt. Carson hat glaubhaft beteuert, ihn seither nicht mehr gesehen zu haben."

„Es ist unglaublich, dass dieser Killer nie erwischt worden ist, obwohl die Polizei Fingerabdrücke und DNA-Spuren von ihm hat."

„Das sehe ich ähnlich." Detective Hunter blickt beschämt zu Boden. „Ich habe Carson beim letzten Verhör provoziert. Habe gesagt, dass sich sein Kumpel vielleicht nichts mehr zu Schulden hat kommen lassen in den letzten Jahren. Daraufhin ist er ausgerastet und hat geschrien, dass ‚The Snake' die treibende Kraft gewesen sei. Angeblich hat er ständig Blut sehen wollen."

Detective Hunter liest uns eine Passage aus dem Verhörprotokoll vor. „Carson sagte wörtlich: Das ist ein Psychopath. Er hat mir mal erzählt, dass er schon als kleiner Junge den Plan gefasst hat, später einmal möglichst viele Leute zu liquidieren. Er hat ständig in dieser komischen Soldatensprache gequatscht. Ich habe die Leute wegen ihrer Kohle umgebracht, und meistens nur, wenn sie sich gewehrt haben. Aber er hat aus reinem Vergnügen getötet. Hat oft schrill gelacht, wenn er zugestochen hat. Es hat ihn richtig aufgegeilt, wenn seine Opfer um Gnade gewinselt haben. Außerdem hat er ein Problem gehabt. War impotent wegen einer Kriegsverletzung oder weil er ständig auf Drogen war ..."

„Und Sie glauben das alles?"

„Ich könnte mir vorstellen, dass er hier wirklich die Wahrheit gesagt hat. Denn er hat bei seinen Überfällen nie Messer benützt, sondern Schusswaffen, Revolver oder sogar Maschinenpistolen. Er hat die Leute immer nach dem gleichen Schema umgebracht. Carson ist nicht besonders intelligent. Sein früherer Komplize dürfte der Intelligentere und Gefährlichere sein."

Für mich steht fest, dass Dick Carson meinen Vater angeschossen hat. Die Kehle hat ihm der andere durchgeschnitten. Und meine Mutter wurde auf jeden Fall von dem anderen, diesem Messerhelden, erstochen.

Ich will kein Wort mehr hören. Will nur noch weg von hier.

Doch Detective Hunter schont mich nicht. „Ihre Mutter hat sich damals kräftig zur Wehr gesetzt. Ihren Angreifer blutig gekratzt und mit einem Küchenmesser verletzt. Auf dem Messer wurden jedenfalls Blutspuren gefunden, die nicht von Ihren Eltern stammen. Und sie stammen auch nicht von Dick Carson. Dadurch kennen wir mit hoher Wahrscheinlichkeit sogar die Blutgruppe des zweiten Täters."

Mir kommt das Frühstück hoch. Ich will aufs Klo rennen, als der Detective sagt: „Damals hat ‚The Snake' laut Carson in einem Trailer gehaust, irgendwo in einem der Reservate Arizonas oder New Mexicos. Die Indianer vermieten oft Gründe um wenig Geld oder lassen sich mit Whisky, Waffen und Marihuana bezahlen. Wir nehmen an, dass es sich um einen psychisch gestörten Kriegsveteran handelt, der im Krieg Gefallen am Töten gefunden hat. Viele dieser Leute vegetieren an den Rändern der Reservate vor sich hin, handeln mit Marihuana und Waffen, die sie aus dem Krieg mitgebracht haben und an weiße Farmer und fanatische Patrioten, aber auch untereinander verkaufen. Sie bekommen keine ordentliche Rente, haben nichts anderes gelernt, als zu töten ..."

„Bitte keine psychologischen Erklärungen. Mir ist es völlig egal, ob der Mörder meiner Eltern wegen seiner Erfahrungen in irgendeinem Krieg psychisch krank ist oder einfach nur Lust am Töten hat."

„Ich wollte niemanden entschuldigen, sondern Ihnen erklären, in welchem Milieu wir jetzt nach dem Täter fahnden. Wir haben die Suche nach ihm in den Reservaten in der Nähe von Taos und Santa Fe verstärkt. Außerdem nehmen wir an, dass ‚The Snake' als Söldner im Balkankrieg in den 90er-Jahren oder später als Söldner im dritten Irakkrieg 2003 gekämpft hat und eine Zeit lang dort geblieben ist. Dieses Land ist mittlerweile zum Paradies für Söldner geworden. Carson hat erwähnt, dass sein Kumpel ein paar Jahre jünger gewesen sei als er."

„Ich verstehe nicht, warum Sie erst jetzt auf die Spur dieser beiden Männer gekommen sind. Das FBI hat sich bereits 1992 für den Fall interessiert. Sogar ich wurde von einem Beamten einvernommen, als ich zum Begräbnis meiner Eltern angereist bin. Aber meine Mutter war eben eine arme Zigeunerin und mein Vater ein einfacher europäischer Tourist. Wegen des Todes solcher Leute hat man sich nicht gerade die Beine ausgerissen, oder?"

„Bestimmt haben meine Kollegen damals alles Menschenmögliche getan, um den Mord an Ihren Eltern aufzuklären. Leider hatten wir in den frühen 90er-Jahren nicht die technischen Hilfsmittel, über die wir heute verfügen. Es gibt aber zu viele Killer dort draußen und zu viele schlecht ausgerüstete Police Departements, um die Menge an Daten zu den diversen Verbrechen zu bearbeiten. Unsere neue Software ist zwar erstaunlich effizient und zeigt in Sekundenschnelle Zusammenhänge auf, die früher monatelange Recherchearbeit erfordert hätten, trotzdem komme ich mir oft vor wie ein blindes Huhn, das ein Korn findet, wenn ich einen Fall aus Hunderten löse. Mittlerweile bin ich überzeugt, dass nicht nur ein Serienkiller auf den Campingplätzen entlang der Route 66 sein Unwesen getrieben hat, sondern ein zweiter noch gefährlicherer Psychopath dort bis heute unterwegs ist."

Detective Hunters Telefon läutet.

„Entschuldigen Sie."

Er versucht den Anrufer gleich wieder loszuwerden, im Laufe des Gesprächs verändert sich jedoch sein Gesichtsausdruck.

„Es tut mir leid, ich muss weg. Wenn Sie Zeit haben, könnten wir uns heute Abend treffen. Wo sind Sie abgestiegen?"

„Im *Pink Flamingo*. Zimmer 701."

„Ich rufe Sie an."

Sicherheitshalber schreibe ich ihm meine Handynummer auf einen Zettel.

Er speichert meine Nummer sofort in seinem Mobiltelefon ab und ruft mich an.

„So, jetzt haben Sie auch meine mobile Nummer! Wir sehen uns heute Abend. Und ich werde mir gleich noch einmal Dick Carson vorknöpfen. Ich habe gerade eine wichtige Nachricht bekommen. Während wir hier miteinander geredet haben, ist Carson von einem meiner Kollegen erneut verhört worden, und stellen Sie sich vor, er hat endlich gestanden, dass er den Mann im *Royal Hawaiian Motel* erschossen hat."

4.
Las Vegas, Nevada, 16. April 2012

„Was machen wir jetzt? Gehen wir shoppen?", fragt Orlando, der die ganze Zeit geschwiegen hat, kaum, dass wir das Büro des Detectives verlassen haben.

„Ich verstehe nicht, warum ich dieses verfluchte Schwein nicht sehen darf. Was würde ich nicht dafür geben, heute Nachmittag bei diesem Verhör dabei zu sein."

„Oh nein! Willst du wieder selber Detektiv spielen?"

„Auf jeden Fall werde ich mir die Schauplätze der anderen Morde, die Simon Hunter erwähnt hat, ansehen."

„Was versprichst du dir davon?"

„Ach, lass mich in Ruhe, Orlando. Mir geht's nicht gut."

Ausnahmsweise reagiert er verständnisvoll, kümmert sich sogar um ein Taxi für mich und geht dann allein einkaufen.

Simon Hunters Bericht hat mich mehr erschüttert, als ich erwartet hatte. Zurück in unserem Hotelzimmer, lege ich mich auf mein Bett, schalte den Fernseher ein und schaue mir die Nachrichten an.

MSNBC ist meiner Meinung nach der beste Nachrichtensender im Südwesten der USA. Den ganzen Tag politische Berichterstattung. Offensichtlich sympathisiert der Sender mit den Demokraten. Sie bringen jeden Furz von Obama und auch Nachrichten aus Europa und dem Nahen Osten. Die Bildberichte über Demonstrationen in Athen und unzählige Tote in Damaskus lenken mich ein wenig von meinen eigenen Problemen ab.

Als Orlando am frühen Nachmittag von seiner Einkaufstour zurückkehrt, jagt er mich aus dem Bett. „Aufstehen, Kafka! Du kommst jetzt mit mir. Vegas ist auch bei Tageslicht sehenswert, glaub mir."

Stolz zeigt er mir die Klamotten, die er sich gekauft hat: „Hier ist alles superbillig!"

„Ich weiß. Der Dollar steht schlechter als der Euro."

Ich interessiere mich nicht für Orlandos Schnäppchen. Warte sehnsüchtig auf den Anruf des Detectives und schaue immer wieder auf das Display meines Handys.

„Seinen Anruf verpasst du schon nicht. Du kannst dein Handy ja in deinen Gürtel stecken, dann spürst du die Vibration", kichert er. „Und jetzt komm. Ich möchte endlich die neuen Casinos sehen."

Widerwillig begleite ich ihn auf eine kleine Sightseeing-Tour. Bestehe jedoch darauf, zu Fuß zu gehen.

Orlando meckert zwar, wirkt aber durchaus zufrieden, als er an meiner Seite den Strip entlangschlendert.

Nach dem *Bellagio* rückt ein gewaltiger moderner Gebäudekomplex in unser Blickfeld. Orlando schlägt vor, den Peoplemover zu benützen. Als wir mit dieser merkwürdigen Hochbahn die paar Meter ins Herz des CityCenters fahren, kann ich mir die Bemerkung nicht verkneifen, dass er schon mal hier gewesen sein muss, weil er sich doch so gut auskenne.

„Hier haben sich viele weltberühmte Architekten verewigt", beteuert er eifrig und deutet auf die schrägen Zwillingstürme von Helmut Jahn.

Seit wann interessiert sich mein Freund für moderne Architektur?

„Und die tolle Fassade hat kein geringerer als Daniel Libeskind entworfen."

„Woher weißt du das?"

„Vorhin, als ich allein unterwegs gewesen bin, hat mich ein netter Typ angequatscht. Stell dir vor, er hat mich für eine deutsche Touristin gehalten und mich auf ein Eis eingeladen. Er heißt Markus und studiert Architektur in Berlin. Ist richtig süß und unheimlich klug ..."

„Das darf einfach nicht wahr sein! Wir sind noch keine vierundzwanzig Stunden in der Stadt und schon hast du wieder jemanden kennengelernt. Du bist und bleibst ein Weltmeister im Aufreißen!"

„Höre ich Neid aus deiner Stimme?"

Ich gebe ihm einen Klaps auf seinen wohlgerundeten Po.

„Den Namen kenne ich", sagt er aufgeregt.

Ich denke, er spricht nach wie vor von Libeskind. Doch er deutet auf eine überdimensionale Glasfront mit einer mindestens zwanzig Meter hohen Roberto-Cavalli-Werbung und ehe ich etwas sagen kann, ist er bereits in dem supermodernen Einkaufszentrum verschwunden. Mir bleibt nichts anderes übrig, als ihm zu folgen.

Wir drücken uns die Nasen an den Scheiben von Tiffany, Dior und Louis Vuitton platt. Wagen uns aber in keines der sündhaft teuren Designergeschäfte hinein.

Als ich über einem italienischen Lokal den Namen des berühmten österreichischen Kochs Wolfgang Puck entdecke, schlage ich vor, dort eine Kleinigkeit zu essen. Ein Blick auf die Speisekarte und ich entscheide mich für den Imbiss-Stand am Ende der Rolltreppe, der ebenfalls zu Wolfgangs Pucks Imperium gehört.

Das Sandwich mit Rindfleischsalat schmeckt ausgezeichnet. Orlando lobt seinen Donut.

Wieder gestärkt machen wir einen Streifzug durch die schicken Galerien. Angesichts der Preise für die meist monströsen und zum Teil kitschigen Kunstwerke wird Orlando richtig ehrfürchtig. Wahrscheinlich wird er heute Nacht davon träumen, in einer dieser Galerien auszustellen. Orlando ist Maler. Autodidakt. Und bisher nicht gerade von Erfolg verwöhnt.

„Ich würde mir gern das *Mandarin Oriental* ansehen. Markus meinte, das sei eines der schönsten Hotels der Stadt“, sagt er, als wir am anderen Eingang des CityCenters angelangt sind.

Wir fahren hinauf in die Bar im 23. Stock. Oben angekommen sind wir uns einig, dass dieses Hotel von allen exklusiven Hotels, die wir bisher gesehen haben, am geschmackvollsten eingerichtet ist. Dezente, warme Farben, bequeme Sitzmöbel, hübsche asiatische Accessoires, raffinierte Beleuchtung. Die Fenster der Bar reichen bis zum Boden. Die Aussicht auf die Stadt ist atemberaubend. Wir trinken Kaffee und machen ein paar Fotos.

Mein Handy läutet. Er ist es!

Detective Hunter schlägt vor, abends gemeinsam essen zu gehen.

„Ich hole Sie um sieben Uhr in Ihrem Hotel ab. Okay?" Er klingt gehetzt. Legt gleich wieder auf, nachdem ich zugesagt habe.

Plötzlich habe ich es eilig, zurück ins *Pink Flamingo* zu kommen. Ich spendiere uns ein Taxi.

„Das Bad gehört für die nächste halbe Stunde mir", sage ich zu Orlando.

Seinen Protest überhöre ich geflissentlich.

Ich ziehe ein wadenlanges, gelbweiß geblümtes Sommerkleid mit tiefem Ausschnitt an. Das einzige Kleid, das ich mitgenommen habe.

„Du solltest mehr Bein zeigen", lautet Orlandos Kommentar.

„Ich fühle mich in einem langen Kleid wohler. Und jetzt schau, dass du bald fertig wirst. Ich geh schon mal in die Lobby. Wir sind spät dran, es ist zehn nach sieben."

„Na und? Der Detective wird uns sicher nicht davonlaufen."

„Beeil dich trotzdem, sonst gehen wir ohne dich essen!"

Nicht nur ich habe mich in Schale geworfen, auch Detective Hunter sieht sehr gut aus in seinem dunkelblauen Hemd und der weißen Jeans, die seinen knackigen Hintern bestens zur Geltung bringt. Ein mitternachtsblaues Leinensakko hat er lässig über die Schulter geworfen.

Er schenkt mir einen bewundernden Blick, kann sich aber nicht zu einem Kompliment durchringen.

„Wohin möchten Sie gehen, haben Sie einen speziellen Wunsch?"

„Machen Sie einen Vorschlag. Sie sind der Einheimische. Außerdem müssen wir ohnehin auf Orlando warten."

Wir kommen nicht dazu, uns länger zu beratschlagen. Ein nixenhaftes Wesen verlässt gerade den Lift und stöckelt auf Mörderabsätzen durch die Eingangshalle.

Ich muss mir ein Lachen verkneifen. Heute hat es mein Freund wirklich übertrieben. Er trägt ein türkisfarbenes, knallenges Röckchen und dazu ein grünblaues, mit silbernen Pailletten besticktes Top mit Spaghettiträgern. Die funkelnden Pailletten sehen aus wie Fischschuppen. Auf seinem Kopf thront eine weißblonde Perücke.

Er hat es geschafft, selbst in Las Vegas aufzufallen. Fast alle Leute im Foyer drehen sich nach ihm um. Detective Hunter starrt ihn verblüfft an.

„Du siehst aus wie eine Forelle blau“, sage ich kichernd auf Deutsch.

„Und du bist eifersüchtig, weil der Detective nur Augen für mich hat.“

„Wir haben gerade überlegt, wo wir hingehen sollen.“ Hunter hat anscheinend seine Sprache wiedergefunden.

„Stimmt es, dass man in den Casinos nicht nur kostenlose Drinks bekommt, sondern auch gratis essen kann?“, frage ich.

„In manchen ja. Aber ich nehme nicht an, dass ihr spielen wollt.“

„Oh doch!“ Orlando lächelt ihn zuckersüß an.

„Zuerst etwas essen?“

„Ich hätte nichts gegen einen saftigen Burger“, sage ich boshaft.

Orlando ist Vegetarier und hasst Hamburger.

„Vielleicht gar im Hard Rock Cafe?“ Simon Hunter verzieht keine Miene.

„Um Himmels willen“, stöhnt Orlando.

„Das wäre toll“, sage ich. „Bestimmt haben sie dort auch vegetarische Burger, und wenn nicht, kannst du ja Pommes mit Ketchup bestellen.“

Wir gehen zu Fuß ins Hard Rock Cafe. Die gleichen Menschenmassen wie tagsüber schieben sich auf den Gehsteigen des Strips von einem Casino zum anderen. Der mehrspurige Las Vegas Boulevard ist total verstopft. Nichts geht mehr.

Ich frage den Detective, ob er bei dem Verhör von Dick Carson heute Nachmittag mehr über den zweiten, noch flüchtigen Mörder meiner Eltern herausbekommen habe.

„Dies ist weder der geeignete Ort noch der richtige Zeitpunkt für dieses Thema. Oder wollen Sie im Ernst Smalltalk über den Mord an Ihren Eltern führen? Kommen Sie morgen Früh in mein Büro. Dann reden wir in Ruhe über alles. Heute Abend genießen Sie Las Vegas. Okay?"

Ich fühle mich zurechtgewiesen wie ein Schulkind. Verkneife mir eine spitze Bemerkung und trotte schmollend hinter den beiden Männern her.

Der Lärm im Hard Rock Cafe ist unerträglich. Ich mag Rockmusik, aber nicht in dieser Lautstärke. Nach einem Blick auf Orlandos Leidensmiene ersucht Detective Hunter um einen Tisch im Freien.

Auch draußen sitzen überwiegend junge Leute. Simon Hunter ist mit Abstand der älteste Gast. Plötzlich komme auch ich mir schrecklich alt vor und bereue meine Boshaftigkeit. Nur weil ich Orlando ärgern wollte, muss ich jetzt fettes Fastfood in mich hineinstopfen.

Die Burger schmecken jedoch ausgezeichnet. Selbst Orlando ist zufrieden. Allerdings vermute ich, dass nicht der Veggie-Burger für seine gute Laune verantwortlich ist, sondern der Anblick all dieser prächtigen jungen Männerkörper. Die meisten Burschen hier tragen ärmellose Shirts und haben so dicke Oberschenkel, dass sie nicht mehr normal gehen können.

Nach dem Essen schlägt Simon Hunter einen Besuch im *Bellagio* vor. „Falls ihr wirklich spielen möchtet." Er zwinkert Orlando zu.

Die beiden Männer scheinen sich mittlerweile bestens zu verstehen. Schon beim Essen ist mir aufgefallen, dass Detective Hunter sehr liebenswürdig zu Orlando war, während er mit mir kaum ein Wort gewechselt hat. Sein Verhalten macht mich nervös. Ist er etwa bisexuell?

Im *Bellagio* habe ich eigentlich italienisches Flair erwartet. Angesichts der in Pastelltönen gestrichenen Hotelhalle und der überdimensionalen Schmetterlinge, die unter der Decke schweben, trifft mich fast der Schlag. Da ist mir ja der altmodische Römerkitsch im *Caesars Palace* noch lieber gewesen.

Im überdachten Garten treiben mir die tropischen Temperaturen den Schweiß aus allen Poren.

Mit verzücktem Gesichtsausdruck schreitet Orlando zwischen den Blumenarrangements hindurch. Als er das gläserne Schmetterlingshaus entdeckt, in dem echte Falter hektisch herumflattern, ist er hellauf begeistert. In einem Shop dahinter werden Gartenaccessoires angeboten, die ein kleines Vermögen kosten. Ich habe alle Mühe, Orlando in seinem Kaufwahn zu bremsen.

„Du wirst wohl nicht Pflanzen für deinen Balkon von Las Vegas nach Wien mitschleppen wollen. Außerdem ist die Einfuhr sicher verboten!" Orlando ist tatsächlich verunsichert und lässt von seinem Vorhaben ab.

Um diesem Garten Eden zu entkommen, bitte ich Detective Hunter, uns auch die Spielsäle zu zeigen. Sanft berührt er meinen Ellbogen und entführt mich aus dem verlogenen Paradies.

Wir beschließen alle drei, ein kleines Spielchen zu wagen. Ich will mich mit den Slotmaschinen begnügen. Orlando drängt in den nächsten Saal. „Dort wird richtig gespielt. Kommen Sie mit, Detective?" Er schenkt mir einen abfälligen Blick.

Simon Hunter weicht jedoch nicht von meiner Seite. Er beginnt mir zu erklären, wie meine Maschine funktioniert, und sagt zu Orlando: „Wir kommen später nach."

Der Detective bringt mir Glück. Zuerst bin ich zu hektisch und verliere zwanzig Dollar beim Pokern. Doch dann höre ich brav auf seine Ratschläge. Prompt gewinne ich achtzig Dollar.

„Sechzig Dollar Reingewinn!" Vergnügt winke ich nach der Kellnerin.

Nachdem ich meinen Gewinn-Gutschein ausgedruckt habe, setzt sich Simon Hunter auf meinen Platz und riskiert ebenfalls einen Zwanziger. Nach wenigen Minuten gibt er auf.

„Pech im Spiel, Glück in der Liebe", sage ich und schaue ihm lachend in die Augen.

Er bietet mir eine von seinen Zigaretten an. Die Kellnerin bringt uns unsere Gratisdrinks. Ich riskiere noch einen Zehner.

Hunter lässt mich dieses Mal allein spielen, beobachtet mich nur amüsiert. Seine Blicke machen mich nervös. Ich verliere den Zehner so schnell, wie ich gar nicht schauen kann.

„Schluss jetzt! Lassen Sie uns lieber zu Orlando gehen, bevor er sich ruiniert. Ich bin mir sicher, dass er sich bei den Roulettetischen herumtreibt."

Orlando ist selbst in dem riesigen Saal mit den hunderten Spieltischen nicht zu übersehen. Wie ich es geahnt habe, spielt er Roulette.

Wir stellen uns links und rechts neben ihn und sehen ihm eine Weile zu.

Der Stapel Chips vor ihm auf dem Tisch wird ständig kleiner. Er setzt hartnäckig auf seine Glückszahl, die Drei.

Hofft auf das 35-fache als Gewinn und verliert und verliert.

„Ich muss mir schnell ein paar Chips holen." Als er aufsteht, hänge ich mich bei ihm ein und zerre ihn mehr oder weniger vom Tisch weg.

„Bist du jetzt total durchgeknallt? Wie viel hast du bereits verloren?"

„Ich weiß, dass die Drei heute Abend kommen wird."

„Davon waren schon viele vor dir überzeugt. Je länger man spielt, desto mehr verliert man."

„Spar dir deine weisen Sprüche!"

„Ich hätte jetzt nichts gegen einen Drink einzuwenden", unterbricht Hunter unseren kleinen Disput.

Ich nehme Orlando wie ein Kleinkind an der Hand und ziehe ihn hinter mir her in die nächstgelegene Bar des *Bellagio*.

„Ich muss zurück. Muss mir meinen Einsatz wieder holen. Ich habe mehr als zweihundert Dollar verspielt", zetert er.

„Bist du wahnsinnig geworden?", schreie ich ihn vor allen Leuten an.

Keiner schenkt uns die geringste Beachtung. Schreiereien und Streitigkeiten scheinen hier an der Tagesordnung zu stehen. Ich sehe und höre auch andere Paare heftig diskutieren.

Als wir uns der völlig verkitschten, golden gestrichenen Theke nähern, bleibt Simon plötzlich stehen und dreht sich um. Ehe er kehrtmachen kann, stürzt sich eine dunkelhaarige Südstaatenschönheit auf ihn. Umarmt ihn und küsst ihn auf den Mund.

Die Frau passt perfekt ins Bellagio. In ihrer pastellfarbenen Barkeeper-Uniform sieht sie wie ein exotischer Schmetterling aus. Sie ist nicht mehr die Jüngste, hat aber eine gute Figur und, dank Botox, ein hübsches glattes

Puppengesicht. Ihre Lippen sind garantiert aufgespritzt und ihre Augenlider angehoben. Ich vermute auch, dass sie Brustimplantate hat. Obwohl ich selbst nicht gerade schlecht bestückt bin, werde ich neidisch beim Anblick der straffen prallen Titten, die ihre tief ausgeschnittene Bluse fast sprengen.

„Da... das ist meine Frau ... Exfrau ..., Susan“, stammelt Detective Hunter.

„Seit wann arbeitest du hier? Letzten Monat warst du doch im *Caesars Palace*.“

Detective Hunter sagt es beinahe vorwurfsvoll. Er scheint nicht gerade erfreut zu sein, seine Exfrau hier zu treffen.

„Die beiden Casinos gehören zum selben Konzern. – Willst du mich nicht mit deinen jungen Freundinnen bekannt machen?“, säuselt sie zuckersüß, wirft aber sowohl Orlando als auch mir giftige Blicke zu.

Simon Hunter stellt uns als Bekannte aus Europa vor. Sagt ihr, dass wir aus Wien angereist seien, erzählt ihr aber nicht den Grund für unsere Anwesenheit.

Dieses Zusammentreffen ist ihm sichtlich peinlich. Mir ist nur nicht klar, vor wem er sich für wen geniert.

Kaum hat Susan kapiert, dass wir keine ernsthafte Gefahr darstellen, beglückt sie auch uns mit ihrem falschen Charme und beginnt, uns von Europa vorzuschwärmen. „Ich habe letzten Sommer eine Europareise gemacht und mich in Wien verliebt. So eine bezaubernde und interessante Stadt. Man kann die Vergangenheit förmlich riechen. Ich liebe Wien, Sisi und Schönbrunn und Saint Stephans ...“

Orlando strahlt sie an, während mir das Lächeln auf den Lippen einfriert.

Nach ein paar Gläschen lädt sie uns ein, morgen Abend bei ihr zuhause vorbeizuschauen.

Meine Laune ist am Tiefpunkt angelangt. Ich bin schwer enttäuscht von Detective Hunters Geschmack. Wie konnte er nur mit so einer Tussi verheiratet gewesen sein? Kein Wunder, dass er heute so angetan war von Orlandos komischem Aufzug.

5.
Las Vegas, Nevada, 17. April 2012

Am nächsten Morgen möchte ich am liebsten sofort aufbrechen. Ich bin wild entschlossen, mich auf die Spuren des Mannes zu begeben, der „The Snake" genannt wird. Doch Simon Hunter erwartet mich um zehn Uhr in seinem Büro. Dieses Mal will ich alleine ins Police Departement gehen.

Orlando wirkt erleichtert.

Hat er womöglich ein Date mit diesem deutschen Architekturstudenten?

„Du kannst mich mit dem Taxi ein Stück mitnehmen. Ich möchte in den Souvenir-Laden beim Stratosphere Tower, an dem wir gestern vorbeigefahren sind."

Also kein Date. Ich lasse Orlando beim Bonanza-Gift-Shop aussteigen.

Kaum habe ich Detective Hunters Büro betreten, überfalle ich ihn mit der Bitte, mir wenigstens ein Foto von Dick Carson zu zeigen, wenn ich schon nicht mit ihm reden dürfe.

Wortlos holt er ein Foto aus der Mappe und reicht es mir.

Der Mann auf dem Bild sieht aus wie ein Sechzigjähriger, obwohl er meines Wissens erst Mitte vierzig ist. Sein Körper ist eine unvorteilhafte Mischung aus fett und dünn: knochige Arme und Beine und eine riesige Wampe. Sein Gesicht ist rund, mit ausgeprägten Tränensäcken und einem schlaffen schmalen Hals. Seine Nase dick und fleischig. Er hat dunkelblondes, leicht ergrautes Haar, das er auf dem Foto nach hinten gekämmt trägt, was seine Geheimratsecken betont. Seine Augen sind von undefinierbarer Farbe, irgendetwas zwischen grau und hellblau. Er sieht aus wie der nette freundliche Mann von nebenan. Ein spießiger Nachbar, der den Rasen mit der Nagelschere schneidet.

Dieser unscheinbare Mann hat meine Eltern und viele andere unschuldige Menschen auf dem Gewissen. Ich bekomme eine Gänsehaut und spüre schon wieder die Tränen hochkommen. Will aber nicht heulen wie ein kleines Mädchen. Nicht hier vor dem Detective, der mich mitleidig ansieht.

„Übrigens haben wir tatsächlich neue Informationen über den zweiten Täter."

Ich wische die nicht geweinten Tränen von meinen Wangen und bin ganz Ohr.

„Als ich gestern Dick Carson noch einmal in die Zange genommen habe, ist er schließlich mit dem Vornamen seines Komplizen herausgerückt. Er heißt angeblich Jimmy. Und seine Spur führt, wie ich vermutet habe, in die Wüsten Arizonas und New Mexicos. Offenbar hat er einige Zeit in Taos gelebt. Als Carson aus dem Gefängnis kam, hat er versucht, wieder Kontakt zu seinem früheren Kumpel aufzunehmen. Scheint ihn aber nicht gefunden zu haben. Er sagt, er habe gehört, dass Jimmy sich zuletzt in einem Hopi-Reservat aufgehalten hätte. Ich weiß nicht, ob er die Wahrheit sagt. Eigentlich hat er keinen Grund, seinen Komplizen zu schützen. Im Gegenteil, wenn es ihm gelänge, einen Großteil der Schuld auf ihn abzuwälzen, könnte er womöglich ein zweites Mal der Todesstrafe entgehen." Mit sanfter Stimme fügt er hinzu: „Ich glaube nicht, dass er mit lebenslänglich davonkommen wird.“

„Ich bin eine Gegnerin der Todesstrafe“, sage ich schnell, damit kein Missverständnis entsteht. „Aber ich will diese Schweine wirklich lebenslänglich hinter Gittern sehen. Keine vorzeitige Entlassung wegen guter Führung oder sonst irgendeinem Scheiß. Bei uns in Europa kommen die meisten Mörder schon mit fünfzehn Jahren davon.“

„Manchmal denke ich, die Aussicht, den Rest seines Lebens in einem Gefängnis zu verbringen, ist fast schlimmer, als sterben zu müssen.“

„Für mich wäre es das. Also sollen sie bis zu ihrem Tod verwahrt werden. Und außerdem bin ich überzeugt, sie würden es wieder tun, wenn sie rauskämen. Ich gestehe, dass ich mich nach Rache sehne. Die beiden sollen büßen. Ich bin nicht religiös und halte auch nichts von Auge für Auge und so, aber ich will die Mörder meiner Eltern hinter Schloss und Riegel wissen. Und zwar lebenslang!“

Ich habe mich in Rage geredet und wechsle rasch das Thema, ersuche Detective Hunter, mir alle Tatorte auf meinen Straßenkarten einzuzeichnen.

Er weigert sich, meiner Bitte nachzukommen.

„Sie haben versprochen, mir in jeder Hinsicht behilflich zu sein. Und jetzt kneifen Sie. Das ist nicht fair.“

„Ich halte es für absolut keine gute Idee, dass Sie sich selbst auf die Spur des zweiten Täters begeben.“

„Will ich ja gar nicht. Ich möchte mir die Schauplätze der Morde näher ansehen.“

„Und was versprechen Sie sich davon?“

„Das kann ich Ihnen nicht erklären. Es ist nur ein Gefühl. Ich muss es einfach tun. Glauben Sie mir. Und wenn ich es nur für mich selbst tue.“

„Ich verstehe nicht, was das bringen soll.“

„Die Mordopfer waren meine Eltern. Ich muss wissen, was damals geschehen ist. Wer diese Bestien waren, die sie umgebracht haben.“

Er bemüht sich noch eine Weile, mich von meinem Plan, die Tatorte persönlich in Augenschein zu nehmen, abzuhalten. Ich bestehe hartnäckig darauf. Schließlich gibt er nach und zeichnet widerwillig die Orte auf den Karten ein.

„Der andere Täter läuft frei herum. Er ist mindestens so gefährlich wie Dick Carson. Ich möchte nicht, dass Sie sich in Gefahr bringen“, warnt er mich und sieht mich so eindringlich an, dass ich ganz unruhig werde.

„Sie sollten mir vielleicht nähere Informationen über den zweiten Täter geben.“

„Würde ich gerne, aber ich weiß nicht viel mehr als Sie. Er ist mit Sicherheit ein Psychopath. Aber was gibt es über Psychopathen zu sagen? Sie besitzen null Empathie. Ihnen geht die Fähigkeit ab, Reue oder Mitgefühl zu empfinden. Es ist ihnen völlig gleichgültig, was ihre Taten für andere Menschen bedeuten. Meist sind sie perfekte Lügner und sehr effizient darin, andere Leute zu manipulieren, damit alles nach ihren Vorstellungen abläuft. Die Intelligenteren unter ihnen können sich so gut verstellen, dass sie für ihr Umfeld völlig normal erscheinen.“

Ich erzähle ihm, dass ich schon zwei Mal in Mordfälle involviert war. In Wien und in Florenz. Meiner Meinung nach waren die Täter damals ebenfalls Psychopathen.

„Glauben Sie mir, ich bin nicht ganz unerfahren als Detektivin.“

„Das ist kein Spiel, Ma'am! Sie begeben sich unnötig in Gefahr und erschweren uns noch dazu die Arbeit. Machen Sie einfach Urlaub und lassen Sie uns unseren Job erledigen.“ Er blickt mich zornig an.

Ich schnappe mir eilig meine Straßenkarten, bedanke mich und verabschiede mich betont freundlich von ihm.

„Wir sehen uns heute Abend“, sage ich versöhnlich. „Sie holen uns ab?“

„Ja. Wieder um sieben Uhr?“

„Okay!“

SMS von Orlando. Er wartet im Casino des *Golden Nugget* auf mich.

Er sitzt an einer Slotmaschine und bemerkt mein Kommen nicht. Konzentriert starrt er auf die ständig wechselnden Symbole.

Die Geräuschkulisse ist unerträglich.

„Wie viel hast du bisher verloren?“

„Gib Ruh! Ich muss weiterspielen. Habe noch nicht alles aufgebraucht, was ich reingeworfen habe.“

„Lass mich mal ran.“ Ich beuge mich über seine rechte Schulter.

Kaum habe ich auf den grün leuchtenden Knopf gedrückt, beginnt der Apparat zu rattern. Ein ohrenbetäubendes Klingeln ertönt.

„Was für ein Wohlklang!“ Orlando fällt mir um den Hals. „Du bist eine richtige Glücksfee! Lädst du mich jetzt auf ein Mittagessen ein?“

„Nein. Du kannst mich einladen. Das ist dein Geld. Nehme an, du hast mehr verloren, als ich dir jetzt zurückgewonnen habe.“

„Schade, dass wir nicht hier abgestiegen sind. Die haben einen Poolbereich mit einem Haifischbecken. Man kann durch einen durchsichtigen PVC-Kanal mitten durch das Becken rutschen und die Killerhaie schauen dir dabei zu.“

„Vielen Dank, darauf kann ich verzichten. Ich habe keine Lust, für diese Ungeheuer den Clown zu spielen.“

„Im Hotelprospekt steht übrigens, dass der ‚Goldklumpen‘ das erste Hotel in Vegas ist, das von Beginn an auch als Casino konzipiert war", sagt Orlando. „Ich hab gedacht, das *Flamingo* von Bugsy Siegel wäre das erste ..."

„Du musst nicht alles glauben, was du liest. Außerdem ist das völlig egal."

„Was ist los? Ist dir eine Laus über die Leber gelaufen? War der Detective nicht lieb zu dir?"

„Wen interessiert, ob der lieb ist oder nicht? Mit seinen Informationen hat er nicht rausrücken wollen. Das hat mich gegiftet."

Ich gebe ihm fast wortgetreu das Gespräch mit Simon Hunter wieder.

„Mir scheint, unser Detective ist ziemlich sauer auf dich."

„Und wenn schon? Ob du es glaubst oder nicht, das ist mir momentan scheißegal."

„Ich hab gedacht, du stehst auf ihn?"

„Spinnst du?"

„Ich finde ihn toll. Vielleicht ist er gar nicht so hetero, wie er tut?"

Orlandos sehnsüchtiger Blick bringt mich zum Lachen.

„Ich weiß, Darling, jeder zweite Mann ist bisexuell, zumindest bildet ihr Schwule euch das ein."

„Sei nicht so gemein. Wenn du ihn nicht willst, könnte ich es ja bei ihm versuchen."

„Dann viel Glück!"

Als wir das *Golden Nugget* verlassen, brennt die Mittagssonne erbarmungslos auf uns nieder.

„Lass uns einen Mietwagen besorgen. Hier ist man ohne Auto aufgeschmissen."

„Ein Cabrio?"

„Du machst mich krank! Willst du bei vierzig Grad plus ohne Dach in der Wüste herumkutschieren?"

„Wir können jederzeit das Verdeck schließen, wenn es zu heiß wird. Bestimmt haben alle Autos gute Klimaanlagen."

Ich winke ein Taxi heran.

„Kennen Sie einen billigen Autoverleih?", frage ich den indischen Chauffeur.

Er fährt mit uns zweimal um den Stratosphere Tower herum und dann Richtung stadtauswärts.

Die Gegend wird schlechter. Billiggeschäfte, Imbissbuden und einfache *flophouses,* heruntergekommene Absteigen mit vergitterten Fenstern, die wie kleine Gefängnisse aussehen. Wir befinden uns noch in Downtown – zumindest laut meines Stadtplans.

Unser Fahrer hält vor einem riesigen Schrottplatz. Bei uns heißen solche Unternehmen Autometzger. Hier prangt ein vergilbtes Schild mit der Aufschrift „Cars for lease" über der Baracke, in der sich offensichtlich das Büro befindet.

Ein großer hagerer Mann mit schulterlangem weißem Haar kommt aus der Hütte und begrüßt uns freudestrahlend.

Bevor ich den Mund aufmache, fragt ihn Orlando, ob er auch Cabrios zu vermieten habe.

Eifriges Nicken. Der Händler führt uns hinter die Baracke.

Verblüfft starre ich auf die todschicken Oldtimer, die von der Straße aus nicht sichtbar waren.

Orlando bricht angesichts einer roten Corvette in Begeisterungsstürme aus und fragt sofort nach dem Preis.

„Viel zu teuer", flüstere ich, als der Alt-Hippie etwas von hundert Dollar pro Tag murmelt. „Haben Sie nichts Kleineres, Preiswerteres?"

Die Entscheidung fällt schließlich zwischen einem Renault Mégane und einem Mazda Cabrio. Der Japaner ist billiger.

Ich erledige die üblichen Formalitäten und schon geht's los.

„Gib zu, dass du es auch genießt, den Fahrtwind in deinem Haar zu spüren", sagt Orlando und lehnt sich mit seligem Gesichtsausdruck auf dem Beifahrersitz zurück.

Ich muss ihm widerwillig Recht geben. Es ist wirklich ein besonderes Gefühl, in einem offenen Wagen durch die Gegend zu fahren.

„Eine kleine Stadtrundfahrt gefällig?", frage ich vergnügt.

„Du bist ein Schatz." Orlando tätschelt meine Hand.

Ich halte kurz bei einem Outlet-Store für Sport- und Freizeitutensilien. Erstehe ein kleines Zelt, eine Matte und zwei günstige Fleecedecken.

„Du glaubst doch nicht im Ernst, dass ich in einem Zelt übernachten werde." Orlando ist entsetzt.

„Es wird dir nichts anderes übrig bleiben. Ich fürchte, wir werden da draußen in der Wildnis nicht überall ein gemütliches Hotelzimmer finden."

In dem chinesischen Billigladen nebenan besorge ich uns noch zwei kleine Polster. „So, jetzt sind wir ordentlich ausgerüstet."

Zurück in unserem Hotel lasse ich mich von Orlando zu einem Drink im Garten überreden.

Wir amüsieren uns beide über die hübschen Flamingos, die dort herumstolzieren wie eitle Gecken, und bestellen, wie die meisten anderen Touristen, einen Manhattan. Orlando klaut mir sofort meine rote Cocktailkirsche.

„Du kannst den ganzen Drink haben. Der ist mir zu süß. Die haben viel zu viel roten Wermut reingeschüttet. Außerdem hätte ich ihn gern mit Eis."

„Als Barkeeperin solltest du wissen, dass Manhatten ohne Eis serviert wird", belehrt mich mein Freund.

Wir bestellen Thunfischsalat und genießen den Rest des Nachmittags am Pool unter einem überdimensionalen Sonnenschirm im Garten unseres Hotels.

Als uns Detective Simon Hunter am Abend abholt, sind wir beide herausgeputzt. Ich habe einen leichten Sonnenbrand abbekommen. Mein Dekolletee hat die Farbe eines Hummers. Auf Orlandos Rat hin, habe ich sein kurzes, ärmelloses, schwarzes Kleid angezogen und trage dazu die Elfenbeinkette meiner Mutter.

Laut meinem Freund sehe ich très chic aus. „Wie ein Model in den 1960er-Jahren", sagt er.

Simon Hunter starrt mich an, als wäre ich ein Wesen von einem anderen Stern.

Wir fahren in Simons knallrotem Jeep aus der Stadt hinaus zu einem Living Resort namens *Lakeview*.

„Diese Siedlung wurde für Weiße erbaut", bemerkt er abfällig. „Ich hatte die Ehre, mit einer Weißen verheiratet zu sein, denn sonst hätte ich dort kein Haus kaufen können. Mein Vater war ein Winnebago, meine Mutter eine Navajo."

Die Anlage befindet sich auf den Howard-Hughes-Gründen, am Fuße der Berge des Red Rock Canyon.

„Leider sind diese teuren Anwesen seit dem Börsenkrach 2009, als die Immobilienblase bei uns geplatzt ist, nur mehr die Hälfte wert. Viele Häuser stehen mittlerweile leer", sagt er. „Ich bin, ehrlich gesagt, froh, das Haus bei der Scheidung meiner Exfrau überlassen zu haben. Sie wollte unbedingt hier wohnen bleiben und zahlt jetzt die horrenden Betriebskosten allein."

Wir passieren die Security Control ohne Schwierigkeiten. Simon Hunter besitzt eine Karte, die ihn zur Einfahrt berechtigt.

Sein, oder besser gesagt Susan Hunters Haus liegt an der Lakeside.

Mein Blick fällt als Erstes auf kleine Elektrobötchen mit Sonnendächern, die auf dem künstlich angelegten Gewässer hinter dem Haus herumdümpeln.

„Diese Flüsse werden mit gewöhnlichem Trinkwasser gespeist", sagt Simon. „Hier leben verdammt dicke Fische, denn Angeln ist nicht erlaubt."

„Ein See und Flüsse mitten in der Wüste?", frage ich und runzle die Stirn.

„Ziemlich pervers, nicht?"

Seine Exfrau empfängt uns in einem langen, weißen Kleid. Ein Seidenfetzen, der mindestens fünfhundert Dollar gekostet hat, schätze ich. Sie strahlt übers ganze Gesicht. Ihr Lächeln wirkt irgendwie unnatürlich.

„Geliftet", flüstert mir Orlando zu.

Ihre Freundlichkeit bezieht sich nicht nur auf uns, sondern auch auf Simon.

Ich beobachte den Detective argwöhnisch. Er redet nicht viel, beantwortet kurz und knapp ihre Fragen. Auch ich halte den Mund. Habe keine Lust auf Smalltalk. Überlasse es Orlando, sich mit Susan zu unterhalten.

Zwei kleine Zwergpudel wuseln um unsere Beine herum. Sie sind so winzig, dass sich nicht einmal Orlando, der eine Heidenangst vor Hunden hat, vor ihnen fürchtet. Als eines der Hündchen ihn ankläfft, weicht er jedoch ein paar Schritte zurück.

„Geh, sag bloß, du fürchtest dich vor diesem Winzling. Ein Tritt von dir und er landet im großen Planschbecken", sage ich auf Deutsch zu ihm.

Susan nimmt ihre beiden Köter auf den Arm, streichelt sie und knutscht mit ihnen.

Mir graust.

Simon vermeidet den Augenkontakt mit mir, blickt verlegen zu Boden. Währenddessen plappert Susan ununterbrochen, erzählt, dass sie früher Akrobatin war und in großen Shows in diversen Casinos in Vegas aufgetreten ist.

Die Cocktails für uns hat sie bereits vorbereitet. Wir trinken sie auf ihrer Terrasse mit Blick auf den künstlichen See. Mir schmeckt das Zeug, das sie gemixt hat, besser als unsere Drinks im *Pink Flamingo*. Drambuie gehört zu den wenigen Likören, die ich mag. Von ihrem jetzigen Job als Barkeeperin dürfte Simons Ex was verstehen.

„Rusty Nail?“, frage ich.

„Ja, leider habe ich keinen Scotch zuhause. Deshalb habe ich Bourbon genommen. Ich hoffe, Ihr anspruchsvoller europäischer Gaumen verträgt auch unseren Whisky.“

Ich trinke zu schnell.

Als auch die anderen ihre Gläser geleert haben, schlägt Susan eine Bootsfahrt vor.

Orlando strahlt übers ganze Gesicht, als sie erwähnt, dass auch die berühmte Sängerin und Schauspielerin Cher hier ein Anwesen besessen hat. Prominentengeil, wie er ist, will er unbedingt das ehemalige Haus von Cher sehen.

Als wir in dem doofen Elektroboot über das Wasser gleiten, ist Simon Hunter vollauf damit beschäftigt, zu verhindern, dass Susans Köter ins Wasser fallen.

Susan unterhält uns weiterhin mit Anekdoten aus ihrer glorreichen Vergangenheit. Sie wirkt wie eine einsame, redselige Frau, die sich mit dem Altern schwer tut. Mit kokettem Augenaufschlag erwähnt sie, dass sie fünf Jahre älter ist als Simon, also knapp an die fünfzig.

Als einer ihrer blöden Zwergpudel auf meinen Schoß kriecht, stoße ich einen kleinen Schrei aus. „Ich bin allergisch gegen Hundehaare“, lüge ich und schubse ihn weg. Auch ich bin eine gute Schauspielerin.

Sie und ihre beiden Schätzchen gehen mir mittlerweile ziemlich auf den Geist. Ich kann die Bootsfahrt im Mondschein, vorbei an den exklusiven Villen der Reichen und

Schönen, nicht wirklich genießen, muss dauernd an die Mörder meiner Eltern denken.

Als wir wieder am Steg vor ihrem Haus angelegt haben, bittet Susan den Detective, nach ihrer kaputten Dusche zu sehen.

Mit unbewegtem Gesicht verschwindet er im Haus. Simon Hunter sieht man offenbar selten an, was er denkt oder fühlt. Fast bin ich ein bisschen stolz darauf, ihn heute Vormittag in seinem Büro aus der Reserve gelockt zu haben.

„Nehmen Sie einstweilen wieder auf der Terrasse Platz. Ich bin gleich zurück", sagt sie zu uns.

Ich zünde mir eine Zigarette an.

„Hier ist Rauchverbot", schnauzt mich Orlando an.

„Wir sitzen im Freien!"

„Trotzdem."

Als Susan uns kurz darauf ihre Spezialcocktails serviert, sieht sie mich missbilligend an.

Hastig dämpfe ich meine Zigarette in meinem kleinen Taschen-Aschenbecher aus.

„Lasst mich raten", sagt Orlando, nachdem er einen großen Schluck von seinem Cocktail genommen hat. „Highland Tequila?"

„Genau. Tequila Añejo mit Drambuie auf Eis."

„Ich bin selber Barkeeper." Orlando grinst Simons Ex von oben herab an.

Ich frage mich, wo Detective Hunter so lange bleibt. Werfe einen verstohlenen Blick in das Innere des Hauses.

„Simon kommt gleich. Er repariert noch schnell den Wasserhahn in der Küche." Susan hat einen scharfen Blick. Bilde ich mir nur ein, dass sie bei diesen Worten süffisant lächelt? Jedenfalls scheint ihr Exmann nach wie vor den Hausmeister für sie zu spielen.

Wind kommt auf und auf der Terrasse wird es ungemütlich.

Den Kaffee trinken wir in ihrem Wohnzimmer.

Die Einrichtung verblüfft nicht nur mich. Auch Orlando reißt erstaunt die Augen auf. Mitten in dem geräumigen, hohen Raum steht ein silbern angestrichenes Rentier. Ein Relikt von letzten Weihnachten? An den Wänden hängen bunte Bilder. Schrecklicher naturalistischer Kitsch. Silbern- und goldfarbene Polster auf den beiden Sofas. Schlechte Kopien von Michelangelos David und der Venus von Milo als Kerzenhalter. Und an der Decke schwebt ein übergewichtiger Engel.

Ich verstehe nicht, wie Simon Hunter mit dieser Frau hatte verheiratet sein können.

Orlando und ich haben nebeneinander auf der Couch Platz genommen.

Simon setzt sich uns gegenüber in einen zebragestreiften Fauteuil und schweigt. Hat er, seit wir hier angekommen sind, überhaupt etwas gesagt außer ja oder nein?

Susan übernimmt die Reiseplanung für uns. Sie weiß, dass wir Richtung Arizona und New Mexico wollen, hat aber keine Ahnung, warum. Weder Simon noch ich haben die Morde in ihrer Gegenwart erwähnt.

Sie empfiehlt uns, als Erstes das Valley of Fire zu besuchen. Simon Hunter stimmt ihr zu.

Er will verhindern, dass wir uns auf die Spuren des zweiten Täters begeben, das ist mir völlig klar.

Er drängt zum Aufbruch.

Susan will uns nicht gehen lassen. Wahrscheinlich hat sie Angst vor dem langen Abend allein in ihrem Fantasy-Haus.

„Einen klitzekleinen Abschiedsdrink", säuselt sie.

Orlando nickt. Also sage auch ich nicht nein, obwohl ich bereits mehr als genug von dem Zeug intus habe.

„Ich kann Susans köstlichen Cocktails einfach nicht widerstehen", flöte ich fast genauso zuckersüß wie sie und sehe den Detective aufreizend an.

Als ich mich nach dem letzten Drink erhebe, bin ich nicht mehr trittsicher. Steige einem der kleinen doofen Ungeheuer, das meine Beine mit einem Geschlechtsorgan verwechselt, auf die Pfoten. Unabsichtlich natürlich. Aber das jämmerliche Gejaule des Pudelchens ist nichts gegen Susans Gekreische.

Unser Abschied von ihr fällt sehr unsentimental aus. Sie gibt uns nicht einmal die Hand. Aber Händeschütteln ist bei den Amis sowieso nicht sehr beliebt. Wahrscheinlich haben sie Angst vor Bakterien.

Auch Simon Hunter muss ungeküsst nach Hause gehen. Susan ist vollauf damit beschäftigt, ihr armes misshandeltes Hündchen zu trösten.

Ich hänge mich bei Orlando ein und lasse mich von ihm zu Hunters Wagen schleppen. Kaum sitzen wir in dem Jeep, breche ich mit dem Detective einen Streit vom Zaun. Wenn ich zu viel trinke, werde ich immer aggressiv. Ich werfe ihm erneut vor, dass die Polizei schlampig gearbeitet habe, sich zu wenig bemüht habe, die Mörder zu erwischen.

„Lassen Sie uns in Ruhe darüber reden." Er schlägt vor, auf einen Absacker in ein Lokal in der Fremont Street zu gehen.

Orlando hält sich mit Kommentaren zurück, sieht mich jedoch besorgt an.

Als wir an den weißen Hochzeitskapellen im Zuckerbäckerstil vorbeifahren, muss ich unwillkürlich an das Pärchen denken, das im Grand Canyon umgebracht worden ist. In einer dieser kitschigen Kapellen hatten sie sich das Jawort gegeben. Ich beginne zu weinen.

„Was ist los mit Ihnen?" Simon Hunter hat wieder sein Pokerface aufgesetzt.

Ich bringe kein Wort heraus, schluchze erbärmlich. Nicht so sehr wegen des mir unbekannten ermordeten Pärchens, sondern weil ich todunglücklich bin und voll ohnmächtiger Wut wegen dieser Serienkiller und wegen Susan und wegen dieser ganzen Scheiß-Welt ...

Als wir den überdachten Teil der Fremont Street betreten, in dem jeden Abend nach Einbruch der Dunkelheit eine irre Lichtershow, die „Fremont Street Experience“, stattfindet, höre ich endlich auf zu heulen. Die größte Showbühne von Las Vegas versetzt auch mich in sprachloses Staunen. Riesige Lautsprecheranlagen und über zwei Millionen Glühbirnen – was für eine fantastische Sound-&-Light-Show! Vor meinen Augen sehe ich die Sternchen flimmern und in meinen Ohren dröhnen die Bässe.

Ich möchte mir die Show bis zum Ende ansehen, aber Hunter und Orlando drängen darauf, dieses Multimedia-Spektakel aus gesunder Entfernung über sich ergehen zu lassen.

Widerwillig folge ich ihnen in eine Bar. Wir nehmen an der Theke Platz.

Der Detective bestellt Kaffee für mich und für sich und Orlando Ice Tea. Die beiden wirken im Gegensatz zu mir relativ nüchtern.

Ich komme wieder auf die Morde zu sprechen: „Sie meinen also, da sind sich zufällig zwei Psychopathen irgendwo in Texas über den Weg gelaufen. Und weil sie sich so sympathisch gefunden haben, sind sie zusammen losgezogen und haben wahllos Leute auf Campingplätzen umgebracht? Wie viele, wissen wir leider nicht. Dann wird der eine geschnappt und der andere verschwindet spurlos. Das klingt mehr als unwahrscheinlich.“

„Alles deutet darauf hin, dass es so gewesen ist.“

„Sie sind Versager. Nicht Sie persönlich, sondern alle Ihre Kollegen, das ganze FBI, alles Scheiß-Versager! Sie werden den zweiten Mörder nie schnappen. Diesen Dick Carson haben sie ja auch mehr oder weniger zufällig erwischt. Die beste Polizei der Welt – da kann ich nur lachen!“

Simon Hunter antwortet nicht.

Orlando verdreht die Augen und sagt: „Gehen wir."

„Nein! Ich will noch einen Drink. So einen Rusty Nails, wie uns Ihre liebe Frau serviert hat." Ich grinse Detective Hunter blöde an.

„Es reicht, Kafka! Normalerweise brauchst du keinen Alkohol, um peinlich zu sein. Aber heute übertriffst du dich selbst. Reiß dich zusammen und komm jetzt!"

Orlandos energischer Ton erinnert mich an meine Mutter. Ich beginne wieder zu weinen. Trinke aber brav meinen Kaffee aus und lasse mich von den beiden Männern in unser Hotel bringen.

Als Orlando und ich in unserem Zimmer angelangt sind, überkommt mich das heulende Elend. Ich fühle mich furchtbar niedergeschlagen.

„Die Augen sind ein Spiegel der Seele. Simon hat gute Augen. Es tut mir leid, dass ich so gemein zu ihm gewesen bin. Er hat mich beim Abschied so traurig angesehen ...", schluchze ich.

„Es würde mich nicht wundern, wenn er nichts mehr mit dir zu tun haben möchte", baut mich Orlando auf.

Ich weine bitterlich wie ein Kind.

Orlando will mich umarmen.

„Lass mich in Ruhe!"

„Ich hab doch nur einen Scherz gemacht. Verzeih bitte."

Seine Lippen zittern. Er beginnt ebenfalls zu weinen.

Ich wische mir die Tränen weg und lege meinen Arm um seine Schultern. „Hör sofort auf zu heulen, du Dummerchen. Ich weine doch nicht wegen Simon Hunter oder deiner blöden Witze."

Tankstellenüberfall im Death Valley, Kalifornien, September 1995

Verdammt einsame Gegend, dachte der Mann in dem alten Dodge.

Als das Schild „Barker Ranch" in Sicht kam, drückte er aufs Gaspedal. Etwa hundert Meter weiter standen zwei Zapfsäulen am Straßenrand.

Er trat auf die Bremse. Er brauchte dringend Sprit.

Seit die verrückten Hippies die Farm verlassen hatten, lebte außer dem Tankstellenbesitzer und seinem Sohn kein Mensch mehr in dieser gottverlassenen Gegend. Das hatte er in einer Zeitung gelesen. Sie wohnten aber nicht auf der verfallenen Ranch, sondern in dem kleinen Holzhaus bei der Tankstelle.

Als Charles Manson hier herrschte, war er ein kleiner Junge gewesen. Er wusste dennoch fast alles über diesen genialen Massenmörder. Hatte alles gelesen, was in den Zeitungen über ihn geschrieben worden war. Manson war in seiner Jugend sein Idol, sein Vorbild gewesen. Der Typ war echt irre. Hatte seine ganze Clique dazu gekriegt, für ihn zu töten. Aber damit hat sich dieser Idiot auch um die Hälfte des Vergnügens gebracht, dachte er verächtlich.

Heute brauchte er keine Vorbilder mehr. Er würde es auch ohne sie schaffen, ein berühmter Mörder zu werden. Berühmter als Charles Manson!

Er verlangsamte sein Tempo. Schlich mit zwanzig Meilen pro Stunde dahin.

Hinter der Tankstelle schälte sich eine Blockhütte aus dem Dunst der Morgensonne. Dahinter stand halb verborgen durch die Hütte ein uralter Doppeldecker. Auf der Veranda saßen zwei Männer in Schaukelstühlen. Der ältere rauchte Pfeife und hatte eine Schrotflinte in der Hand. Alle paar Minuten gab er einen Schuss auf die große Reklametafel am Straßenrand ab. Die halbnackte Schöne, die sich darauf in zarten Dessous rekelte, war völlig durchlöchert. Insbesondere ihr liebliches Gesicht und ihr stattlicher Busen.

Der jüngere Mann hatte seinen Hut tief ins Gesicht gezogen und schien, trotz der Schüsse, tief und fest zu schlafen.

Der Fremde hielt vor den Zapfsäulen und stieg aus seinem Wagen.

Hey, sagte er und nickte dem Alten auf der Veranda freundlich zu.

Der alte Mann erhob sich schwerfällig von seinem Schaukelstuhl und bewegte sich langsam Richtung Treppe.

Sein Sohn rührte sich nicht.

Bevor der Alte die erste Stufe erreichte, hatte der Fremde seine Maschinenpistole vom Rücksitz seines Wagens genommen und metzelte ihn nieder.

Der jüngere Mann schreckte bei der ersten Salve hoch. Ehe er nach der Schrotflinte, die neben dem Schaukelstuhl seines Vaters lehnte, greifen konnte, kippte er vornüber. Eine riesige Blutlache breitete sich auf der Veranda aus.

Der Todesschütze zog knallgelbe Plastikhandschuhe über und tankte seinen Dodge voll. Dann ging er zu dem jungen Mann. Er röchelte herzzerreißend.

Der Fremde musste unwillkürlich an seinen einzigen Freund denken. „The Snake" hatte solche Geschichten immer kurz und schmerzlos zu Ende gebracht. Er hingegen nahm sich die Zeit und wartete, bis der Junge endlich tot war, brachte den leblosen Körper in eine andere, für die Bullen nachvollziehbare Lage, und drückte ihm die Flinte in die Hand.

Der Gedanke an seinen verrückten Kumpel Jimmy brachte ihn auf eine weitere Idee. Er ging in die Blockhütte, holte ein Küchenmesser aus der Schublade unter der Theke. Draußen auf der Terrasse verpasste er sich selbst einen Schnitt in den linken Arm. Wischte die Wunde mit der leb-

losen Hand des Alten ab und legte ihm das Messer in die blutverschmierte Hand.

Zufrieden betrachtete er sein Werk. Dieses Mal hatte er an alles gedacht – so wie sein Freund es ihm beigebracht hatte.

Er holte sich ein Coke, zwei Säckchen Potato Chips und das Geld aus der Kasse und verließ die Tankstelle bei der Barker Ranch mit quietschenden Reifen. Er hoffte, Charles Manson würde sich über die beiden frischen Leichen auf seiner Farm freuen, wenn er im Knast davon hörte.

6.
Highway 95/North, Nevada, April 2012

„Müssen wir wirklich heute losfahren? Können wir nicht ein paar Tage länger in Vegas bleiben? Wenigstens einen Tag noch?“

Ich lasse mich auf keine Diskussion mit Orlando ein. Außerdem habe ich Kopfschmerzen. Susans Cocktails gestern Abend sind richtige Hämmer gewesen.

Nachdem ich unser Hotelzimmer mit meiner Kreditkarte bezahlt habe, lasse ich unser Gepäck hinunterbringen und folge dem Träger, ohne mich nach Orlando umzusehen.

Wir steigen in unser Mazda Cabrio, das der Portier bereits aus der Hotelgarage geholt hat, und verlassen die Stadt der Sünde.

Ich nehme den Highway 95 Richtung Death Valley.

Als ich mit flotten achtzig Meilen auf der fast leeren Straße dahinbrause, bemerke ich plötzlich im Rückspiegel einen blauen Wagen. Eingeschaltete Signallichter. Kurzes Aufheulen einer Sirene. Mir schwant nichts Gutes.

Der Wagen kommt schnell näher. Ohne nachzudenken steige ich ebenfalls aufs Gaspedal.

„Spinnst du“, schreit Orlando. „Das ist die Highway Patrol. In Nevada fahren sie blaue Autos. Das ist mir gestern schon aufgefallen. Bleib sofort stehen!“

Abrupt trete ich auf die Bremse. Der Wagen gerät ins Schleudern und bleibt knapp vor dem Straßengraben auf dem Sandstreifen stehen.

Schuldbewusst steige ich aus. Ich habe zu viele Roadmovies gesehen. Weiß, wie schnell die Cops hier ihre Colts ziehen.

„Ich bin zu schnell gefahren. Tut mir leid“, sage ich zu dem großen, dicklichen Officer, der sich, tatsächlich mit der Hand an seinem Halfter, unserem Wagen nähert.

Sein hämisches Grinsen, als er die Hüften wie John Wayne schwingend auf mich zukommt, macht mich wütend. Doch ich beherrsche mich, lächle ihm unschuldig entgegen.

„Würden Sie bitte von Ihrem Wagen wegtreten“, schnauzt er mich an.

Ich sehe mich bereits mit gespreizten Beinen und den Händen auf dem Autodach vor ihm stehen.

„Papiere!“

Orlando, der ebenfalls ausgestiegen ist, reicht ihm meinen Führerschein und die Autopapiere.

Der feiste Typ mustert Orlando lüstern. Mein Freund sieht heute wieder allerliebst aus. Sein enges Röckchen endet kurz über den Knien und unter seinem weißen T-Shirt malen sich seine vollen falschen Brüste deutlich ab. Orlando trägt Brustprothesen.

„Meine Freundin muss sich erst an die 65-Meilen-Beschränkung gewöhnen. Wir kommen aus Europa. Bei uns darf man schneller fahren“, säuselt er und schenkt dem Sheriff, oder was auch immer dieser Typ für einen Rang hat, einen seiner grandiosen Augenaufschläge. Seine langen künstlichen Wimpern klimpern, was das Zeug hält.

Es ist unglaublich, wir kommen mit einer Verwarnung davon.

Erleichtert setze ich mich wieder ans Steuer, während Orlando noch mit dem martialischen Bullen schäkert.

Als wir endlich weiterfahren dürfen, halte ich mich peinlich genau an die Geschwindigkeitsbeschränkungen. Vor allem als wir uns der *Nellis*, der Air Force Base nordöstlich von Las Vegas, nähern, bleibe ich brav unter den vorgeschriebenen fünfundsechzig Meilen. Links und rechts des Highways erstreckt sich militärisches Sperrgebiet: „Area 51“.

„Die US Air Force testet hier ihre Bomben", unterbreche ich Orlando, der mir von den muskulösen Schenkeln des Highway Patrol Man vorschwärmt. „Bis in die 90er-Jahre haben sie auf dieser Trainingsbasis sogar überirdisch Atombomben getestet. Kein Mensch hat sich damals Gedanken darüber gemacht, wie viel Radioaktivität dabei ausgetreten ist. Angeblich hat man von den Hotels am Strip in Vegas aus die Atompilze aufsteigen gesehen."

„Echt geil."

„Spinnst du? Was soll daran geil sein."

„Verzeih, was hast du gesagt? Ich habe gerade an den Bullen gedacht. Der Typ hat echt scharf ausgesehen."

„Wen interessiert das? In den Bunkern dort drüben kontrollieren sie die Jets in Afghanistan ..."

„Jaja, ist schon gut. Ich hab's kapiert."

Wir durchqueren das Amargosa Valley.

„Die Berge dort drüben sind die Funeral Mountains. Ich hoffe, wir werden bald Zabriskie Point erreichen", sage ich.

„Was gibt's dort zu sehen? Auch Atompilze?"

Ich gebe Orlando einen Klaps aufs Knie. „Das ist der bekannteste Aussichtspunkt im Death Valley. Die bizarre Landschaft um den ehemaligen Lake Manly ist vor allem durch Michelangelo Antonionis Film weltberühmt geworden."

„Was war das für ein Film? Ich glaube, den hab ich nicht gesehen."

„Wie bitte? Du hast ‚Zabriskie Point' nicht gesehen? Und so was schimpft sich Cineast!"

„Antonioni kenne ich natürlich ..."

„Eine Hommage an die 68er-Bewegung, und die hast du verpasst? Das glaub ich einfach nicht! Ich bin mir sicher, der Film würde dir gefallen. Die Hauptdarsteller spazieren hier durch diese seltsame Felslandschaft, diskutieren, philosophieren und vögeln sich die Seele aus dem Leib."

Orlandos Interesse hält sich in Grenzen. Stattdessen beginnt er über die schreckliche Hitze zu stöhnen.

Ich habe längst das Dach unseres Wagens geschlossen und die Klimaanlage eingeschaltet, aber die Sonne brennt gnadenlos durch die Scheiben.

„Mir ist schwindlig. Ich glaube, mir wird schlecht", jammert er und reißt das Fenster auf seiner Wagenseite auf.

Heißer Wind bläst Sand herein.

„Mach sofort wieder zu!"

Der Zeiger der Benzinuhr steht auf Reserve. Wird es das klapprige Cabrio bis zur nächsten Tankstelle schaffen? Auf unserer Straßenkarte sind die Tankstellen eingezeichnet.

Ich fahre benzinsparend und hoffe auf Rückenwind. Was für eine Schnapsidee, diese Strecke in der ärgsten Hitze zu fahren. Death Valley wird seinem Namen gerecht. Obwohl ich die Klimaanlage auf die höchste Stufe gestellt habe, bedecken Schweißperlen meine Stirn.

Orlando ist in Lethargie verfallen. Sitzt mit geschlossenen Augen neben mir. Ich weiß, dass er nicht schläft. Denn manchmal stöhnt er und öffnet die Augen einen Spalt.

Wir haben den Highway fast für uns allein. Hin und wieder klebt ein riesiger Truck an unserer hinteren Stoßstange. Meistens aber donnern die Herren der Landstraße an uns vorbei. An die Geschwindigkeitsbeschränkung hält sich keiner außer mir, auf dieser Straße mitten durch das weiße Land.

Weit und breit nichts als weißer Sand, durchzogen von einer schnurgeraden grauen Linie, die das Meer aus Sand und Stein in zwei Hälften teilt. Verstaubte, kahle Sträucher am Straßenrand – die einzigen Spuren von Leben. Diese Gegend ist nicht für Menschen geschaffen.

Heiße Winde peitschen den Sand auf und errichten verschwommene, den Bergen täuschend ähnliche Gebilde.

Die Luft zittert und die graugelben Steinmassen drohen sogleich wieder einzustürzen. Die Straße verliert sich plötzlich in fiebrigen Wellen. Glänzende Spiegelbilder tauchen am Horizont auf. Umrisse schroffer Felsen, die im nächsten Augenblick im Dunst der glühenden Sonne vergehen. Sandstürme wüten hier das ganze Jahr. Sie überfluten die Straße und zerstören jeden Rest von Leben.

Mein Kreislauf ist nicht in Ordnung. Vor meinen Augen flackern gespenstische Lichter. Das Coke schmeckt scheußlich, ist warm und picksüß, verklebt meinen Gaumen, löscht nicht meinen Durst. Trotz der unzähligen „No Littering"-Schilder werfe ich die halbvolle Dose aus dem Fenster.

Die stickige Luft raubt mir den Atem. In meinen Ohren ertönt ein seltsames Klingeln. Die hohen samtenen Dünen am Straßenrand scheinen zu singen.

„Ich glaub, ich hab einen Tinitus", kreischt Orlando.

„Das ist nur der Wind", beruhige ich ihn. „Schau, er versetzt sogar die riesigen Felsbrocken in Bewegung." Ich rede wie aufgezogen, um mich wachzuhalten. „Der tiefste Punkt im Death Valley liegt über achtzig Meter unter dem Meeresspiegel ..."

„Hör auf zu quatschen. Mir ist schlecht!"

Eine Abzweigung und Straßenschilder. Links geht es nach Devil's Hole, geradeaus zur Furnace Creek Ranch.

„Das Teufelsloch können wir uns sparen. Aber bis zur Furnace Creek Ranch sind es noch einige Meilen. Auf unserer Karte sind dort nicht nur ein Hotel und eine Tankstelle, sondern auch ein Golfplatz eingezeichnet. Verrückter geht es wohl nicht. Ein Golfplatz am heißesten Punkt der Erde ..."

„Meinst du den Devil's Golf Course? Das ist kein echter Golfkurs, das sind wild zerklüftete und spitze Salzstrukturen", klärt mich Orlando nach einem Blick in den Reiseführer auf.

„Ich weiß, den meine ich nicht. Man kann tatsächlich in der Oase Golf spielen."

Wir haben Glück. Eine Tankstelle kommt in Sicht und der Mazda schafft die letzten Meter.

Ich steige aus.

Die Raststätte wirkt wie ausgestorben. Verfallene Hütten erinnern an die Kulissen eines Wildwest-Filmes. Sie schimmern rötlich und golden in der Mittagssonne. Weit und breit ist keine Menschenseele zu sehen. Am Parkplatz stehen zwei LKWs.

Ein verblichenes Schild auf einem schmutzig weißen Holzhaus kündigt die besten Steaks an, die man je gegessen hat.

Ich will es auf einen Versuch ankommen lassen.

Orlando protestiert wieder.

„Ich habe Hunger. Ich muss jetzt was essen."

„Nicht hier in diesem Drecksnest."

Die einzigen Geräusche kommen aus dem Inneren der Bar.

In der düsteren Hütte müssen sich meine Augen erst an die Dunkelheit gewöhnen. Es ist angenehm kühl hier drin. Die Klimaanlage läuft auf vollen Touren und macht schrecklichen Krach.

Orlando, der mir mit Leichenbittermiene gefolgt ist, sagt: „Bestell mir ein Coke", und geht aufs Klo.

An der Theke lehnen zwei Männer. Wahrscheinlich die Fahrer der beiden Trucks, die draußen auf dem Parkplatz stehen. Sie blicken kurz auf, als ich mich neben sie stelle. Dann starren sie weiter in ihr schal gewordenes Bier.

„Kaffee, Coca-Cola, und wir möchten auch etwas essen", sage ich.

Der alte Mann hinter der Theke beachtet mich nicht. Er scheint voll auf die Fliegen konzentriert, die um ihn herumschwirren. In der Rechten hält er ein zerfleddertes

Buch. Er fixiert seine Opfer mit starrem Blick. Wie in Zeitlupe senkt sich das Buch über ein Insekt, das es sich gerade auf dem Rand des Bierglases von einem der LKW-Fahrer bequem gemacht hat. Blitzschnell schlägt er zu. Das Glas fällt zu Boden, zerspringt in tausend Stücke.

Der Trucker öffnet den Mund.

„Kriegst ein neues auf meine Rechnung“, sagt der Alte. Kurz flackert ein Grinsen in seinem verlebten Gesicht auf. Als er gleich darauf die nächste Fliege ins Visier nimmt, sieht er wieder völlig verbissen aus. Seine Bewegungen sind beinahe rhythmisch und wiederholen sich ständig. Auf dem Umschlag des Buches steht „Holy Bibel“.

Die Fliegen sind zu dumm, um dieses tödliche Spiel zu durchschauen. Eine nach der anderen muss daran glauben. Sorgfältig schiebt er die erschlagenen Biester mit seiner Bibel zu einem Haufen zusammen. Der Fliegenberg wächst von Minute zu Minute. Als würde er einen Orden für seine Anstrengungen bekommen, fährt er fort, seine Opfer am Rande der Theke aufzustapeln. Amüsiert beobachte ich dieses makabre Massaker. Plötzlich schwebt eine eklige dicke Schmeißfliege über seiner Halbglatze. Er fuchtelt wild mit dem Buch herum. Kommt aber nicht an sie heran. Es scheint, als würde sich die Fliege über ihn lustig machen.

Als Orlando zurückkommt, fragt mich der Alte plötzlich mit hoher Fistelstimme: „Hamburger oder Steak?“

Ich sehe Orlando an.

„Ein Steak und zwei Portionen French fries bitte“, sage ich.

Ein junger Mexikaner bearbeitet einen einarmigen Banditen mit heftigen Schlägen und Tritten. Bis auf mich schenkt ihm keiner die geringste Beachtung. Selbst als er mit seiner Methode Erfolg zu haben scheint – das Geräusch der klimpernden Münzen nimmt kein Ende –, schauen weder die beiden Männer an der Theke noch der Barkeeper auf. Die LKW-Fahrer haben nur mehr Augen für Orlando. Ziehen ihn mit ihren Blicken regelrecht aus.

Der Mexikaner spendet einen Quarter für die Musikbox. Ein zweitklassiger Hillbilly-Song. Ich trommle mit den Fingern im Rhythmus auf die Theke.

„Wir sollten tanken und verschwinden“, sagt Orlando.

„Warum? Ich finde es gemütlich hier.“

„Du bist und bleibst pervers.“

„Weil ich Countrymusik mag?“

„Nein, du weißt, was ich meine.“ Er deutet auf die beiden Männer, die neben uns stehen und ebenfalls im Takt der Musik mit ihren Füßen wippen.

„Gleich werden sie dich um ein Tänzchen bitten.“

„Sei still!“

Der Alte bringt die Pommes und das Steak. Es ist riesig, ragt weit über den Tellerrand hinaus.

„Schade, dass du kein Fleisch isst“, sage ich grinsend zu Orlando, der seine Pommes frites misstrauisch beäugt.

Das Steak ist ziemlich blutig, schmeckt aber hervorragend.

Orlando wendet sich angeekelt ab.

Nach dem Essen frage ich die Männer an der Theke, ob sie sich an einen Raubüberfall im Jahre 1995 erinnern können. Keiner der beiden scheint davon gehört zu haben.

Der Alte, der wieder mit der Bibel auf Fliegenjagd gegangen ist, blickt auf und murmelt etwas vom Teufel. Er hat kaum mehr Zähne im Mund.

„Er meint, das sei vielleicht unten bei der Barker Ranch gewesen“, übersetzt der Mexikaner für mich.

„Danke!“ Ich zahle und spendiere dem Mexikaner ein Bier.

„Komm endlich.“ Orlando wirkt sehr nervös.

Bevor wir Richtung Südwesten aufbrechen, kaufe ich dem Alten eine Flasche Wasser und eine Melone ab und mache den Tank voll.

„Hast du nicht bemerkt, wie mich diese Trucker angeglotzt haben? Ich hab echt Schiss gekriegt."

„Die waren völlig harmlos. Außerdem hätte ich dich beschützt. Mir ist übrigens gerade ein Licht aufgegangen. Ich glaube, diese Barker Ranch war das letzte Versteck der Manson Family. Schau mal nach, ob sie auf unserer Straßenkarte drauf ist."

„Wie heißt die Ranch?" Orlando scheint mir wieder einmal nicht zugehört zu haben.

„Barker Ranch oder Farm, was weiß ich. Vielleicht ist auch nur eine Tankstelle angegeben."

„Auf unserer Karte ist weder eine Ranch noch eine Tankstelle mit diesem Namen eingezeichnet."

„Im Südwesten musst du schauen. Weißt du überhaupt, wo Süden ist?"

„Du kannst mich mal!" Er wirft mir die Karte in den Schoß.

Sicherheitshalber werfe ich selber einen Blick drauf. Orlando hat Recht gehabt.

„Lass es uns trotzdem versuchen. Wir sollten uns auch bald nach einem Quartier für heute Nacht umsehen. Die Dunkelheit kommt in der Wüste schnell. Ohne Vorwarnung."

„Wo willst du hier einen Campingplatz finden? Wir sind im Nirwana gelandet."

„Wir müssen es heute bis zu dieser Manson Farm schaffen. Dort in der Nähe gibt es einen Campingplatz, stand zumindest in unserem Reiseführer."

„Welche Farm? Barker oder Manson?"

„Die von Charles Manson."

„Dem Sänger?"

„Sänger?"

„Marilyn Manson."

„Nein, du Spinner. Charles Manson war der Anführer einer satanistischen, rassistischen Hippie-Sekte in den späten 1960er-Jahren. Er und seine Anhänger haben zeitweise auf dieser entlegenen Ranch im Death Valley gelebt. 1969 haben seine Jünger zwei Nächte lang ein Blutbad in Los Angeles angerichtet. Sie haben die im achten Monat schwangere Schauspielerin Sharon Tate und sechs andere Leute brutal ermordet. Tate war die Ehefrau des Regisseurs Roman Polanski."

„Oh scheiße!"

„Du sagst es. Charles Manson ist lange vor deiner Geburt zum Tode verurteilt worden. Ein Jahr später wurde allerdings die Todesstrafe in Kalifornien vorübergehend abgeschafft und Mansons Urteil revidiert. Also verbüßt er bis heute eine lebenslange Haft in einem kalifornischen Gefängnis. Seit Jahren kursieren Gerüchte, dass die Manson-Familie noch mehr Leute umgebracht hat. Auch hier auf der Farm. 2008, glaube ich, hat das FBI die gesamte Umgebung der Barker Ranch erneut umgraben lassen."

Nicht nur der Gedanke an diese Morde, vor allem die heiße Luft treibt mir den Schweiß auf die Stirn. Meine Haare greifen sich an wie Stroh. Die von der Sonne gebleichten Strähnen hängen mir ins Gesicht. Der Kaugummi knirscht zwischen meinen Zähnen. Obwohl Dach und Fenster des Cabrios geschlossen sind, dringt permanent Sand in das Innere des Wagens.

Meilenweit ist die Straße wie ausgestorben. Ohne zwingenden Grund wagt sich bei dieser unmenschlichen Hitze keiner in die Wüste. Ich verfluche meine Neugier. Was soll mir diese Tankstelle, die vor siebzehn Jahren von einem der Mörder meiner Eltern überfallen wurde, verraten? Im Grunde will ich nur wissen, ob der andere bei diesem Überfall auch dabei war. Detective Hunter hat zwar behauptet, Dick Carson hätte es allein getan, aber ich will das überprüfen. Vielleicht waren sie doch zu zweit und jemand erinnert sich heute noch an den anderen Mann?

Nach ein paar Meilen erblicke ich ein Schild mit einem Camping-Zeichen.

Ich biege auf eine kleine Schotterstraße ab. Als Straße kann man diese Sandpiste eigentlich nicht bezeichnen. Die Schlaglöcher werden immer tiefer. Die Räder des Cabrios drehen im Sand durch. Nur nicht stecken bleiben, das fehlt uns jetzt gerade noch.

Orlandos verdrossener Gesichtsausdruck spricht Bände.

Der Weg führt leicht bergab. Mir fällt ein, dass ich die ganze Strecke wieder zurückfahren muss. Ich frage mich, ob das mit diesem filigranen Vehikel zu schaffen ist.

Plötzlich erblicke ich einen großen schwarzen Wagen im Rückspiegel. Ein paar Sekunden später überholt er mich in höllischem Tempo. Er kommt von der Schotterpiste ab, rast am offenen Gelände weiter und verschwindet hinter der nächsten Sanddüne. Wer im Inneren des Wagens saß, war durch die getönten Scheiben nicht zu erkennen.

Ich steige auf die Bremse. Meine Hände sind schweißnass. Zitternd klammere ich mich ans Lenkrad.

„Was war denn das?“

„Ein Hummer“, sagt Orlando. „So einen fährt auch der Arnold Schwarzenegger.“

In der Ferne glänzt etwas silbern.

„Autodächer?“

„Der Campingplatz, endlich! Gott sei Dank!“

„Oder eine Fata Morgana?“

Der Self-Service-Campingplatz mitten in der Wüste ist leer. Wir hatten die Schatten spendenden Aludächer mit Autodächern verwechselt.

Ich zögere. „Denk an dieses Killer-Auto, das uns gerade überholt hat. Das ist ein idealer Platz, um jemanden abzumurksen. Hier kommt sonst sicher jahrelang keiner vorbei.“ Mein Versuch, mit einem kleinen Scherz die Stimmung zu verbessern, geht voll daneben.

Orlando hat Tränen in den Augen.

Ich mache auf dem Campingplatz kehrt und fahre zurück Richtung Highway.

Die Sanddünen erscheinen mir höher als zuvor. Bergauf kommen wir sehr langsam voran. Die Räder des kleinen Mazda greifen nicht im Sand.

Orlandos Jammerei macht die Sache auch nicht besser. Zweimal bleiben wir stecken. Zum Glück schaffen wir es beide Male, die Räder wieder freizukriegen. Unter dem Sand ist der Boden steinig.

Der Zeiger der Benzinuhr steht wieder auf Reserve.

„Scheiße!“

Holpernd und ächzend gibt der Mazda den Geist auf. Wir rumpeln an den Straßenrand, dann bleibt die Karre ruckartig stehen.

„Wir haben doch gerade erst getankt“, sagt Orlando empört.

„Du wirst es nicht glauben, daran erinnere sogar ich mich.“

Ich kann momentan auf seine Bemerkungen verzichten. Seit fast sieben Stunden sind wir jetzt unterwegs, weil ich Idiotin unbedingt den Schauplatz eines Raubüberfalls aufsuchen will. Ich bin wirklich nicht mehr ganz dicht.

„Irgendetwas stimmt mit diesem Wagen nicht. Ich habe vollgetankt. Entweder frisst das Cabrio doppelt so viel Benzin wie ein normales Auto oder der Tank hat ein Leck.“

„Da leuchtet etwas.“ Orlando deutet auf das Armaturenbrett.

„Verfluchter Mist. Das ist die Öllampe. Weißt du, was das bedeutet? Kolbenreiber nennt man so was.“

„Aus. Finito. Ende der Reise!“

„Deine Kommentare sind wie immer sehr hilfreich.“

Gerädert klettern wir aus dem Auto. Orlando dehnt und streckt sich, soweit sein enger Rock das erlaubt.

„Wenn du deine gymnastischen Übungen beendet hast, könntest du mir eine Flasche Wasser geben."

„Wir haben kein Wasser mehr."

„Hinten müsste noch eine Flasche sein."

Orlando kramt in dem ganzen Zeug, das auf den Rücksitzen und hinten im Wagen am Boden liegt, und wird fündig.

„Pfui Teufel!" Er spuckt das Wasser gleich wieder aus. „Schmeckt wie Pipi ..."

„Lauwarmes Wasser ist gut für die Verdauung."

„Apropos Verdauung. Ich müsste mal."

„Lass dich nicht aufhalten." Ich deute auf die Wüste.

„Da ist weit und breit kein Baum, nicht einmal ein Busch. Man würde mich meilenweit sehen."

„Seit wann bist du so g'schamig? Dein Hintern ist doch recht ansehnlich."

„Danke, Kafka."

„Gern geschehen."

„Wo haben wir das Sonnenöl?"

„Das hast du eingepackt."

„Ich hol mir garantiert einen Sonnenbrand ..."

„Hör auf zu jeiern, Orlando. Überleg dir lieber, was wir jetzt machen."

„Ich hab dir ja gleich gesagt, wir hätten die Corvette nehmen sollen. Mich wundert es, dass wir es mit diesem Pseudo-Cabrio überhaupt so weit geschafft haben. Du und deine ewige Herumgeizerei ..."

„Halt den Mund! Lass mich nachdenken."

Orlando setzt sich wieder in den Wagen und versucht, die Klimaanlage in Gang zu kriegen.

„Die funktioniert nur bei laufendem Motor, du Idiot."

„Ich komme mir vor wie in einem Backrohr."

Ich öffne die Motorhaube. Fast hätte ich mir die Hände verbrannt. Auf dem heißen Blech könnte man sich ein Spiegelei braten.

Ich habe keine Ahnung von Motoren, mache einfach das, was wahrscheinlich alle Autofahrer in solch einem Fall tun: Ich fluche mehrmals lautstark.

7.
Death Valley, Kalifornien, April 2012

Orlando hat sich mittlerweile in den spärlichen Schatten, den der Mazda auf die Straße wirft, geflüchtet.

Einige LKWs fahren vorbei, hupen lautstark, halten aber nicht an.

Ich setze mich zu Orlando auf den warmen Asphalt und umarme ihn. Mein hübscher junger Freund sieht ziemlich mitgenommen aus. Seine rotblonde Perücke sitzt leicht schief und auf seinen Wangen kleben die Reste seiner schwarzen Wimperntusche.

Ich höre den Wagen, lange bevor er in Sicht kommt, stelle mich mitten auf die Straße und winke wie verrückt. Er nähert sich aus der Richtung, aus der auch wir gekommen sind.

Ausnahmsweise ist uns das Glück hold. Der Fahrer des Ford-Kastenwagens verlangsamt sein Tempo und hält ein paar Meter vor uns an.

„Hi, Probleme?"

Der Mann, der seinen Kopf aus dem Fenster des Wagens streckt und uns angrinst, sieht nicht gerade Vertrauen erweckend aus. Oben fehlen ihm zwei Zähne und der Rest seines Gebisses ist gelbbraun verfärbt. Graue Bartstoppeln bedecken seine Wangen und sein Kinn.

„Ja, unsere Ölpumpe ist hin oder was auch immer."

Der Mann steigt aus. Er erinnert mich an einen Desperado in einem alten Western. Seine Kleider sind staubig. Sein graues, kinnlanges Haar hält er mit einem schmutzigen roten Stirnband in Schach. Er sieht aus wie ein Indianer, aber ich bin mir nicht sicher, ob er wirklich indianischer Abstammung ist. Indianer haben, soviel ich weiß, kaum Körperbehaarung. Und auf seiner Brust – seinem Jeanshemd fehlen die obersten drei Knöpfe – kräuseln sich kleine graue Büschel. Sein Stoppelbart und seine granitfarbenen Augen verleihen ihm etwas Verwegenes. Er scheint ein harter Hund zu sein. Einer, mit dem man sich besser nicht anlegt. Aber irgendwie ist er mir nicht unsympathisch.

Orlando, der selbst eifrig ein Fitness-Studio besucht, fällt sofort auf, wie muskulös der Mann ist. „Mein Gott, hat der einen irren Körper!"

Das breite Kreuz, der starke Nacken und die kräftigen Arme und Beine des Mannes fallen selbst mir auf. Er ist mittelgroß, kaum größer als ich, wirkt jedoch so, da er Cowboystiefel mit mindestens sechs Zentimeter hohen Absätzen trägt.

Als er näher kommt, nehme ich seinen strengen Geruch wahr. Er stinkt nach Schweiß und Knoblauch.

„Ziemlich leichtsinnig von euch beiden Hübschen, mitten auf dem Highway ein Picknick zu veranstalten." Der Desperado deutet auf Orlando, der gerade versucht, mit dem Schweizer Messer unsere Melone kleinzukriegen.

Hastig erkläre ich ihm, dass wir höchstwahrscheinlich einen Kolbenreiber hätten, und frage, wie weit es bis zur nächsten Tankstelle sei.

„Mindestens zehn Meilen. Mir wird wohl nichts anderes übrig bleiben, als euch abzuschleppen. Ich heiße übrigens Jamie."

„Das ist Orlando ...“

„So wie die Stadt in Florida“, beeilt sich Orlando einzuwerfen.

„... und meine Name ist Katharina, sie können Cathrin zu mir sagen.“

„Freue mich, euch kennenzulernen. Seid ihr Geschwister?“ Er zwinkert Orlando belustigt zu. Offensichtlich hat er begriffen, dass Orlando ein Mann ist.

„Ihr habt Glück im Unglück. Ich kenne den Besitzer der Tankstelle. Er ist ein geschickter Bursche, auch wenn er auf den ersten Blick nicht gerade danach aussieht. Tom wird euren Wagen schon wieder hinkriegen. Ich hoffe, dass wir es bis dorthin schaffen, denn mein Tank ist auch schon auf Reserve.“

Obwohl mir der Typ ein bisschen unheimlich ist, füge ich mich in unser Schicksal. Außerdem sind wir ja zu zweit. Und wenn es drauf ankommt, ist Orlando keine Memme, das weiß ich aus Erfahrung.

Jamie holt ein abgenutztes Hanfseil aus seinem Wagen und befestigt es an der hinteren Stoßstange.

„Hoffentlich hält die alte Kiste das aus.“ Das andere Ende des Seils macht er an unserem Cabrio fest.

„Wer von euch beiden fährt?“

„Ich.“

„Warum kann ich nicht mit dir ...“

„Du steigst bei ihm ein.“

Orlando schenkt mir einen bösen Blick, wagt aber nicht mehr, mir zu widersprechen.

Ich setze mich ans Steuer und werfe die Beifahrertür zu.

Der Cowboy fährt sehr langsam. Auch ich traue der Stoßstange seiner Rostschüssel nicht. Wir fahren geradeaus, keine Steigungen, kein Gefälle. Ich schwitze mich halb tot in dem japanischen Flitzer. Das Verdeck und die

Fenster lassen sich nicht mehr öffnen. Die ganze Elektronik scheint hinüber zu sein.

Die untergehende Sonne verwandelt die Wüste in ein glühendes Meer. Gespenstische Schatten ziehen über die kahlen Berge. Es wird bald dunkel werden. Falls dieser Jamie die Wahrheit gesagt hat, ist es nicht mehr weit bis zur Tankstelle. Ich weiß nicht, was mich an seinen Worten zweifeln lässt. Eigentlich finde ich es sehr nett von ihm, dass er uns abschleppt.

Wir biegen auf eine Schotterstraße ab. Am Horizont tauchen ein paar Hütten auf. Als wir näher kommen, muss ich wieder an Filmkulissen denken. Auch hier stehen nur mehr die Fassaden der Häuser. Den Rest scheint der Sand gefressen zu haben. Eine Geisterstadt?

Eine riesige Reklametafel versperrt fast die ganze Sicht auf die Tankstelle. Am Straßenrand wachsen kümmerliche Sträucher. Dahinter wieder das Nichts, die Unendlichkeit aus Sand und Stein.

Das Dach einer Wellblechbaracke strahlt golden in der Abendsonne. Es ist die einzige Hütte, die sich in halbwegs passablem Zustand befindet. Über dem Eingang steht auf einem schmutzigen Schild in Großbuchstaben „BAR“. Irgendjemand hat ein einladendes „Fuck off“ hinzugefügt.

Ein altmodischer, dickbauchiger Campingwagen, ein Dutzend Autowracks, ein flügelloser Doppeldecker, verrostete Ölfässer und ein zweites riesiges Schild mit der Aufschrift „Gebrauchtwagen“ ergänzen die Idylle. Hinter der Hütte türmen sich alte Autowracks.

Ein Schrottplatz ist mein erster Gedanke. Dann erblicke ich die beiden Zapfsäulen vor der Bar.

Jamie hält direkt davor. Nach mehrmaligem Hupen kommt ein glatzköpfiger Mann, der mindestens so dick ist wie Marlon Brando in seiner schwersten Zeit, barfuß aus der Bar getorkelt. Er trägt lediglich Jeans und Hosenträger. Sein massiger Oberkörper ist nackt. In seinem linken Mundwinkel hängt eine brennende Zigarette.

Ohne ein Wort zu sagen, öffnet er den Tank des Ford und hält den Stutzen hinein. Oder besser gesagt, probiert es. Seine Zielversuche scheitern immer wieder. Das Benzin rinnt über seine bloßen Füße auf den glühenden Asphalt.

Ich springe aus dem Wagen und schreie: „Lauf Orlando."

Mein Freund hat vor mir die andere Straßenseite erreicht. Atemlos rennen wir weiter. Erst als jemand meinen Namen ruft, wage ich einen Blick zurück.

Jamie steht vor seinem Wagen und winkt zu uns herüber. Der Dicke ist verschwunden.

„Tom ist ein bisschen plemplem." Jamie macht eine eindeutige Handbewegung. „Aber er hat alles im Griff, glaubt mir", versichert er uns, als wir keuchend zu unserem Auto zurückkehren.

„Wir hätten alle in die Luft gehen können!"

„Puff, puff", macht Jamie. Er scheint die ganze Geschichte sehr komisch zu finden.

„Macht er das öfter?", fragt Orlando.

„Ja. Hier ist ja sonst nicht viel los. Ein bisschen Spaß muss sein, nicht wahr, Kleiner?" Jamie legt den Arm um Orlandos Schultern.

Obwohl Orlando Berührungen von Männern normalerweise genießt, bemerke ich, wie er sich versteift.

„Lasst uns zuerst mal was trinken." Galant hält mir Jamie das Fliegengitter vor dem Eingang der Bar auf. Tür gibt es keine.

Drinnen stinkt es wie in einer Latrine. Der graue Steinboden ist mit Sand bedeckt. An den Wänden hängen vergilbte Werbeplakate von Marlboro und Lucky Strike. Ein großer Eiskasten aus den Anfängen der Kühlschrankproduktion nimmt fast die Hälfte des Raumes ein. Auf der

Theke stehen schmutzige Gläser, in einem Regal dahinter jede Menge halbleere Flaschen und in den Kaffeetassen schwimmen tote Fliegen. Zwei kleine Tischchen, ein paar Plastikstühle und überquellende Müllsäcke ergänzen das karge Interieur.

Aus einem altmodischen Ghettoblaster dröhnt die Stimme des Kings. Ich mag die Musik von Elvis Presley, ist sie doch die Lieblingsmusik meiner Eltern gewesen. Sogleich fühle ich mich eine Spur wohler, trotz all des Drecks und Staubs in dieser merkwürdigen Bar am Arsch der Welt.

Der dicke Tankwart ist nirgends zu sehen.

Plötzlich kommt eine Frau in meinem Alter hinter einem halb geschlossenen Vorhang hervor. Hinter dem Vorhang befindet sich ein Stahlrohrbett, registriere ich so nebenbei. Aus der Nähe sieht die Frau etwas zerknittert aus, so als hätte sie gerade geschlafen. Wahrscheinlich ist sie doch ein paar Jährchen älter als ich.

„Das ist Claire“, sagt Jamie. „Toms Squaw.“

„Hallo Claire. Ich bin Katharina und das ist Orlando.“

„Ich hab dir schon hundertmal gesagt, du sollst mich nicht Squaw nennen“, faucht Claire unseren Retter an. Ihre dunklen Augen funkeln wütend.

Ihr langes schwarzes Haar, in dem sich bereits die ersten grauen Strähnen zeigen, hat sie zu zwei Zöpfen geflochten. Trotz der Falten ist sie eine schöne Frau. Hohe Wangenknochen, schräg stehende schwarze Augen, die mich an Simon Hunters Augen erinnern, und üppige, sinnliche Lippen. Zudem ist sie schlank, aber an den richtigen Stellen gut gepolstert.

„Sie ist eine Navajo“, flüstert Jamie mir ins Ohr.

Ein alter Hund mit zottigem schwarzen Fell trottet heran und beschnuppert uns.

Langsam macht Orlando ein paar Schritte rückwärts.

Ich streichle das verlauste Vieh. Hoffe, dass der Köter bei mir bleibt und Orlando in Frieden lässt.

„Woher kommt ihr?“, fragt die Indianerin.

„Las Vegas.“

„Was möchtet ihr trinken?“

„Ice Tea bitte.“

„Ich auch“, sagt Orlando.

„Im Kühlschrank. Bedient euch selbst. Habt ihr Hunger?“

„Ein bisschen.“ Orlando hat ja nur ein paar Pommes frites im Magen.

„Ich mache euch eine Tortilla. “

„Ich muss dringend aufs Klo“, sagt Orlando, nachdem Claire wieder hinter dem rotbraunen Vorhang verschwunden ist.

Die Küche dieses Etablissements befindet sich entweder im Schlafzimmer oder es gibt dahinter noch einen Raum, denke ich.

„Frag Claire.“

„Komm mit mir. Ich zeig dir das Klo“, sagt Jamie grinsend.

Da ich mir lebhaft vorstellen kann, wie die Toiletten hier aussehen, muss ich ebenfalls grinsen.

Der alte Köter folgt ihnen.

In dem Moment pfeift Claire ihn zu sich: „Komm her, Manson!“

Habe ich richtig gehört? Haben die ihren Hund tatsächlich nach diesem Monster Charles Manson benannt?

Orlandos jämmerlicher Gesichtsausdruck, als er von der Toilette zurückkommt, bestätigt meinen Verdacht, dass das Klo unbenutzbar ist. Ich beschließe, die kommende Nacht nicht auf dieser beschissenen Tankstelle zu verbringen. Lieber campiere ich mit Orlando irgendwo draußen in der Wüste. Zum Glück habe ich uns in Vegas ein Zelt besorgt.

Ich mache mich auf die Suche nach Claire und ihrer Küche.

Der mit einer Zeltplane überdeckte Kochplatz befindet sich hinter der Bar im Freien. Der Herd ist durch ein Kabel mit einem Strommasten verbunden, der windschief in den orangeroten Himmel ragt.

Von hier aus hat man einen herrlichen Blick auf die fernen Berge. Tagsüber spenden die hoch übereinander aufgestapelten Autowracks gegenüber bestimmt angenehmen Schatten.

Claire schneidet gerade Zwiebeln und Kartoffeln in kleine Stücke.

Ich frage, ob ich ihr helfen könne.

Sie verneint unwirsch.

„Wo ist dein Mann?“, frage ich.

„Du meinst Tom?“

„Ist er nicht dein Mann?“

„Was geht dich das an? Ich frage dich ja auch nicht, ob der Junge in Frauenkleidern dein Mann ist?“

„Verzeih. Ich wollte nicht neugierig sein. Ich meine ..., wo ist er hin?“

„Versucht bei den Timbisha Ersatzteile für euren Wagen aufzutreiben.“

„Ach so“, sage ich erleichtert. Ich habe in unserem Reiseführer gelesen, dass es im Death Valley eine kleine Kolonie von Shoshone-Indianern gibt. Wahrscheinlich gehören die Timbisha zu ihnen.

„Können wir im Freien essen?“

„Wenn ihr wollt.“

„Ja bitte. Es wird sicher eine sternenklare Nacht.“

„Und saukalt.“

„Wir möchten euch nicht zur Last fallen. Wir schlafen in unserem Zelt.“

„Wie ihr wollt. Nehmt euch in Acht vor den Schlangen.“

„Danke für die Warnung, aber unser Zelt ist dicht."

Ich werfe einen letzten Blick auf ihren über den Herd gebeugten Rücken und gehe zu unserem Wagen.

Während ich das Zelt aus dem Kofferraum hole und es, so wie in der Anleitung versprochen, allein und mit wenigen Handgriffen etwa hundert Meter entfernt von der Tankstelle aufbaue, stellen Jamie und Orlando einen Tisch und vier Sessel zwischen die Bar und die Zapfsäulen.

Als ich zur Bar zurückkomme, stottert ein relativ neu aussehender BMW mit rauchendem Kühler auf die Tankstelle zu.

„Immer die gleiche Scheiße", flucht Tom, der plötzlich neben der Zapfsäule steht.

„Die Leute vergessen, das Wasser zu kontrollieren, bevor sie in die Wüste fahren", klärt Jamie mich auf.

Ein elegant gekleideter Glatzkopf steigt aus dem BMW. Schenkt uns allen einen abfälligen Blick.

Tom kümmert sich um ihn. Ich sehe ihn und die Glatze heftig gestikulieren.

Der Fremde lässt ihn stehen, kommt auf uns zu. „Ich muss sofort einen anderen Wagen haben", herrscht er uns an. „Mein Mobile Phone funktioniert hier nicht, haben Sie ein Telefon?"

„Spiel dich nicht so auf, Gringo. Wir sind hier im Death Valley und nicht in L.A", schreit Tom ihm nach.

Mit einem Mal ist seine Überheblichkeit wie verflogen. Der Typ wirkt beinahe ängstlich, als er zurück zu seinem kaputten Auto geht.

Ich hole mir eine Flasche Wasser aus der Bar. Als ich mich wieder an den Tisch im Freien setze, sind Tom und die Glatze verschwunden. Ich nehme an, dass Tom mit dem Fremden in die nächste Stadt gefahren ist.

Die Tortilla, eine Art Pastete aus Kartoffeln, Zwiebeln und scharfer Wurst, schmeckt hervorragend. Sogar Orlando nimmt sich ein zweites Stück, ist aber ängstlich darauf bedacht, ja kein Stückchen Wurst zwischen die Zähne zu kriegen.

Claire spricht kaum während des Essens. Dafür redet Jamie umso mehr. Er erzählt uns, dass Claire die Mutter Teresa der Landstraße sei. Dass sie nicht schlafen könne und nachts oft den Highway nach Gestrandeten absuchen und sie zu Toms Tankstelle bringen würde.

Sie starrt missmutig vor sich hin.

„Claire ist wirklich die beste Wrack-Sammlerin im ganzen Staate Kalifornien“, sagt Jamie, nachdem sie sich in ihr Bett zurückgezogen hat.

Auch ich bin müde, aber die Aussicht, die heutige Nacht auf dem steinigen Boden in einem Zelt zu verbringen, ist nicht gerade einladend. Ich lasse mich von Jamie zu einem Glas Whisky überreden. Orlando leistet uns Gesellschaft.

Unser Retter ist sehr redselig. Ich sehe mir seine Pupillen genauer an. Entweder ist er betrunken oder eingeraucht. Er scheint ein typischer Outlaw zu sein, ein Verweigerer, der mit dem sogenannten American Way of Life nicht viel anfangen kann.

Er zündet seine kleine Pfeife an. Seine Hände beginnen zu zucken. Er zittert am ganzen Körper. Ich versuche es zu ignorieren.

„Als ich aus dem Krieg zurückgekommen bin, habe ich keine Lust mehr auf diese Tretmühle gehabt.“

„In welchem Krieg hast du gekämpft?“, frage ich.

„Operation Desert Storm. 1991.“

„Erster Golfkrieg?“

„Ja. Und 2003 bei der Operation Iraqi Freedom war ich auch dabei. Als Söldner.“

„Wie alt bist du?“

„Dreiundvierzig. Warum fragst du?"

„Nur so."

„Sehe älter aus, ich weiß." Er blinzelt mir zu.

Versucht er etwa, mit mir zu flirten?

„Ich verzieh mich aufs Klo", sage ich auf Deutsch zu Orlando.

„Das würde ich an deiner Stelle bleiben lassen. Düng lieber die Wüste."

Ich habe in meinem Leben schon so manch schmutzige Toilette benutzt. Doch als ich den kleinen Raum hinter der Baracke, gleich neben der provisorischen Küche betrete, dreht sich mir der Magen um. Die Tortilla kommt mir angesichts des vollgeschissenen Klos wieder hoch. Auf dem halb verfliesten Boden stehen kleine gelbliche Lacken. Neben der Tür liegt ein Schlauch. Das eine Ende ist an einem Wasserhahn befestigt, das andere hängt in einem Eimer. Ich fasse den Schlauch nicht an. Werfe die Tür hinter mir zu und mache ein paar Schritte hinaus in die Wüste. Erleichtere meine Blase hinter einem kleinen Busch. Es ist bereits dunkel.

Jamie erzählt Orlando gerade von seinen Abenteuern im Ersten Golfkrieg, als ich zu ihnen zurückkehre.

Orlando fallen schon die Augen zu.

„Warum legst du dich nicht hin? Ich komme gleich nach."

„Ich brauche eine Taschenlampe."

„Wir haben eine zweite im Handschuhfach. Bring auch unsere anderen Sachen ins Zelt", sage ich zu ihm.

Ich höre mir weiter Jamies Kriegsgeschichten an. Er ist ein guter Geschichtenerzähler, übertreibt aber bestimmt das eine oder andere. Obwohl ich es für nicht angebracht halte, muss ich lachen, als er mir erzählt, wie er mit einem alten Motorrad komplett eingeraucht in eine Bar in Bagdad gerast ist, direkt durch die Fensterscheiben. Auch die Geschichte, wie er und seine Kameraden, dieses Mal auf

Speed, vor ein paar kleinen Kindern geflohen sind, weil die ihnen wie riesige Monster erschienen sind, finde ich komisch.

Zu fortgeschrittener Stunde fragt er mich, was wir eigentlich in dieser gottverlassenen Gegend zu suchen hätten. „Touristen lieben zwar das Death Valley, aber nicht ausgerechnet diese Gegend hier. Oder seid ihr Charles-Manson-Fans?“ Er lacht allein über seinen blöden Witz.

„Nicht wirklich. Allerdings interessiere ich mich für Kriminalfälle“, sage ich mit ironischem Unterton. „Hat hier nicht vor einigen Jahren mal ein Raubüberfall stattgefunden?“

„Wer hat dir das erzählt?“

Volltreffer, denke ich bei mir. „Ein Bekannter. Warst du damals schon in dieser Gegend?“

Jamie verneint. „Ich hab davon gehört. Tom hat mir erzählt, dass die früheren Besitzer erschossen worden sind. Ich war zu der Zeit in Afghanistan im Einsatz. Warum interessierst du dich für diese alte Geschichte?“

„Ich weiß auch nicht. Vielleicht weil meine Eltern vor zwanzig Jahren auf einem Campingplatz in der Nähe von Amarillo ermordet worden sind. Ihre Mörder wurden lange nicht gefasst. Erst vor kurzem hat das FBI einen der beiden festgenommen.“

„Wahnsinn! Nach so vielen Jahren? Das ist cool.“

„Derselbe Mann hat höchstwahrscheinlich auch den Doppelmord auf dieser Tankstelle hier begangen. Es gibt beim FBI in Las Vegas eine Cold-Case-Abteilung. Die Detectives dort leisten gute Arbeit. Wir haben gestern lange mit einem von ihnen geredet.“

Meine Worte scheinen ihn nicht sonderlich zu beeindrucken. Er nimmt wieder die kleine Pfeife aus der Brusttasche seines Jeanshemdes und zündet sie an.

„Willst du auch einen Zug?“

„Marihuana?"

Er schüttelt den Kopf.

„Was sonst?"

„Crack. Probier mal, es ist absolut das Beste. So gut hast du dich noch nie in deinem Leben gefühlt, glaub mir."

Ich lehne dankend ab. Greife nach meinem Whiskyglas.

Jetzt ist mir alles klar. Jamies Erzählungen werden mit jedem Zug, den er macht, abenteuerlicher und aufregender. Dieses chemische Zeugs aus Kokainsalz und Natron wirkt extrem schnell, allerdings nur kurz, höchstens fünf bis fünfzehn Minuten, deswegen muss man auch dauernd nachlegen. Als ehemalige Barkeeperin weiß ich über Crack Bescheid. Gesteigerte Aufmerksamkeit, gesteigertes sexuelles Verlangen, starker Redezwang, Neigung zu Selbstüberschätzung und Größenwahn ...

Eine knatternde alte Harley hält vor unserem Tisch.

Tom, der jetzt eine Lederjacke über seinem nackten Oberkörper trägt, steigt ab. Ich wundere mich über das Motorrad. Hat er nicht vor ein paar Stunden mit seinem Pick-up den BMW in die nächste Stadt abgeschleppt?

„Bring mir ein Bier", sagt er zu Jamie, „und dreh das Gewinsel ab. Ich kann Elvis nicht ausstehen."

„Möchtest du den King weiter hören?", fragt Jamie mich.

Ich schüttle den Kopf.

„In the Ghetto" erinnert mich an das Begräbnis meiner Eltern. Damals war ihr Lieblingssong an ihrem offenen Grab gespielt worden.

„Bring mir was zum Essen, Weib", schreit Tom.

Kurz darauf erscheint Claire mit einem Teller in der Hand. Sie serviert ihm ein Steak. Er zerkleinert das Fleisch und frisst wie ein Schwein. Benützt nur seine Gabel.

Als er fertig gegessen hat, rülpst er lautstark, wischt sich mit dem Ärmel seines schmutzigen Hemdes den Mund ab und langt nach einer Zigarette. Klopft sie gegen das Feuerzeug, steckt sie in den Mund und zündet sie an.

Angewidert wende ich mich ab. „Lasst uns hineingehen. Mir ist kalt“, sage ich.

Tom schnappt sich eine Bierflasche, öffnet sie mit seinem Feuerzeug und trinkt das eiskalte Budweiser in einem Zug aus. Dann rülpst er wieder lautstark und schaut mich listig an.

„Ich könnte die Ersatzteile für euren Wagen bekommen. Kosten mich aber mehr als dreihundert Dollar. Und die Reparatur kostet dich auch ein bisschen was. Um fünfhundert kriegt ihr einen meiner Gebrauchtwagen.“

„Das Cabrio ist ein Leihwagen. Die Autovermietung in Las Vegas wird uns morgen Früh bestimmt einen neuen Wagen schicken.“

„Dieser Schrotthaufen ist garantiert kein Leihwagen. Verkauf uns nicht für blöd, Kleines. Den hat euch irgendein Gauner in Vegas angedreht. Gib's zu!“, sagt Tom.

Es ist sinnlos, mit Betrunkenen zu streiten. Ich stehe auf und gehe in die Bar.

Jamie folgt mir, holt ein zweites Sixpack aus dem Eiskasten, stellt sich zu mir an die Theke und legt mir den Arm um die Schultern. Ich will mich seiner Umarmung entziehen, habe aber Angst vor seiner Reaktion.

Zum Glück lässt er mich gleich wieder los und raucht den nächsten Stein. Seine Gier nach dem Zeug ist größer als seine Lust auf mich, denke ich erleichtert.

Tom kommt ebenfalls in die Bar, schnappt sich ein Fläschchen Bier und trinkt es wieder in einem Zug leer. Genüsslich streichelt er seinen fetten, nackten Bauch. Noch nie habe ich einen so ungustiösen Menschen aus nächster Nähe erlebt.

„Sind wir im Geschäft, schöne Zigeunerin?“ Sein blödes Grinsen macht mich wütend.

Wieso weiß er, dass meine Vorfahren Roma waren? Vermutet er es, weil ich rote Haare und eine braune Haut habe? Oder hat Orlando geplaudert?

„Ich habe keine fünfhundert Dollar bei mir. Aber ich würde mir Ihr Angebot gern bis morgen Früh überlegen. In der nächsten Siedlung gibt es bestimmt eine Bank, oder? Ich gehe jetzt schlafen."

Jamie protestiert, bietet mir noch einmal seine kleine Pfeife an.

Ich lehne erneut dankend ab. Nehme eine Flasche Wasser aus dem Kühlschrank und lass die beiden allein.

Im Gehen höre ich Tom fragen: „Weiß sie Bescheid?"

„Nein. Woher soll sie wissen ...?"

„Trau niemandem. Vor allem keiner Frau!"

Worüber sollte ich Bescheid wissen? Auf dem Weg zu unserem Zelt grüble ich über die paar Sätze nach, komme aber zu keinem Ergebnis.

Ich habe das Gefühl zu stinken und sehne mich nach einer langen heißen Dusche. Als ich vorhin auf der Toilette war, habe ich dort zwar einen Abfluss im Boden gesehen, aber keine Duschvorrichtung. Wahrscheinlich spritzen sich diese Leute einfach mit dem Schlauch ab. Da ich dieses stille Örtchen sicher nicht mehr betreten werde, kommt so ein spezielles Waschritual für mich ohnehin nicht in Frage. Orlando wird wohl oder übel mit meinem etwas strengen Geruch vorlieb nehmen müssen.

Meine Augen benötigen einige Sekunden, um sich an die Dunkelheit im Freien zu gewöhnen. Mit Hilfe meiner Mini-Taschenlampe, die ich am Gürtel meiner Jeans hängen habe, finde ich den Weg zu unserem Zelt ohne Schwierigkeiten. Außerdem ist die Nacht sternenklar. Beinahe Vollmond.

Der kleine Abendspaziergang tut mir gut. Vielleicht hätten wir unser Zelt noch ein paar hundert Meter weiter von der Tankstelle aufbauen sollen, denke ich, als ich einen Blick zurück auf die beleuchtete Baracke werfe.

Orlando ist hellwach, als ich zu ihm ins Zelt krieche. Er hat unsere Rucksäcke mitgebracht und das Bett gemacht. Wir müssen uns die Matte teilen. Zum Glück hat jeder von uns eine eigene Decke.

„Ich fürchte mich vor diesem verrückten Tom", sagt er.

„Ich mich auch. Lass uns abwechselnd Wache halten. Funktioniert dein Handy hier?"

„Nein. Kein Empfang. Am Highway hatte ich zwei Balken."

Obwohl wir uns nicht berühren, spüre ich, dass er am ganzen Körper zittert.

„Ich habe noch einen Balken", lüge ich. „Wenn's eng wird, rufen wir Detective Hunter in Vegas an. Ich habe seine Nummer gespeichert."

„Wenn es dann nicht zu spät ist."

„Sei nicht so pessimistisch. Außerdem sind Jamie und Claire auch noch da. Sie werden sicher nicht zulassen, dass Tom uns was antut."

„Weil sie eine Indianerin ist und Jamie auf dich steht? Du bist und bleibst eine Romantikerin, Kafka. Die stecken doch alle drei unter einer Decke."

„Ich habe Tom für morgen in Aussicht gestellt, in die nächste Stadt zu fahren und fünfhundert Dollar von meinem Konto abzuheben, um eines seiner Autowracks zu kaufen. Eine Kuh, die man melken kann, bringt man nicht um."

„Du redest wie ein echtes Cowgirl."

Ich umarme ihn lachend.

„Hast du ihnen erzählt, dass ich eine Romni bin?"

Orlando antwortet nicht gleich. Ich stupse ihn an. „Das macht nichts, ich will es nur wissen."

„Als du in der Küche warst, hat Jamie mich gefragt, ob du auch aus Österreich bist. Er hat dich für eine Irin gehalten, wegen deiner roten Haare. Ich hab ihm gesagt, dass du eine Zigeunerin, eine Romni bist ..., war das ein Fehler?"

„Nein. Mach dir keine Sorgen. Schlaf jetzt. Ich übernehme die erste Wache. Ich kann sowieso nicht schlafen."

Bewaffnet mit einer Flasche Mineralwasser verlasse ich das Zelt und schleiche Richtung Bar. In der Baracke brennt kein Licht mehr. Im Schutz des ausrangierten Doppeldeckers putze ich mir die Zähne.

Plötzlich vernehme ich Claires Stimme: „Lass mich in Frieden!" Ich höre die Angst, die bei ihren energischen Worten mitschwingt. Aber ich kann sie nicht sehen.

„Du Arschloch!!", schimpft sie.

Kurz darauf ein lautes Kreischen: „Nein! Nicht mit der Flasche! Damit hast du mich schon einmal aufgeschlitzt!"

Werde ich gerade akustisch Zeugin einer Vergewaltigung? Der Schmerzensschrei, der ihren Worten folgt, dringt mir durch Mark und Bein.

Soll ich ihr zu Hilfe eilen? Ich hasse mich dafür, dass ich zögere. Schimpfe mich eine verdammte Voyeurin.

Eine Männerstimme. Jamies Stimme?

„Macht nicht solchen Lärm! Wir sind nicht allein."

„Halt dich da raus. Einer muss es dieser Squaw ja richtig besorgen."

„Du darfst gerade reden. Dass du zuletzt einen hochgekriegt hast, ist mindestens zehn Jahre her."

Ich verlasse mein Versteck hinter dem Flieger, bin wild entschlossen, mich einzumischen.

Eine halbnackte Claire kommt auf mich zugerannt.

„Kann ich dir helfen?"

„Hau ab! Schnell!"

Verwirrt und entsetzt eile ich zurück zu unserem Zelt.

Warum lässt sich Claire das von ihrem Mann gefallen? Oder ist Tom gar nicht ihr Mann? Ist sie mit Jamie zusammen? Oder gar mit beiden? Ich beschließe, Orlando lieber nichts von der ekelhaften Szene zu erzählen, sonst fürchtet er sich noch mehr.

Als ich mich neben ihn lege, höre ich ihn leise und ruhig atmen. Die Schreierei dürfte ihn nicht geweckt haben. Ich kann nicht einschlafen. Am liebsten würde ich diesen schrecklichen Ort sofort verlassen. Aber wir sitzen hier nun mal fest. Ich spüre meine Wangen feucht werden. Tränen der Wut und der Hilflosigkeit.

Das Geräusch des Generators, der die Bar und den Wohnwagen zusätzlich mit Strom versorgt, und die monotonen Geräusche der Wüste schläfern mich schließlich doch ein. Plötzlich schrecke ich wieder auf.

„Tapp, tapp, tapp ..." Geräusche, die wie Schritte klingen, dringen an mein Ohr. Der Mond scheint genau auf unser Zelt. Ich komme mir vor wie eine lebende Schaufensterpuppe in einer hell beleuchteten Auslage.

Ich rüttle Orlando wach und halte gleichzeitig die andere Hand auf seinen Mund.

Erschrocken fährt er hoch. Ich deute ihm, mir sein Taschenmesser zu geben. Er kapiert nicht, was ich will.

Ich greife nach seinem Schweizer Messer, das er unter der Decke fest umklammert. Gehe in die Hocke, ziehe in Sekundenschnelle den Reißverschluss unseres Zeltes auf und springe mit dem Messer in der Hand ins Freie.

Keine Menschenseele weit und breit. Wind ist aufgekommen. Wahrscheinlich hat er die Heringe zum Klappern gebracht.

Die Wüste erstrahlt silbern im Mondlicht. Merkwürdige Geräusche. Tierlaute, denke ich, während ich wie eine Idiotin mit der aufgeklappten Klinge des Schweizer Messers in der Hand dahocke und auf die dunklen Silhouetten der verfallenen Häuser starre.

Plötzlich bilde ich mir ein, dass sich bei der Scheune ein Schatten bewegt.

„Orlando“, flüstere ich aufgeregt.

„Was ist?“

„Dort drüben bei der Scheune, in der Tom die Autos repariert, da ist jemand.“

Orlando kommt mit dem Wagenheber in der Hand aus dem Zelt gekrochen.

„Den hab ich sicherheitshalber mitgenommen.“

„Du bist ein Genie. Bleib bei mir. Wenn er näher kommt, springst du auf und rennst hinter das Zelt. Wir nehmen ihn in die Zange. Sollte er mich attackieren, schlägst du ihn von hinter nieder.“

„Und wenn er einen Revolver hat?“

„Blödsinn. Ich habe bei keinem von denen eine Waffe gesehen.“

„Hinterm Eiskasten lehnt ein Gewehr.“

„Du meinst dieses museumsreife Ding? Das stammt bestimmt aus dem amerikanischen Bürgerkrieg. Damit kann man nicht einmal mehr einem Kojoten zu Leibe rücken. Außerdem ist es zu dunkel, um richtig zielen zu können.“ Meine Worte beruhigen mich selbst.

Wir sprechen sehr leise. Ich bin mir sicher, dass uns der Typ, der bei der Scheune herumschleicht, nicht hören kann. Das Gerüst der großen Reklametafel scheppert, schluckt jedes andere Geräusch.

Die dunkle Silhouette hat jetzt den Schatten der Scheune verlassen, kommt geradewegs auf uns zu. Gebückt und lautlos. Plötzlich erklingt ein furchterregendes Geheule.

Beinahe wäre ich in lautes Gelächter ausgebrochen. „Ein Kojote“, flüstere ich. Greife nach einem Stein und werfe ihn nach dem blöden Vieh.

Der Kojote sucht das Weite.

Orlando und ich legen uns wieder hin. Ich bitte ihn, die nächste Wache zu übernehmen. „Nimm deine Ohrstöpsel und hör Musik, damit du wach bleibst. Nehme an, du hast jede Menge Muntermacher auf deinem iPhone."

8.
Red Rock Canyon, Las Vegas, Nevada, April 2012

Früh morgens werde ich durch einen vorbeidonnernden Truck geweckt.

Orlando wacht ebenfalls auf, schläft aber gleich wieder ein. Erst als die Sonne eine Stunde später auf das dunkelblaue Zelt knallt, kriechen wir ins Freie.

„Meine Glieder fühlen sich an wie Blei. Ich bin total ausgetrocknet. Haben wir uns gestern betrunken?", fragt Orlando irritiert.

„Nicht, dass ich wüsste. Das ist die Hitze. Es ist erst acht Uhr. In der Bar tut sich nichts. Sie scheinen alle noch zu schlafen."

Ich lasse den Reißverschluss unseres Zeltes ein Stück offen, damit ein bisschen frische Luft hereinkommt. Weit im Norden sehe ich den Umriss eines riesigen Sattelschleppers durch die Wüste gleiten. Wahrscheinlich eine Fata Morgana.

Ich lege mich wieder hin.

„Sie haben Besuch." Claires Stimme reißt mich zwei Stunden später aus dem Schlaf.

Ich habe von Jamie geträumt. Seine Hände schlossen sich um meinen Hals. Er drückte nicht zu, sondern streichelte nur meine Kehle. Ich sah dabei in seine Augen. Plötzlich verwandelten sie sich in die schönen dunklen Augen von Simon Hunter ... An mehr kann ich mich nicht erinnern.

Und jetzt steht der Detective in voller Größe vor mir. Kühl, gelassen und verdammt attraktiv. Er blickt mich besorgt an.

Hunter muss die ganze Nacht durchgefahren sein, schießt mir durch den Kopf. Ich zupfe an dem Oberteil meines Trainingsanzugs herum und fahre mir mit den Fingern durch die Haare. Ich sehe bestimmt schrecklich aus.

„Warten Sie in der Bar auf uns. Wir kommen gleich."

Orlando gesteht, dass er Detective Hunter eine SMS geschickt hat, als wir die Panne auf der Interstate hatten.

„Hast du gut gemacht! Ich bin total erleichtert, dass der Detective da ist. Habe gestern Nacht eine Scheiß-Angst gehabt."

„Und ich erst!"

Als ich kurze Zeit später an Orlandos Seite die Bar betrete, komme ich mir richtig schmuddelig vor. Mein Freund hat es geschafft, sich in ein paar Minuten in eine hübsche junge Dame zu verwandeln, während ich gerade mal ein frisches T-Shirt übergezogen und mein schulterlanges lockiges Haar mit Hilfe eines Gummiringerls gebändigt habe.

Orlando begrüßt Simon Hunter sehr herzlich. Zu herzlich, wie ich finde. Ich verhalte mich eher reserviert. Mir ist gerade unser Streit am letzten Abend in Las Vegas wieder eingefallen.

„Wo ist Jamie?", frage ich Tom.

„Ich habe ihn zu den Timbisha geschickt, um Ersatzteile für euren Wagen und für den BMW, der gestern abgesoffen ist, zu besorgen", sagt Tom. Seine Worte klingen nicht sehr glaubwürdig.

Der Detective bemerkt meine Zweifel.

„Du wärst überrascht, wenn du wüsstest, wie gut manche dieser indianischen Mechaniker sind. Sie können fast alles reparieren“, sagt er.

Tom nickt eifrig.

Ich bilde mir ein, den BMW in der Scheune hinter der Bar gesehen zu haben. Aber wo ist der Besitzer? Hat Tom diesen unsympathischen Kerl gestern Abend in die nächste Stadt gebracht und den Wagen hierbehalten, um ihn zu reparieren?

Irritiert beobachte ich Tom. Er verhält sich Simon Hunter gegenüber fast devot. Während des üppigen Frühstücks – Claire serviert uns allen Eier mit Speck und Bohnen, dazu starken Kaffee – erzählt er, ohne dass er von jemandem gefragt wurde, dass er und Claire der Highway Patrol helfen würden, Unfallautos oder in der Wüste gestrandete Fahrzeuge ausfindig zu machen.

Claire spricht kein Wort. Erst als Simon Hunter sie in der Sprache der Navajo anredet, taut sie etwas auf. Schenkt ihm Kaffee nach und lächelt ihn dabei sogar an.

Beim Abschied flüstert sie mir zu: „Pass gut auf dich auf!“

Ich drehe mich noch einmal nach ihr um. Das grelle Sonnenlicht, das von der einzig intakten Fensterscheibe der Bar reflektiert wird, blendet mich. Ich kann ihr Gesicht nicht sehen.

Wir fahren mit Simon Hunters knallrotem Jeep zurück nach Las Vegas.

Orlando besteht darauf, vorne zu sitzen, behauptet, ihm würde hinten schlecht werden. Mir ist es egal. Ich sitze fast lieber hinten. Lege meine langen Beine auf die Sitzbank und genieße endlich diese Wahnsinns-Landschaft.

Roter Staub hängt in der Luft, verfärbt den Horizont rosa. Bussarde jagen entlang der Interstate. Sie sitzen auf den hohen Strommasten und beobachten den Highway kilometerweit in beide Richtungen. Sobald sie ein kleines Tier wahrnehmen, nähern sie sich ihrer Beute gegen die Sonne.

Während der Fahrt durch die Wüste redet Orlando pausenlos auf Simon Hunter ein. Erzählt ihm von Wien, von den Frauenmorden in Wien-Margareten, die wir gemeinsam aufgeklärt haben, und schließlich auch von den Morden in Florenz und von seiner unsäglichen italienischen Verwandtschaft.

Ich döse vor mich hin. Die Hitze und die Bewegung des Autos wirken wie eine Schlaftablette auf mich.

Als wir wieder im militärischen Sperrgebiet am Rande des Air-Force-Geländes angelangt sind, erzählt Simon Hunter uns, dass er bei der US Air Force gedient und im Ersten Irakkrieg gekämpft hat. So wie Jamie, denke ich. Im Gegensatz zu diesem scheint er nicht gern über seine Kriegserlebnisse zu sprechen. Als Orlando ihn fragt, ob er Bomberpilot gewesen wäre, reagiert er nicht, sondern redet von etwas anderem: „Sie haben mir danach das College bezahlt und sogar die Ausbildung an der Police Academy. Für uns Indianer war das Militär die einzige Chance, eine anständige Ausbildung zu bekommen."

Der Jeep bewegt sich mit fünfundsiebzig Meilen, als er auf eine Stelle trifft, wo sich der Asphalt in der Hitze aufgewölbt und sich daneben gleichzeitig verflüssigt hat, nach unten gesunken ist. Als das rechte Vorderrad des Wagens auf der Erhebung landet und das linke im Loch, kommt der Jeep gefährlich in Schräglage. Ein langes, hochgezogenes Quietschen erklingt, als Simon Hunter mit aller Kraft auf die Bremse tritt. Der Wagen gerät wie in Zeitlupe ins Schleudern. Für einen schier endlos dauernden Moment balanciert er auf zwei Rädern, bevor er sich quer auf die Straße stellt und mit ohrenbetäubendem schrillen Kreischen über den Asphalt schlittert.

„Das war knapp“, sagt Orlando, als wir vor dem tiefen Straßengraben zum Stehen kommen.

Wir sind in der Nähe von Indian Springs, verrät uns die Reklametafel einer Raststätte.

Hunter fährt von der Autobahn ab. Seine Hände zittern. Der Ausrutscher hat auch ihm einen Schrecken eingejagt.

Die Sonne hat ihren Höchststand erreicht, als wir den Wagen verlassen und mit schlotternden Knien zur Raststätte wanken.

Keiner von uns hat Appetit. Wir bestellen Ice Tea und Kaffee.

Das Diner ist gut besucht. Die ältere Kellnerin hat alle Hände voll zu tun.

„Die Amis fahren hauptsächlich japanische Autos“, sagt Orlando.

„Oder deutsche. Deutsche Autos gelten bei uns als Statussymbol.“ Der Detective ist sichtlich froh über das harmlose Thema.

„Bei uns fahren nur Spießer deutsche Autos“, sagt Orlando.

„Oder Angeber. Denk an die BMW-Fahrer“, werfe ich ein.

Orlando hatte mir unlängst gestanden, dass er, wenn er genug Geld hätte, sich am liebsten ein BMW-Cabrio kaufen würde.

Nach der ersten Tasse Kaffee bestellen Orlando und Hunter Donuts.

Ich widerstehe dem Angebot, bei ihren Donuts abzubeißen. Beginne wieder von unseren Reiseplänen zu reden. Ich möchte nach wie vor alle Tatorte aufsuchen.

Simon Hunter versucht erneut, mich davon abzubringen. „Ich habe morgen und am Samstag zu tun. Habe mir aber für nächste Woche Urlaub eingetragen. Wir könnten dann gemeinsam losfahren", sagt er.

Orlando ist sehr angetan von dieser Idee. Ich bleibe stur. Will keine Zeit mehr verschwenden. „Sie können ja nachkommen", sage ich zu Hunter.

Die Kellnerin bringt frischen Kaffee. Der Kanne entströmt Dampf.

„Vorsicht, sehr heiß", warnt sie mich, als ich nach meiner Tasse greife.

„War die Tankstelle, auf der wir gestrandet sind, wirklich diejenige, die Dick Carson damals überfallen hat?", frage ich.

„Ja."

„Ich habe keine Ranch gesehen."

„Die Barker Ranch ist völlig verfallen und liegt ein paar hundert Meter weit weg."

„Tom und Claire haben die Tankstelle nach dem scheußlichen Verbrechen bestimmt billig erstanden", sagt Orlando.

„Anzunehmen. Dieser Tom ist ein ekelhafter Kerl. Der andere, der uns abgeschleppt hat, ist ganz nett, aber auch ein bisschen eigenartig", sage ich.

„Den habe ich ja nicht zu Gesicht bekommen. Wie heißt der Typ mit Nachnamen?"

„Ich habe ihn nicht danach gefragt. Er war übrigens zur selben Zeit im Irak wie Sie. Vielleicht sind Sie ja sogar bei derselben Einheit gewesen."

Der Detective sieht sehr müde aus. Seine Augen sind nur mehr schmale Schlitze. Der Kaffee hat ihn garantiert nicht munter gemacht. Dieses Gebräu kann man literweise trinken, ohne Herzklopfen zu bekommen.

Er macht den Tank voll.

„Benzin ist bei euch billiger als in Europa", sagt Orlando. Nur um irgendetwas zu sagen, denke ich. Auch er hat sicher bemerkt, dass unser Detective am Ende seiner Kräfte ist.

Hunter geht zahlen und kommt mit einem Säckchen Marshmallows in der Hand zurück.

Orlando ist süchtig nach Marshmallows. Aber woher weiß der Detective das?

Ich finde diese Süßigkeit aus reiner Chemie einfach grauenhaft. Orlando ist es völlig egal, woraus die weißen Würfel bestehen. Ohne zu meckern setzt er sich auf die Rückbank und stopft das süße Zeug in sich hinein. Hin und wieder gibt er auch dem Detective ein paar Marshmallows ab.

Ich biete Hunter an, ihn am Steuer abzulösen. Er kann seine Augen kaum mehr offen halten. Bleibt stehen und reicht mir dankbar die Wagenschlüssel.

Ich lasse das Fenster auf meiner Seite ein wenig herunter. Sofort spüre ich, wie die Hitze vom Asphalt der Straße aufsteigt und hereinströmt. Simon Hunter ist am Beifahrersitz sofort eingenickt. Sein Vertrauen in meine Fahrkünste ehrt mich. Orlando ist nach wie vor mit seinen Marshmallows beschäftigt.

Etwa dreißig Meilen vor Las Vegas wird der Verkehr dichter. Ich schalte das Autoradio ein. Zäher Verkehr auf allen Einfahrten in die Stadt.

Hunter wacht auf. Er schlägt vor, einen Abstecher in den Red Rock Canyon zu machen. „Bei Sonnenuntergang erstrahlen die Felsen dort in den prächtigsten Farben. Dieses Schauspiel dürft ihr euch nicht entgehen lassen", fügt er nach einem Blick auf Orlandos gelangweilten Gesichtsausdruck hinzu.

Ich glaube meinen jungen Freund gut genug zu kennen, um zu wissen, dass er es kaum mehr erwarten kann, wieder in die Stadt der Sünde zu kommen.

„Ich brauche ohnehin eine Rauchpause", sage ich und biege auf die Straße, die in den Canyon führt, ab.

Aus der Ferne wirkt der Sandstreifen zwischen den bizarren Felsen fast grün.

„Die Wüste ist voller rot und gelb blühender Kakteen, und es wimmelt hier nur so von kleinen Tieren", sagt der Detective.

Kaum haben wir den Eingang zu dem Naturschutzgebiet passiert, verstehe ich, woher dieser Canyon seinen Namen hat. Skurrile Sandsteinformationen, die aus Dünen entstanden sind, haben die verschiedensten Rot- und Orangetöne angenommen.

„Die nachgebaute Westernstadt können wir uns sparen. Lasst uns lieber den Sonnenuntergang genießen."

Wir sind die Einzigen auf dem Parkplatz an einem etwas erhöht gelegenen Aussichtspunkt. Ich steige aus und zünde mir eine Zigarette an.

Der Blick auf das weite Land ist hinreißend. Ich stelle mir vor, wie plötzlich Indianer auf ihren Pferden aus einer Schlucht geritten kommen. Fast kann ich die weiß bemalten Gesichter der Krieger sehen, das Schnauben der Mustangs und das Klappern ihrer Hufe hören.

Ich genieße die Einsamkeit, die Stille. Obwohl es hier nicht vollkommen still ist. Ich höre das leise Summen des Windes in den knorrigen Sträuchern entlang der Straße, das Rascheln kleiner Tiere im Gebüsch und das Zwitschern der Vögel. Die untergehende Sonne verwandelt den Himmel in ein orangerotes Meer und lässt die Berge blutrot strahlen.

Begeistert sehe ich Simon Hunter an.

Er nimmt meine Hand, drückt sie sanft.

Wären wir zu Hause, würde ich ihm in diesem Augenblick das Du-Wort anbieten.

Orlando mustert uns mit argwöhnischen Blicken.

Simon nennt uns die Namen einiger Gipfel. Die meisten wurden nach Tieren benannt.

„Der sieht wirklich nicht wie eine Taube aus. Und der dort drüben besitzt auch keine Ähnlichkeit mit einem Adler“, meckert Orlando.

Ich gebe zu, dass es enormer Fantasie bedarf, diese Namensgebung nachvollziehen zu können.

Kaum ist die Sonne am Horizont verschwunden, drängt Orlando zum Aufbruch.

Schweigend fahren wir zurück zum Parkeingang.

Als das Lichtermeer von Las Vegas vor uns auftaucht, ist es bereits halb acht Uhr abends. Kolonnenverkehr auf dem Highway und dann steht plötzlich alles still. Nichts geht mehr auf der dreispurigen Autobahn.

„Für diese eine Nacht müsst ihr euch nicht extra ein Hotel suchen. Ihr könnt gern bei mir übernachten“, sagt Simon, als wir endlich gegen zweiundzwanzig Uhr die City erreichen.

Orlando nimmt die Einladung freudig an.

Auch ich bin erleichtert. Nach der fast schlaflosen Nacht im Death Valley und der anstrengenden Rückfahrt habe ich keine Lust mehr, auf Zimmersuche zu gehen.

„Esst ihr gern Chinesisch?“

Wir nicken beide.

Simon hält bei einem chinesischen Take-away, das von außen nicht sehr einladend aussieht.

Er bemerkt mein Zögern.

„Das Zeug ist essbar“, sagt er.

Ich folge ihm in das Lokal.

Orlando bleibt im Wagen sitzen. „Du weißt eh, was ich mag“, sagt er.

Der Chinese ist ein Japaner. Geschmackvoll eingerichtet in dunkelrot und schwarz, mit niedrigen Tischchen und bequemen Sitzpolstern.

Ich entscheide mich für Sashimi und Sushi, von jedem etwas, und eine extra Portion Maki mit Gemüse. Irgendwas davon wird Orlando schon essen.

Detective Hunter wohnt in einem der neuen Hochhäuser nicht weit vom Stratosphere Tower. Er parkt seinen Wagen in der Tiefgarage.

„Ich wohne im vierzehnten Stock, der eigentlich der dreizehnte ist. Aber diese Unglückszahl vermeiden wir abergläubischen Amerikaner lieber."

Im Lift erzählt er uns, dass er oft Besuch von seinen Verwandten väterlicherseits aus Nebraska bekomme. „Besonders meine Neffen sind ganz wild auf Las Vegas."

Als wir in seiner Wohnung angelangt sind, wird mir nach einem Blick aus seinem großen Fenster im Wohnzimmer schwindlig.

„Fantastisch", kreischt Orlando, der mit der Nase an der Scheibe klebt. „Du siehst den ganzen Strip und die Berge. Komm her, Kafka."

Ich halte Respektabstand.

Simons Wohnung ist sehr einfach, ja fast karg eingerichtet. Sie gehört ihm nicht. Er hat sie nach seiner Scheidung von einem wohlhabenden Freund, einem Anwalt, gemietet.

Wir setzen uns in die geräumige Küche. Simon öffnet eine Flasche kalifornischen Wein und wir stürzen uns auf die kleinen, mit rohem Fisch umwickelten Reisbällchen. Auch Orlando langt kräftig zu.

Nach dem Essen machen wir es uns auf den beiden Sofas in Simons Wohnzimmer bequem. Die Aussicht über die Stadt ist hinreißend. Ich habe noch nie eine so hell beleuchtete Stadt gesehen wie Las Vegas und kann meinen Blick kaum mehr vom Fenster wenden. Dennoch komme ich wieder auf unsere Reiseroute zu sprechen.

„Seid vorsichtig, haltet euch vor allem an die Geschwindigkeitsbeschränkungen“, sagt Simon und zwinkert mir zu.

„Tratschweib“, fauche ich Orlando an. Offensichtlich hat er Simon von unserer Begegnung mit der Highway Patrol erzählt.

„Ich meine es ernst. In Arizona haben sie vor einigen Jahren ein übles Gesetz verabschiedet. Es erlaubt der Polizei, Leute zu überprüfen, die wie Einwanderer aussehen, also dunkelhäutig sind, schlecht gekleidet oder was auch immer ... Du bist sehr dunkel. Trotz deiner roten Haare könnten sie dich für eine Mexikanerin halten. Also Vorsicht. Sie gehen mit den sogenannten Verdächtigen nicht gerade zimperlich um. Es gab schon einige Tote.“

„Ich habe auf MSNBC gehört, dass gerade über eine Aufhebung dieses menschenverachtenden Gesetzes diskutiert wird.“

„Diskutiert ja. Aber was in Phoenix oder Washington diskutiert wird, darum scheren sich diese Typen nicht.“

„Faschistoides Pack“, sage ich.

„Ihr werdet durch einige Reservate kommen. Auch dort solltet ihr vorsichtig sein. Aus anderen Gründen. Manche Indianer haben die neugierigen Touristen ziemlich satt. Vor allem die jungen arbeitslosen Burschen. Sie tun ihnen zwar nichts, können aber ein bisschen lästig werden.“

„Erzähl uns von den Stämmen, durch deren Land wir fahren werden. Ich will mit den Leuten dort reden“, bitte ich ihn.

Er versorgt sich selbst und uns mit Wein, bietet mir eine von seinen Zigaretten an und hält uns einen kleinen Vortrag: „Es gibt rund 2,5 Millionen nordamerikanische Indianer, inklusive der Inuit in Alaska, und 1,6 Millionen Halbindianer. In den USA leben die meisten Indianer in Reservaten. Das größte Reservat ist das der Navajo. Zwei

Drittel der Navajo, also etwa 260.000 Menschen, hausen dort. Ein Drittel übrigens ohne fließendes Wasser. Dabei sind die Navajo diejenigen, die am besten organisiert sind. Sie haben sogar eine Energy Power Station in der Nähe des Lake Powell. Eine eigene Energieversorgung ist wahnsinnig wichtig, wie ihr euch denken könnt. Diese Reservate sind eigentlich souveräne Staaten. Sie haben Selbstverwaltungsstatus und werden von einem Stammesrat, dem ein Sprecher vorsitzt, regiert. Die Navajo waren immer eine demokratische Gesellschaft. Die Häuptlinge wurden nicht, wie bei vielen anderen Stämmen, durch das Erbrecht bestimmt, sondern gewählt. Auch die Mitglieder des Rates werden in den Wahlbezirken von den dort lebenden Menschen direkt gewählt."

„So wie bei uns", unterbricht Orlando ihn.

„Sei still, lass ihn ausreden", fauche ich ihn an.

„Die Navajo bezeichnen sich in ihrer Sprache als ‚Diné', was soviel wie ‚die Menschen' bedeutet. Seit 1924 haben alle nordamerikanischen Indianer die US-Staatsbürgerschaft. Mittlerweile haben wir endlich auch eine Identity-Card, die uns als Native American den Pass ersetzt. Es gibt einige wenige Vergünstigungen für uns, was die Steuern betrifft. Indianer zahlen zum Beispiel keine Steuern, wenn sie ihr Geld im Reservat verdienen. Aber dort kann man kein Geld verdienen, außer in einem Casino. Seit 1988 dürfen wir Casinos unter speziellen Bedingungen betreiben. Heute bieten fast vierhundert indianische Casinos vierhunderttausend Jobs für Stammesgenossen. Sie machen mehr Gewinne als alle Casinos in Nevada zusammen."

„Wow", wirft Orlando ein.

„Der Schein trügt. In allen Reservaten gibt es große Probleme. Und das größte Problem ist die Anomie."

„Was heißt das?", fragt Orlando.

„Keine Normen, keine Regeln ..."

„Das klingt ja fast wie Anarchie." Ich fühle mich nach dem zweiten Glas Wein wieder leicht betrunken. Ist amerikanischer Wein stärker als europäischer oder ist es die Hitze?

Simon lächelt mich milde an.

„Nein, das ist nicht dasselbe. Hand in Hand mit Anomie gehen eine steigende Selbstmord- und Scheidungsrate, Jugendkriminalität, Bindungslosigkeit, mangelnde gesellschaftliche Integration ... Dazu kommen enorme gesundheitliche Probleme. Die meisten Indianer sind viel zu dick. Bereits die Kinder leiden unter Übergewicht. Außerdem erkranken meine Leute an allen möglichen Zivilisationskrankheiten. Die meisten sterben sehr jung. Die indigene Bevölkerung Amerikas wird heutzutage nicht mehr von euch Gringos, sondern durch Diabetes, Alkoholismus und Adipositas ausgerottet."

Simon sagt das alles sehr ruhig und mit unbeweglicher Miene.

Orlando hat sich auf eines der Sofas gelegt und scheint eingeschlafen zu sein.

„Gibt es irgendwelche Verhaltensregeln, die wir beachten sollten, wenn wir mit den Leuten in den Reservaten reden?", frage ich.

„Nein, die Indianer sind an das merkwürdige Benehmen der Weißen mittlerweile gewöhnt." Simon grinst mich spöttisch an. „Ihr dürft euch nicht wundern, wenn euch eure Gesprächspartner nicht in die Augen sehen. Die Navajo zum Beispiel vermeiden Augenkontakt mit ihren Gesprächspartnern. Es gilt als unhöflich, sein Gegenüber anzustarren. Sie hören trotzdem aufmerksam zu."

„Das finde ich ja interessant." Orlando wirkt plötzlich wieder ganz munter und strahlt Simon an.

„Außerdem empfinden sie es als unhöflich, viel und laut zu reden oder Fremden gegenüber allzu offen zu sein. Körperkontakt bleibt engen Freunden und Verwandten vorbehalten. Man küsst und drückt keine oberflächlich Bekannten. Leichtes Händeschütteln ist aber durchaus üblich."

„Sehr sympathisch!" Obwohl ich leicht beschwipst bin, frage ich: „Und wie sieht es mit Alkohol aus? Ich habe gehört, dass der Besitz und Konsum von Alkohol in den Reservaten verboten ist."

„Ja. Leider hält sich keiner dran. Cheers!" Auch Simon ist nicht mehr ganz nüchtern.

Dieses Mal schlage ich vor, ins Bett zu gehen.

Simon meint, sein Bett wäre viel bequemer als die Couch, und zwinkert mir zu.

„Ich schlafe besser allein, außerdem schnarche ich", sage ich lachend und lege mich auf das zweite Sofa im Wohnzimmer.

Orlando kuschelt sich in eine weiche Decke mit einem kunstvollen Muster.

„Das ist eine Navajo-Decke", sage ich.

„So eine kauf ich mir."

„Unbezahlbar."

„Quatsch. Simon verschafft mir sicher eine um einen guten Preis." Orlando sagt es so laut, dass Simon, der sich gerade im Bad befindet, seine Worte hört.

„Du kannst sie haben. Ich schenk sie dir."

„Der steht auf mich", flüstert Orlando.

Du irrst dich, mein Freund, denke ich.

Mein Sofa ist ziemlich durchgelegen. Beinahe bereue ich es, Simons Angebot, sein bequemes Bett mit ihm zu teilen, abgelehnt zu haben.

9.
Zion National Park, Utah, April 2012

Wir verlassen die Wohnung um acht Uhr morgens gemeinsam mit Simon.

Er bringt uns zu dem Autohändler, bei dem wir das Mazda Cabrio gemietet haben.

Zu dieser frühen Stunde ist selbst in Las Vegas nicht viel los. Die Casinos haben rund um die Uhr geöffnet. Ein paar Verlierer torkeln auf dem Strip herum. Außer diesen Alkoholleichen und der Straßenreinigung sind kaum Leute unterwegs.

Die Autovermietung ist zu. Kein Schild mit Öffnungszeiten.

Simon trommelt mit den Fäusten an die verschlossene Tür.

Wir gehen zu dem hohen Gitter, hinter dem sich die tollen Oldtimer befinden. Das Tor ist mit einem einfachen Vorhängeschloss versehen.

Simon rüttelt heftig an dem Gitter.

„‚Cars for lease' gibt's nicht mehr", scherzt Orlando.

Plötzlich öffnet sich die Barackentür. Der weißhaarige Althippie steckt seinen Kopf heraus.

„Was wollt ihr?", murmelt er verschlafen.

„Guten Morgen", grüßen Orlando und ich im Chor.

Der Typ trägt nur ein verwaschenes T-Shirt über seiner Unterhose. Seine langen dünnen Beine sind voller Krampfadern und sein Gesicht sieht völlig verkatert aus.

Simon zeigt ihm seine Marke.

Erschrocken versucht der Mann, die Tür wieder zuzuknallen. Der Detective hat längst seinen Fuß dazwischen gestellt.

„Aua", schreit er. „Sind Sie verrückt geworden? Ich verhafte Sie gleich wegen Körperverletzung."

Simon macht ein großes Theater wegen seiner gequetschten Zehen. Er trägt weiche Mokassins. Keine indianischen, sondern teure italienische.

„Ich dachte, ein Indianer kennt keinen Schmerz", spottet Orlando leise auf Deutsch.

Obwohl es mir leidtut, dass sich Simon verletzt hat, muss ich kichern.

Mittlerweile hat er sich wieder beruhigt und erklärt dem Händler, was mit unserem Wagen passiert ist.

Ich mische mich nicht ein, lasse ihn machen. Habe kapiert, dass der Alt-Hippie Dreck am Stecken hat und sich vor dem Detective fürchtet. Mit dem Ergebnis der Verhandlungen bin ich hochzufrieden. Wir müssen den Mazda nur für einen Tag bezahlen, und der Typ wird ihn auf eigene Kosten von der Tankstelle im Death Valley abholen.

„Gut gemacht", sage ich zu Simon und klopfe ihm auf die Schulter, als wir wieder in seinem Wagen sitzen.

„Leute einzuschüchtern gehört zu meinem Job."

Ich weiß nie, wann er etwas ernst meint oder nur scherzt. Seine Miene ist ernst, aber seine Augen lächeln.

Er bringt uns dann zu einer Avis-Filiale. Ich merke, dass er ständig auf seine Armbanduhr schaut.

„Du hast es eilig?"

„Ja, ich habe um zehn einen wichtigen Termin."

„Kein Problem. Wir schaffen es schon allein, hier einen Wagen zu mieten. Avis hat Fixpreise, nehme ich an."

Unser Abschied fällt unromantisch aus. Ich gebe ihm die Hand, bedanke mich für alles und überlasse ihn Orlando, der ihn so stürmisch umarmt, als würde es ein Abschied für immer sein.

Verlegen löst sich der Detective aus Orlandos Armen und steigt in seinen Jeep.

„Wir sehen uns in ein paar Tagen. Und passt gut auf euch auf. Meine Nummer habt ihr ja“, ruft er uns aus dem offenen Fenster zu.

Orlando sieht sich einige europäische Autos an. Ich interessiere mich für einen Suzuki-Geländewagen. Er hat ein paar Dellen und die hintere Stoßstange wird sich bestimmt bald ganz verabschieden. Der junge Angestellte bietet uns den Wagen um einen Sonderpreis für eine Woche an. Also doch keine Fixpreise, denke ich.

Hocherfreut, dass wir so billig davongekommen sind, setze ich mich ans Steuer.

Orlando verdirbt mir gleich wieder die Freude. „Mein Gott, ist das erst eine unbequeme Rostschüssel! Dagegen war der kleine Mazda ja ein richtiger Luxuswagen. Wie soll ich es auf diesem durchgesessenen Sitz bloß tagelang aushalten?“

„Hör sofort auf zu meckern. Dieser Suzuki ist ein echtes Schnäppchen. Falls wir wieder auf Schotterstraßen herumkurven müssen, werden wir über den Allradantrieb heilfroh sein.“

Kaum haben wir die Außenbezirke von Las Vegas verlassen, wird der Verkehr schwächer. Orlando schimpft noch eine Weile halblaut vor sich hin. Die mit Hilfe von Solaranlagen beleuchteten Reklameschilder links und rechts entlang der Interstate 15/North bringen ihn zum Glück auf andere Gedanken. Laut liest er mir alle Werbesprüche vor. Ich höre ihm nicht zu. Denke an den Detective und frage mich, ob es wirklich eine so gute Idee war, ohne ihn loszufahren.

Beim Moapa-Reservat an der Kreuzung, wo man zum Valley of Fire abbiegt, machen wir zum ersten Mal bei einer Trading Post Halt.

Wir decken uns mit Wasser, Kaugummi und Schokoriegeln ein. Während Orlando die Schmuckvitrinen inspiziert, erstehe ich eine Winchester-Schrotflinte, Kaliber 12, und eine Schachtel Schrotpatronen.

Orlando ist entsetzt. Ich bin jedoch nicht gewillt, in diesem Land noch länger unbewaffnet herumzulaufen.

„Lass uns einen kleinen Abstecher ins Valley of Fire machen. Simon hat gesagt, dass es dort wunderschön ist“, schlägt Orlando vor.

„Simons Ex hat das gesagt.“

„Er auch.“

„Okay.“

Ich fahre zu schnell durch das Tal. Werfe kaum einen Blick auf die roten Sandsteinformationen, die vor hundertfünfzig Millionen Jahren von Sanddünen geformt wurden.

„Willst du unbedingt wieder von der Highway Patrol aufgehalten werden?“

Ich gehe vom Gas. Uns ist auf der ganzen Strecke kein anderer Wagen begegnet. Trotzdem blicke ich in den Rückspiegel, bevor ich auf einen Schotterweg einbiege.

Hinter einem Felsen halte ich an. Lade meine neue Schrotflinte und gebe ein paar Schüsse auf eine Felsspalte ab.

„Bist du jetzt vollkommen verrückt geworden?“ Orlando hält sich demonstrativ die Ohren zu.

„Willst du es auch mal versuchen?“

Empört winkt er ab.

Ich ziele noch einmal auf einen kleinen unschuldigen Strauch am Fuße des Felsens. Nachdem ich meine Schießübungen beendet habe, rauche ich eine Zigarette.

Angesichts all der blühenden Kakteen und wilden Blumen ringsherum beruhige ich mich wieder. „Das musste jetzt sein“, sage ich.

Orlando hockt auf einem Stein und liest mir aus dem Prospekt vor, den wir am Eingang des Nationalparks bekommen haben. „Ich möchte unbedingt den Mouse's Tank sehen und die White Domes, die Seven Sisters und den Elephant Rock."

„Die sehen wir uns im Vorbeifahren an. Sie liegen bestimmt alle in der Nähe der Straße."

Ich halte ein paar Mal an, damit Orlando Fotos machen kann. Zurück auf der Interstate steige ich wieder aufs Gaspedal. Zum Glück sind fünfundsiebzig Meilen pro Stunde erlaubt.

Ein großes Schild weist uns darauf hin, dass wir gerade die Grenze zum Mormonenland Utah passiert haben.

In jedem Dorf, selbst wenn es nur aus sechs oder sieben Häusern besteht, gibt es eine Kirche mit einem nach oben hin sehr spitz zulaufenden Turm.

Verglichen mit Arizona sieht in diesem Bundesstaat alles sehr sauber und ordentlich aus.

Ein kleiner Fluss schlängelt sich durch das liebliche Tal.

„Das muss der Virgin River sein", sage ich.

Die Campersiedlungen häufen sich, als wir uns dem Zion National Park nähern.

Wir machen beim Information Center in Springdale Halt und fragen nach Zimmern.

Springdale liegt direkt am Eingang des Nationalparks.

Wir bekommen einen Bungalow in einer idyllisch gelegenen Ferienanlage, eingebettet zwischen hohen Bergen. Auf der Wiese vor den Bungalows strecken die ersten Frühlingsblumen ihre Köpfchen aus der Erde. Auch die Mandelbäume blühen.

In der Rezeption gibt es Kaffee und Tee. Die nette Dame empfiehlt uns einige Restaurants für den Abend.

Ich frage, ob ihr der Name Dick Carson etwas sagen würde. „Er soll hier aufgewachsen sein."

Sie verneint. Erzählt mir, dass sie nicht von hier sei, sondern aus Iowa stamme. Verspricht aber, heute Abend ihren Mann zu fragen, ob er ihn vielleicht kennt.

Wir sind bei Mormonen gelandet. „Das Buch Mormon" liegt auf dem Nachtkästchen neben meinem Bett.

„Dürfen die Mormonen tatsächlich mehrere Frauen haben?", fragt Orlando.

„Keine Ahnung, ob das gesetzlich erlaubt ist, sie haben jedenfalls mehrere und vor allem viele kleine Kinderchen", sage ich und deute auf eine achtköpfige Familie, die gerade vor unserem Fenster vorbeispaziert.

Orlando und ich duschen und ziehen uns wärmere Sachen an. Hier in den Bergen ist es wesentlich kühler als in Las Vegas.

Wir lassen unser Auto auf dem Parkplatz des Nationalparks stehen und fahren vom Zion Canyon Visitor Center aus mit einem Shuttlebus weiter.

Mischwälder, rote Felsen, imposante Wasserfälle – eine grüne Oase inmitten des Wüstenlandes. Orlando schießt ein Foto nach dem anderen durch das Busfenster.

Ich beginne mich zum ersten Mal, seit wir in den USA angekommen sind, zu entspannen.

Als ich eine kurze Wanderung vorschlage, protestiert Orlando: „Ich habe nicht die richtigen Schuhe an."

„Ach komm! Auf dem Plan steht, dass es sich um einen ganz leichten Trail handelt. Nach der langen Sitzerei im Auto will ich mich ein bisschen bewegen."

Widerwillig verlässt er mit mir an der nächsten Drop-Off Station den Bus.

Wir spazieren am Fluss entlang. Laubbäume, dichte Sträucher und mächtige Felsbrocken in verschiedensten Grautönen säumen den Weg.

Auf der anderen Seite stürzen die Wassermassen von einer hohen Steilwand herunter.

Ein paar Meter weiter äst ein Rudel Elche auf einer kleinen Lichtung.

„Gut, dass der Fluss dazwischen ist", sagt Orlando.

„Elche können schwimmen", necke ich ihn. „Außerdem soll es hier sogar Berglöwen geben."

„Hör sofort auf, Kafka, oder ich drehe auf der Stelle um.

Nach etwa einer halben Stunde haben wir das Ende des Trails erreicht. Hier geht es nicht mehr weiter. Der Virgin River hat sich eine Schneise durch den Stein geschlagen. Die Felsen leuchten pink und schwefelgelb in der Abendsonne.

Auf dem Rückweg entdecken wir einen Falken. Wir beobachten ihn bei seiner Jagd.

Der Anblick des großen Vogels, der im Sturzflug auf irgendein kleines Getier niedersaust, erinnert mich unwillkürlich daran, dass wir eigentlich auch jemanden jagen. Vorbei ist es mit der Entspannung. Sofort werde ich wieder nervös. Ich weiß nicht, wo und wie ich meine Nachforschungen angehen soll.

Dick Carson ist in Springdale, diesem Paar-hundert-Seelen-Kaff, geboren und aufgewachsen. Bestimmt können sich irgendwelche Leute hier an den unseligen Mitbürger erinnern. Aber wen soll ich außer unseren Gastgebern noch fragen?

Zurück in der Feriensiedlung schlage ich vor, in ein Restaurant essen zu gehen, das als Treff für Harley-Fahrer gilt. Simon Hunter hatte erwähnt, dass Dick Carson eine Harley fuhr.

Das Lokal ist winzig. Drinnen haben gerade vier Tische Platz. In dem großen Gastgarten vor dem Restaurant sind alle Tische besetzt. Wir gehen hinein und bekommen bald einen Platz direkt vor der Theke.

Auf der Speisekarte stehen hauptsächlich mexikanische Gerichte. Southwest Kitchen, belehrt mich der Kellner.

Ich bestelle Chimichanga, eine Tortilla mit Hühnerfleisch, Knoblauch, Zwiebeln, Tomaten, Käse, Sourcream und vor allem mit viel Chili. Orlando entscheidet sich für ein vegetarisches Burrito. Wir können von unserem Tisch aus sehen, wie der mexikanische Koch das Essen zubereitet, denn es gibt keine Tür zwischen Gastraum und Küche.

Als uns der Kellner das Essen bringt, frage ich ihn nach Dick Carson. Er ist nicht von hier. Verspricht aber, sich nach einem Mann dieses Namens umzuhören.

Als wir beim Kaffee angelangt sind, kommt ein großer bulliger Typ, dessen Arme bis zu den Schultern tätowiert sind, an unseren Tisch. Er trägt ein ärmelloses Shirt. Wahrscheinlich hat er eine Ganzkörper-Tätowierung.

„Was wollt ihr von Dick Carson?"

„Nichts. Ich habe nur gehört, dass er hier aufgewachsen ist."

„Von Carson solltet ihr besser die Finger lassen. Das ist ein echter Psychopath."

„Was heißt Psychopath? Er ist ein durchgeknallter eiskalter Killer."

„Von denen laufen jede Menge in diesem beschissenen Land herum", mischt sich der Kellner ein.

Ich lade den Tätowierten auf ein Bier ein.

Er setzt sich zu uns, stößt mit uns an und wird gesprächig.

„Ich bin mit ihm in die Volksschule gegangen. Sein Vater war Prediger und ein großer Säufer vor dem Herrn. Er hat Dick und seine Frau halb totgeschlagen. Die Alte ist bald abgehauen, hat aber Dick bei seinem brutalen Vater zurückgelassen. Sie haben in einer ärmlichen Hütte außerhalb des Dorfes gehaust. Der Prediger ist mit ihm im

Sommer meistens durchs Land gezogen. Als Dick zwölf war, ist sein Vater bei einem Brand ums Leben gekommen. Die Polizei hat angenommen, dass er wieder mal besoffen gewesen war und im Bett geraucht hatte. Manche Leute hier glauben, dass Dick das Haus abgefackelt hat. Und wenn ihr meine Meinung hören wollt, ich bin mir ganz sicher, dass Dick seinen Alten abgemurkst und die Hütte angezündet hat."

„Und dann?"

„Er ist von der Bildfläche verschwunden. Keiner hat ihn mehr gesehen. – Nein, stimmt nicht. Ein Kumpel von mir ist ihm Jahre später bei einem Hell's-Angels-Treffen in Flagstaff begegnet. Angeblich hat er damals damit geprahlt, ein Profikiller zu sein. Aber mein Kumpel hat ihn nicht ernst genommen."

„Hätte er vielleicht tun sollen", murmle ich. „Kennst du zufällig auch einen Mann, der ‚The Snake' genannt wird? Soll ein Freund von Dick Carson sein."

„Nie von dem gehört."

„Scheiße", sage ich zu Orlando, als wir wieder allein sind. „Jetzt weiß ich zwar mehr über Carsons Vergangenheit, aber das bringt mich keinen Schritt voran."

Auf dem Weg zu unserem Bungalow bin ich sehr schweigsam.

Orlando lässt mich in Ruhe. Er wirkt müde.

Am nächsten Morgen frage ich unsere Gastgeberin beim Zahlen, ob sie mit ihrem Mann gesprochen habe und er sich an Dick Carson erinnern könne.

Sie schaut mir nicht in die Augen, als sie den Kopf schüttelt.

„Er hat hier gelebt", insistiere ich.

„Das mag durchaus sein, aber mein Mann kennt ihn nicht. Tut mir leid."

Sie lügt, denke ich. Gilt Lügen bei Mormonen nicht als Sünde? Es ist mehr als unwahrscheinlich, dass sich die Leute in so einem kleinen Nest nicht kennen. Da ich nicht weiß, wie ich sie dazu zwingen könnte, mir die Wahrheit zu sagen, verabschiede ich mich sehr kühl von ihr.

Wir gehen in einen Bakery Shop frühstücken. Orlando isst zwei Donuts und erklärt Donuts zu seinem neuen Lieblingsessen. Ich trinke nur Kaffee.

„Was hast du dir denn erwartet? Hast du tatsächlich geglaubt, dass dir in Carsons Heimatort jemand den zweiten Mörder deiner Eltern auf einem silbernen Tablett serviert?"

Frustriert verlassen wir die Kleinstadt-Idylle.

Wir fahren Richtung Südosten. Südlich des Highways liegen die großen Navajo- und Hopi-Reservate. Steinwüsten, in denen so gut wie nichts wächst. Die schwarzen Kreuze der alten Telegraphenmasten spannen sich wie Spinnenarme über die menschenleere Gegend. Dürres Gestrüpp und Agaven, fast so hoch wie Bäume, am Straßenrand. Staubige Kakteen und verwaiste Sandhügel dahinter.

„Pass auf!", kreischt Orlando, als ein paar vertrocknete Büsche über die Straße rollen. „Was ist das?"

„Tumbleweeds. Die kennst du doch aus den Western."

„Irre. Schau, da kommen noch mehr." Der trockene Wind jagt ein halbes Dutzend rollende Büsche vor sich her.

Auf einmal erblicken wir einige niedrige, aus dünnen Holzlatten gezimmerte Hütten unter dem schattenspendenden Dach wild zerklüfteter Berge. Wir sind im Kanab Canyon, verrät uns ein Straßenschild. Bei einer Trading Post halte ich an, um zu tanken. Mir ist ein bisschen schwindlig. Ich habe nichts im Magen.

Kurz nach uns trifft eine Gruppe Harley-Davidson-Fahrer ein. Daneben spuckt ein Bus Unmengen von weißhaarigen Touristen aus. Eifrig fotografieren die Alten die wilden Kerle und ihre tollen Maschinen.

Als die Motorradfahrer ihre Vollvisierhelme abnehmen, sehen sie gar nicht mehr so wild aus. Im Gegenteil, sie machen einen recht zivilisierten Eindruck auf mich. Es scheint sich um lauter wohlhabende Fünfzigjährige zu handeln. Wer kann sich sonst schon so ein teures Gefährt leisten, frage ich mich. Unwillkürlich muss ich wieder an Dick Carson denken. Angeblich fuhr er ja ebenfalls eine Harley. Hatte er bei seinen Raubüberfällen tatsächlich so viel erbeutet oder war seine Maschine gestohlen?

Ich spreche einen der Motorradfahrer an. Obwohl ich es für mehr als unwahrscheinlich halte, will ich keine Gelegenheit ungenützt lassen, mich nach Carson und seinem Kumpanen zu erkundigen.

„Woher kommt ihr?“

„Aus Chicago“, sagt der gepflegte, gut aussehende Mann mit den millimeterkurz geschnittenen grauen Haaren.

Sogleich verliere ich das Interesse an ihm. Er scheint meine Frage für eine Anmache zu halten und lässt mich nicht so schnell gehen, fragt, woher wir kommen, und schon sind wir beim Thema „beautiful old Europe“ angelangt.

Ich entschuldige mich, deute auf Orlando, der gerade das Self-Service-Restaurant neben der Trading Post betritt, wünsche ihm eine gute Reise und folge Orlando.

Nachdem ich ein monströses Thunfisch-Sandwich verdrückt habe, fühle ich mich besser.

Was für ein traumhafter Frühlingstag! Vierundzwanzig Grad. Eine sanfte Brise weht vom Lake Powell her, als wir mit offenen Fenstern weiterfahren.

„Mein Vater hat sein Leben lang von einer Harley geträumt“, sage ich traurig.

„Wärst lieber mit so einem heißen Eisen unter deinem Hintern unterwegs?“

„Warum nicht? Vielleicht mache ich eines schönen Tages den A-Schein und kaufe mir eine Maschine. Muss ja keine Harley sein.“

Als der Lake Powell in Sicht kommt, trete ich unwillkürlich auf die Bremse.

So etwas Irres habe ich in meinem ganzen Leben noch nicht gesehen: eine Mondlandschaft, die in den verrücktesten Farben leuchtet. Das mäanderartige Gewässer erstrahlt in Pink und Dunkelviolett. Völlig unwirklich. Auch die beigefarbenen Hügel, die sich rund um den See erheben, sehen künstlich aus. Keine Menschenseele, keine Fauna und Flora. Der Himmel ist verhangen, aber das Licht ist unheimlich grell. Wir sind am Ende der Welt angelangt.

10.
Monument Valley, Utah/Arizona, April 2012

„Da vorne ist, glaube ich, eine Brücke“, sagt Orlando.

Ich bin richtig erleichtert, als ich die Eisentraversen erblicke. Endlich wieder ein Zeichen von Zivilisation.

Die berühmte Navajo Bridge schält sich aus dem Dunst der verhangenen Sonne.

Ich bleibe kurz vor der Brücke auf dem Parkplatz des Information Centers stehen.

Orlando will ein Foto von mir auf der Brücke schießen.

Meine Höhenangst macht mir, trotz des hohen Maschengitters vor dem Geländer, zu schaffen. Ich wage es kaum, hinunter aufs Wasser zu schauen.

Von hier aus sieht man auch das riesige Kraftwerk auf der anderen Seite der Brücke.

„Das ist bestimmt die Energy Power Station der Navajo, von der Simon gesprochen hat“, sage ich, als wir wieder zu unserem Wagen zurückgehen.

Die Straße verläuft mehr oder weniger parallel zu den Eisenbahnschienen, quer durch das Navajo-Reservat.

Ich erblicke einen Mann, der die Schienen entlangrennt. Ein Hund trottet mit heraushängender Zunge hinter ihm her.

„Schau dir diesen wahnsinnigen Jogger an.“ Orlando hat den Läufer ebenfalls entdeckt.

„Er kann den Zug aus großer Entfernung sehen.“

„Nicht nur sehen, sondern auch hören“, beteuert Orlando. „Die Indianer halten das Ohr an die Schiene und hören so den Zug kommen, auch wenn er noch meilenweit entfernt ist.“

„Behauptete Karl May.“

„Aber es soll stimmen. Glaubst du, das ist ein Indianer?“

„Kann schon sein. Die Navajo leben seit über vierhundert Jahren hier.“

„Hier, wo nichts wächst?“

„Sag das nicht. Außerdem halten sie meist Schafe und Ziegen, und die finden sogar in diesem kargen Land genügend Futter.“

„Meinst du. Schau dir mal an, wie mager die sind.“ Er deutet auf ein paar Schafe am Straßenrand.

„Dieses Navajo-Reservat ist jedenfalls in etwa so groß wie ganz Bayern.“

„Woher weißt du das?“

„Ich bin eben gebildet.“

„Blödsinn.“

„Ich habe unseren Reiseführer gelesen, während du in Vegas shoppen warst. Die Navajo sind für mich das interessanteste Volk hier im Südwesten.“

„Du interessierst dich wegen unseres feschen Detectives für sie. Gib’s zu. Er ist ein halber Navajo, hat er gesagt.“ Obwohl er scherzt, spüre ich, dass es ihm nicht egal ist, ob ich Simon mehr als nur nett finde. Er scheint diesen Mann ins Herz geschlossen zu haben.

„Ach, auf den hab ich fast wieder vergessen", sage ich leichthin. „Mein Gott, sind die Leute hier arm!"

Mich deprimiert der Anblick von einem halben Dutzend flacher, zum Teil verfallener Lehmziegelhäuser. Die Hütten sind mit löchrigen Strohdächern gedeckt und durch sandige, nicht asphaltierte Wege miteinander verbunden.

„Hier wohnt bestimmt keiner mehr. Sie sind weitergezogen. Zu besseren Weideflächen", sage ich.

Nach ein paar Meilen sehen wir wieder ein kleines Haus und Stallungen für Schafe am Straßenrand. In einer Ecke des umzäunten Geländes steht das Wrack eines uralten Chevys, das längst keine Räder und Achsen, keine Fensterscheiben und Sitze mehr hat. Zwischen zwei Wohnwägen hängt Wäsche auf einer Leine. Dahinter ein weißes Tipi. Und daneben ein Korral, in dem zwei dürre Klepper stehen und unser Auto beglotzen. Ein paar Schafe fressen die kümmerlichen Grasbüschel unter einem handbemalten Schild, auf dem indianische Decken und Kunsthandwerk angepriesen werden.

Ich bleibe stehen. Will eine rauchen. Im Auto herrscht wegen Orlando striktes Rauchverbot.

„Was für eine Scheiße", sage ich mit Tränen in den Augen. „Hier sieht es genauso aus wie bei meinen Verwandten in Ungarn."

„Werd jetzt bloß nicht depressiv, Kafka."

Verwahrloste Hunde, die bellen und sich gegenseitig beißen, humpeln auf uns zu. Dem einen Köter fehlt ein Vorderbein, dem anderen ein Hinterbein.

Ihr Kläffen macht Orlando Angst.

Ich werfe ein paar Steine nach den Kötern, ziele absichtlich daneben. Möchte sie nicht verletzen. Sie rennen sofort davon. Ihr Bellen wird schwächer und verklingt schließlich in einer Mulde, in die sie sich zurückziehen.

Mich erinnert die ganze Misere tatsächlich an meine Verwandten in der Slowakei und in Ungarn. Die Roma leben dort in ähnlichen Verhältnissen wie die nordamerikanischen Ureinwohner hier. Nomadenschicksal? Von den jeweiligen Regierungen gezwungen, sesshaft zu werden, versuchen sie sich anzupassen, aber die andere Lebensart bleibt ihnen fremd.

„Die Freiheit der Prärie gegen Hütten aus Lehm einzutauschen – was für ein schlechtes Geschäft", sage ich.

Ein Wagen der Tribal Police hält vor unserem Suzuki. Der indianische Police Officer fragt uns misstrauisch, was wir hier wollen.

Ich deute auf meine Zigarette.

Er ermahnt mich, sie ordentlich auszudämpfen, und lässt uns dann anstandslos weiterfahren. Kontrolliert nicht einmal unsere Papiere.

Die Straße glänzt hellgrau, ja fast silbern im blendenden Sonnenlicht. Es herrscht kaum Verkehr. Kleine Vögel in den staubigen Sträuchern am Straßenrand schrecken auf und beginnen hysterisch zu zwitschern, sobald ich aufs Gaspedal steige. Der nördliche Horizont ist mit dunklen Wolken überzogen. Vor kurzem scheint es hier geregnet zu haben. Die Asphaltdecke dampft.

Vereinzelt erheben sich mitten in der Wüste rote Felsen. Rote Erde, blutroter Sand.

Ausgemergelte Pferde auf einer vertrockneten Weide. Trailer und Wigwams nicht weit voneinander entfernt. Ich habe gelesen, dass meistens drei Generationen in so einem Weiler, wie man das bei uns bezeichnen würde, leben.

„Ich begreife nicht, warum alle Regierungen dieser Welt die Menschen zur Sesshaftigkeit zwingen wollen. Warum darf man nicht einfach durch die Gegend ziehen?"

„Vielleicht weil man dann weniger kontrollierbar und berechenbar ist?“ Orlando sieht mich treuherzig an.

„In Zeiten des Internets müsste es doch möglich sein, auch reisende Völker im Auge, oder besser gesagt, unter Kontrolle zu behalten.“

Der langgezogene Knall eines Gewehrschusses rollt über die Ebene.

Erschrocken blicke ich in die Richtung, aus welcher der Schuss gekommen ist. Etwa fünfzig Meter entfernt sehe ich einen Mann aufrecht auf der Ladefläche eines Pickups stehen, eine Hand auf dem Dach der Fahrerkabine, in der anderen eine Flinte mit dem Lauf auf uns gerichtet.

„Hat er auf uns geschossen?“ Ich kann es nicht glauben. Sehe Orlando entsetzt an.

„Lass uns machen, dass wir hier wegkommen. In diesem Land sind lauter Verrückte unterwegs“, sagt Orlando. „Ist dir aufgefallen, dass fast jeder eine Flinte hinten auf der Ablage seines Wagens liegen hat?“

„Wir auch“, sage ich grinsend. Allerdings liegt meine Schrotflinte verborgen unter einer Decke auf dem Rücksitz.

Endlich erreichen wir die nächste Siedlung. Die Trading Post befindet sich in einem Wohnwagen. Daneben ein Kiosk, an dem Lebensmittel verkauft werden.

Kleine Hütten in der prallen Sonne. Kein Schatten spendender Baum weit und breit. Viele der Hütten stehen unmittelbar neben Strommasten, von denen die Indianer den Strom abzapfen.

„Kannst du dir vorstellen, dass diese Straßen und Häuser hier oft überschwemmt werden?“

„Du spinnst.“

„Nein, ich habe das im Fernsehen gesehen. Obwohl Wüstengebiet, gibt es hier heftige Niederschläge. Die ganze Gegend verwandelt sich dann in ein einziges Schlammloch. Überschwemmungsgebiete mitten in der Wüste, das muss man sich erst einmal vorstellen!“

Auf dem Weg zum Monument Valley kommen wir an einem Dorf vorbei, in dem alle Häuschen gleich aussehen. Die Regierung hat an diesem gottverlassenen Ort eine Art Reihenhaussiedlung für Indianer errichtet, mit billigstem Material natürlich. Die Häuser erinnern an Toilettenanlagen.

„Im Burgenland hat man für mein Volk ähnliche Reihenhäuschen hingestellt. Und sie sind von meinen Leuten genauso wenig goutiert worden wie die hier von den Indianern. Schon nach wenigen Jahren waren sie völlig heruntergekommen. Wir brauchen kein niedliches, sauberes, kleines Zuhause, um uns wohlzufühlen. Wir bevorzugen die Natur, den Himmel und die freie Sicht. Streichholzschachtelhäuschen machen uns psychisch krank.“

„Mich auch“, sagt Orlando. „Fahr schneller. Ich will hier weg.“

Als endlich die gewaltigen Tafelberge des Monument Valley in Sicht kommen, frage ich ihn: „Was sagst du dazu?“

„Nicht übel.“

„Hier kann man bis in die Unendlichkeit sehen.“

„Wenn’s nicht so stauben würde.“

Orlando hat Recht. Roter Staub hängt in der heißen Luft, verblasst und verschwindet wieder, bis er erneut die zerklüfteten Sockel einhüllt, aus denen sich die Berge im Süden wie Tafeln erheben.

Mir kommt hier alles sehr vertraut vor. Diese fast 1900 Meter hoch gelegene Ebene auf dem Colorado Plateau diente als Kulisse für viele berühmte Western.

Ich bleibe kurz am Straßenrand stehen und bitte meinen Freund, ein paar Fotos zu machen.

„Nicht nur John Ford hat einige seiner Filme hier gedreht. Auch Sergio Leones Western-Epos ‚Spiel mir das

Lied vom Tod' und das berühmteste aller Roadmovies, ,Easy Rider', sind hier entstanden."

„Echt? Das ist cool."

Endlich ist es mir gelungen, Orlandos Interesse zu wecken.

„Außerdem ist das Monument Valley eine beliebte Kulisse für Werbespots und Plakate. Erinnerst du dich an den Marlboro Man? – Nein? Als du deine erste Zigarette geraucht hast, gab's doch bei uns noch kein Werbeverbot für Tabakwaren."

Orlando ist zwar heute ein militanter Nichtraucher, aber als ich ihn vor fünf Jahren in einem Barkeeperkurs in Wien kennengelernt habe, hat er geraucht wie ein Schlot.

„Der Monument Valley Tribal Park gehört zur Navajo Nation Reservation, wird also von den Navajo verwaltet ..."

„Mir ist ein bisschen mulmig." Auf Orlandos nackten Armen macht sich Gänsehaut breit.

„Ist dir schlecht? Trink was."

„Nein. Ich hab auf einmal daran denken müssen, wie viele Tote unter diesem Sand begraben liegen. Hier sind doch tausende Indianer von der US-Armee brutal abgeschlachtet worden. Der Sand muss voller Blut gewesen sein. Wir fahren über blutigen Sand ..."

„Du sprichst von Filmen. Ich weiß nicht, ob im Monument Valley jemals wirklich eine große Schlacht stattgefunden hat."

Meine Worte scheinen ihn nicht zu beruhigen.

„Ich will hier weg!" Seine Stimme ist gefährlich am Kippen.

Ich fürchte, er wird gleich eine seiner Panikattacken bekommen.

Wie kann man nur in diesem offenen Land Platzangst haben? Das ist wieder einmal typisch Orlando.

„Werde jetzt bloß nicht hysterisch! Wo soll ich denn hin?"

Mein Freund hat Tränen in den Augen.

Ich streichle seine Hand. „Bitte Orlando! Ich weiß, dass du hypersensibel bist und ein ausgeprägtes Einfühlungsvermögen besitzt, aber du brauchst dich hier wirklich nicht zu fürchten. Wir sind in einer Art heiligem Land. Hunts Mesa gilt als spirituelles Herz des Navajo-Volkes. Sie nennen dieses Land Dinétah."

„Kommt von Diné, die Menschen, wie Simon uns erklärt hat, oder?"

„Hey, du hast ja ausnahmsweise einmal zugehört." Ich tätschle sein Knie.

„Schau dort drüben stehen die berühmten Totempfähle." Ich deute auf schmale Pfähle aus Sandstein, die sich majestätisch aus den Dünen erheben. Und rede weiter, hoffe, mein Gerede wird ihn von seinen Ängsten ablenken.

„Die Navajo im Monument Valley leben sehr traditionell, ohne fließendes Wasser und ohne Elektrizität. Wichtig für sie sind die Pflanzen, die hier wachsen. Die Yucca, zum Beispiel, liefert das Rohmaterial für ihre Körbe, ihre Kleidung, ihre Schuhe und sogar für ihre Seife. Auch die Farben, mit denen sie ihre Wolle färben, stellen sie aus Wüstenpflanzen her. Navajo-Teppiche und -Decken sind mittlerweile sehr wertvoll."

„Auch die Decke, die mir Simon geschenkt hat?"

„Ja. In einem Geschäft würde sie sicher ein kleines Vermögen kosten."

Ein glückliches Lächeln erscheint auf seinen Lippen.

Die Sonne steht im Südwesten. Die Kakteen und Sträucher am Straßenrand glänzen, als hätte jemand silbrige Fäden in das trübe Braun gewoben. In diesem Land, in dem kaum Regen fällt, wird das Gras nie richtig grün. Die Nachmittagssonne lässt die gigantischen Felsen golden leuchten. Wind und Wasser haben ihr eigenes Spiel mit ihnen getrieben und bizarre Formen entstehen lassen: riesige Pilze, gewaltige Trommeln, aneinandergereihte Michelin-Männchen mit wulstigen Speckfalten um die Mitte und daneben grazile, fingerförmige Figuren, die an Alberto Giacomettis elegante Plastiken erinnern. Jeder noch so kleine Kaktus bildet sich ein, er wäre eine stolze Rose, und wirft einen langen Schatten. Die Summe aller Schatten malt kuriose Muster auf die kahlen Felsen.

Orlando schenkt dem Schauspiel von Licht und Schatten kaum Beachtung. Er beginnt wieder über die elende Hitze und die anstrengende Fahrerei zu jammern.

„Mir reicht's! Setz du dich jetzt ans Steuer."

Ich dulde keine Widerrede, als er zu zetern beginnt.

„Ich bringe dir das Autofahren bei. Hier ist es ein Kinderspiel. In der letzten Stunde sind uns höchstens fünf andere Wagen begegnet."

Maulend setzt sich Orlando ans Steuer. Ich weiß, dass er mit achtzehn den Führerschein gemacht hat. Die Grundkenntnisse des Autofahrens müsste er also beherrschen.

Kaum sitzt er am Steuer, fängt er an, sich wie ein verwöhntes Kleinkind zu benehmen.

„Wo ist die Kupplung?", fragt er mit weinerlicher Stimme.

„Oh mein Gott! Probier's einfach aus. Du wirst schon merken, wenn der Motor absäuft."

„Ich hab alles vergessen, was ich in der Fahrschule gelernt habe."

Er klingt so jämmerlich, dass ich beinahe Mitleid mit ihm bekomme. Aber dieses Mal gehe ich ihm nicht auf den Leim.

„Fahr einfach im zweiten Gang geradeaus, das wirst du wohl schaffen."

Nachdem er kapiert hat, dass ich nicht nachgeben werde, steuert er den Wagen recht sicher mit dreißig Meilen geradeaus.

Die Straße führt weiterhin schnurstracks durch die Wüste. Nach einer Weile rate ich ihm, in den Dritten zu schalten. Auch das funktioniert tadellos. Ich lehne mich am Beifahrersitz zurück und schließe demonstrativ die Augen. „Das machst du ganz wunderbar", lobe ich ihn.

Als wir das Monument Valley hinter uns gelassen haben und eine Ute-Reservation in Sicht kommt, wird der Verkehr ein wenig dichter und Orlando unsicher.

„Fahr einfach weiter, genauso wie bisher."

„Die Ute-Indianer leben in besseren Verhältnissen wegen ihrer großen Casinos. Wirf mal einen Blick auf die neuen Casino-Hotels am Straßenrand."

„Ich kann nicht schauen, muss mich auf den Verkehr konzentrieren", sagt er verstimmt, obwohl momentan kein anderer Wagen in Sicht ist.

„Der Boden ist hier außerdem besser, fruchtbarer."

„Halt den Mund, Kafka, dein Gequatsche macht mich nervös."

Nach ein paar Meilen sind wir wieder auf Navajo-Gebiet. „Navajo National Monument" steht auf einem großen Schild vor uns. Ich bitte Orlando, links abzubiegen.

Er nimmt die Kurve mit vollen Sachen. Der Wagen gerät ins Schlittern und wir landen im Straßengraben. Er hat das Lenkrad losgelassen. Seine Hände zittern und seine Augen sind feucht.

„Das macht nichts", versuche ich ihn zu beruhigen. „Kann jedem passieren. Du warst einfach ein bisschen zu schnell."

„Du hast mir zu spät Bescheid gesagt, dass ich abbiegen muss."

„Ja, du hast Recht. Tut mir leid. Soll ich wieder fahren?"

Anscheinend hat ihn nun der Ehrgeiz gepackt. Er schaltet den Allradantrieb ein und bringt den kleinen Suzuki zurück auf die Fahrbahn. Erst auf dem Parkplatz vor dem National Monument bleibt er stehen.

Wir sind nahezu die einzigen Besucher. Es ist spät.

„Die Anasazi haben hier Ruinen zurückgelassen. Tolle Pueblo-Wohnungen. Ich möchte sie mir gern ansehen."

Orlando zögert. Der kleine Ausrutscher von vorhin scheint ihm im Magen zu liegen.

„Wir können ohnehin nicht lange bleiben. Das Museum macht bald zu", beruhige ich ihn.

Der Mann an der Kasse lässt uns noch hinein, verlangt aber keinen Eintritt. „Sie haben zwanzig Minuten", sagt er.

Bevor der Abstieg zu den Felsenwohnungen beginnt, entdecken wir einen Hogan.

„Ist das nicht eine Schwitzhütte?", fragt Orlando.

„Ich glaube ja. Jedenfalls sind Hogans die traditionellen Häuser der Diné und dienen auch als Zeremonieräume."

Ein Indianer kommt uns entgegen. Er trägt eine Art Uniform, ist aber unbewaffnet. Ich halte ihn für einen Ranger.

Höflich ersucht er uns, kehrtzumachen. „Wir schließen in ein paar Minuten. Ich erzähle ihnen aber gern etwas über die Hogans, wenn Sie sich dafür interessieren."

„Deswegen sind wir hier", sage ich leicht gereizt. Diese Indianer sind pünktlich wie die Deutschen, denke ich verstimmt.

„Meist sind Hogans sechseckig. Die Tür zeigt immer in Richtung der aufgehenden Sonne, damit die Bewohner den neuen Tag begrüßen können. Der Bau eines Hogans muss unbedingt mit der Hand und mit heimischen Materialien ausgeführt werden", rattert der Mann seinen Text herunter.

Ich kann ihm kaum folgen, weil er so schnell spricht.

„Viele dieser Häuser haben weder Strom noch Fließwasser. Eine kleine Gruppe von Hogans und ein Wohnwagen daneben deuten auf ein Zuhause für mehrere Generationen einer Familie hin. Die Navajo leben nicht in Dörfern oder Siedlungen, sondern bleiben in der Großfamilie unter sich."

Er erlaubt uns, ein paar Meter weiterzugehen und von einer Aussichtsplattform einen Blick von oben auf die Felsenhäuser zu werfen.

Orlando macht Fotos. Danach kehren wir in Begleitung des Rangers zum Eingang des Museums zurück.

Der Himmel ist verhangen. Es ist fast dunkel, als wir Richtung Cortez aufbrechen.

Die Nacht kommt hier schnell. Vor einer Stunde hat Orlando noch unter dem grellen Sonnenlicht gestöhnt und jetzt hat die Finsternis bereits die ganze Landschaft verschlungen.

Nirgendwo ist ein einziges Zeichen von Zivilisation zu sehen. Keine Straßenschilder, keine beleuchteten Siedlungen. Ich werde allmählich nervös.

„Wie weit ist es bis Cortez?", frage ich Orlando, der die Straßenkarte auf seinem Schoß liegen hat.

„Wir sind da." Er zeigt auf ein Schild: „Welcome to Cortez".

Nicht, dass die anderen Städte, durch die wir bisher gekommen sind, blühende Metropolen gewesen wären, aber diese trostlose Ansammlung von Farmen und Wohnhäusern, Motels und Restaurants finde ich richtig deprimierend.

Wir fragen im erstbesten Motel, ob sie ein Zimmer für uns haben.

Fast alles frei.

Wir nehmen ein Doppelzimmer mit zwei getrennten Betten.

Es ist kalt geworden. Als ich nach draußen gehe, um eine zu rauchen, weht ein kräftiger kühler Wind.

Ich nehme eine Zigarette aus meinem Päckchen, als ein Mann aus dem Nebenzimmer kommt. Er gibt mir Feuer.

„Hi. Ich bin Mike Logan."

Mord in Mesa Verde, Colorado, Oktober 2005

Er war dem Wohnmobil einige Meilen gefolgt. Als der Fahrer des Trailers auf einen Seitenweg abbog, fuhr er geradeaus weiter. Parkte auf einem öffentlichen Parkplatz und ging zu Fuß zurück zu der Abzweigung.

Der Trailer war verschwunden. Verärgert stampfte er mit dem Fuß auf und wollte schon kehrtmachen, als der große silbergraue Wagen plötzlich wieder in Sicht kam. Er rumpelte über einen Waldweg auf eine Lichtung zu und hielt mitten in der Wildnis am Rande einer der Ausgrabungsstätten.

Die haben Nerven, dachte der Mann. Es war nicht erlaubt, hier wild zu campieren.

Leise näherte er sich den Leuten. Als er bis auf ein paar Meter an sie herangekommen war, versteckte er sich hinter einem Baum.

„Wir müssen uns beeilen, es wird gleich dunkel", sagte die alte Lady zu dem jungen Mann, der eine sündhaft teure Fotoausrüstung aus dem Trailer holte.

Die Dämmerung senkte sich über die langgezogene Mesa. Schwere dunkle Wolken hingen über dem Hochplateau. Es wehte kein Lüftchen. Die Ruhe vor dem Sturm.

Die alte Lady ist gehbehindert, das wird ein Kinderspiel, dachte der Mann hinter dem Baum. Der Junge ist bestimmt ihr Sohn. Sieht aus wie ein Weichei. Groß und schwer, aber keine Muskeln, nur wabbelndes Fleisch.

Er wartete, bis das Riesenbaby seine Fotos geschossen hatte.

Die Alte mischte sich ständig ein. Empfahl ihrem Sohn dieses und jenes Motiv.

„Hast du den Blitz eingeschaltet, Timothy?"

„Ja, Mama."

„Mach sicherheitshalber ein zweites Bild, Schatz."

„Ja, Mama."

Fast bewunderte er die Geduld des jungen Mannes. Die Fotosession dauerte ihm zu lange. Er war nahe daran, auf beide gleichzeitig loszugehen.

„Macht endlich weiter, ihr Klugscheißer", murmelte er. Wartete aber ab, bis der Junge sein Coke ausgetrunken hatte.

Als Timothy seiner Mutter endlich wieder in den Wagen half, schlich er sich noch näher an die beiden heran.

Es hatte zu tröpfeln begonnen. Er spürte, wie diese unsägliche Wut in ihm hochkam. Er musste sich beruhigen. Wenn er wütend war, traf er nie sein Ziel.

Ein Blick zurück durch sein Fernglas. Weit und breit war kein Ranger zu sehen. Bei diesem Wetter blieben sie lieber in ihren geheizten Stationen.

Er wollte gerade seine Deckung verlassen, da sah er den Burschen noch einmal aus dem Camper kommen und hinter den Büschen am Rande der Geröllhalde verschwinden. Anscheinend wollte er sein Coke wieder loswerden, bevor sie aufbrachen.

Er folgte ihm lautlos.

Als der junge Mann den Reißverschluss seiner Jeans öffnete und mit seiner Rechten sein Glied auspackte, stieß er ihm sein Jagdmesser in den Rücken.

Das leise knirschende Geräusch, als die Spitze seines Messers auf einen Rückenwirbel traf, erregte ihn. Er packte sein Messer am Schaft, zog es heraus und stach ein zweites Mal zu. Durchtrennte Sehnen und aufgeschlitzte Muskeln. Er war in seinem Element.

Der Junge taumelte, schlug mit den Armen um sich, versuchte sogar ein paar Schritte zu machen. Stolperte jedoch über seine heruntergerutschte Hose und fiel der Länge nach hin. Kein Ton war seinem Mund entwichen.

Der Mann mit dem Messer beugte sich über ihn, zog seinen Kopf an den Haaren hoch und skalpierte ihn mit einem schnellen Schnitt.

Dann wischte er die Klinge seines Messers an der Jacke des jungen Mannes ab, steckte es in seinen Hosenbund und ging hinauf zu dem Trailer.

Er blickte sich kurz um, bevor er die Tür aufriss.

Der Schrei blieb der alten Lady im Hals stecken. In ihren Augen las er Angst und Entsetzen. Beides spornte ihn an.

Lächelnd ging er auf sie zu. Spielte mit seinem Messer vor ihrem Gesicht herum. Warf es in die Luft, fing es mit der anderen Hand wieder auf.

„Na, du alte Schlampe. Was hast du hier zu suchen? Dein Söhnchen ist bereits in die ewigen Jagdgründe eingegangen. Der kleine Timothy hat geblutet wie ein Schwein."

Die alte Frau erbleichte. Schweißtropfen erschienen auf ihrer Stirn.

Sein Gelächter übertönte ihre Schreie.

Als ihn ihr Gehstock an der Schläfe traf, verging ihm das Lachen.

Mit hochrotem Gesicht entwand er ihr den Stock und stach zu. Nicht ein Mal, sondern so oft, bis sie zu schreien aufhörte.

11.
Mesa Verde, Colorado, April 2012

Mike Logan sieht unverschämt gut aus. Ist groß und schlank, hat eine leicht gekrümmte Nase, helle, graugrüne Augen und schulterlange pechschwarze Haare. Seine Kleidung ist eher ärmlich. Er trägt einen speckigen Hut mit schmaler Krempe und einer Adlerfeder.

Ich halte ihn, trotz seiner Augenfarbe und seiner relativ hellen Haut, für einen Indianer.

Wir reden über das scheußliche Wetter. Er meint, es würde bald regnen und in der kommenden Nacht könne es sehr stürmisch werden.

Orlando gesellt sich zu uns. Ich stelle ihm Mike vor. Er sieht ihn misstrauisch an, murmelt etwas von „Scheißkälte" und verschwindet gleich wieder im Zimmer.

Ich rauche eine zweite Zigarette mit unserem Nachbarn.

Mit jedem Zug finde ich ihn netter. Wenn ein Lächeln seine Lippen umspielt, sieht er sehr jung aus. Ich schätze aber, er ist in meinem Alter, also um die vierzig.

Neugierig frage ich ihn, ob er geschäftlich unterwegs sei.

„Mehr oder weniger. Ich will zum großen Pow Wow nach Albuquerque. Vorher muss ich allerdings ein bisschen Geld machen."

Ich weiß nicht, ob seine Bemerkung scherzhaft oder ernst gemeint ist. Mit Simon ist es mir ähnlich gegangen. Indianer scheinen eine sehr eigene Art von Humor zu haben.

„Sie sollten ebenfalls zu diesem Pow Wow fahren. Das ist ein unvergessliches Erlebnis für jeden, der einmal dabei war."

„Hab schon davon gehört", sage ich. „Haben Sie Lust, heute Abend mit uns essen zu gehen?"

Wenn ihn meine Frage überrascht hat, lässt er es sich jedenfalls nicht anmerken.

„Ja, gerne", sagt er. „Ich kenne gleich in der Nähe ein gutes und billiges Lokal mit typischer Southwest-Küche. Ist wirklich nur ein paar Straßen weiter."

Während Orlando und ich uns die wärmsten Sachen anziehen, die wir mithaben, gesteht er mir, dass er Simon Hunter angerufen und ihm mitgeteilt hat, dass wir uns auf dem Weg nach Taos befinden. Simon habe ihn gebeten, in Taos auf ihn zu warten, sagt er.

„Soll mir recht sein", murmle ich, bin aber in Gedanken bei meinem neuen Bekannten.

Orlando ist nicht gerade begeistert, als er kapiert, dass Mike Logan uns beim Abendessen Gesellschaft leisten wird.

Wir gehen zu Fuß in das Restaurant, das sich etwa hundert Meter von unserem Motel in einem Holzhaus am Rande der Straße befindet.

Das gemütliche Lokal erinnert mich ein bisschen an österreichische Landgasthäuser. Dunkelbrauner Holzboden, rotweiß karierte Tischdecken, altmodische Lamperie, eine uralte Musikbox ... Ein offener Kamin spendet angenehme Wärme. Wir setzen uns an einen Tisch direkt vor dem Kamin.

Die Wirtin zählt uns auf, was ihre Küche zu bieten hat.

Orlando verlangt trotzdem die Speisekarte. Er ist schlecht gelaunt. Ignoriert unseren neuen Bekannten, so gut es geht. Meistens glotzt er auf den Bildschirm über der Theke.

Mike Logan wiederum ignoriert Orlandos schlechte Laune und unterhält sich angeregt mit mir.

Ich gebe Orlando und mich als Touristen aus. Erzähle ihm nichts von den Mordfällen.

Mike und ich bestellen das Menü, eine Bohnensuppe und ein Steak. Orlando begnügt sich mit einem Caesar Salad und einem hausgemachten Apple Pie.

Ich frage Mike, ob er Indianer sei.

„Ich bin ein Hopi. Mütterlicherseits. Mein Vater war ein Weißer. Ich habe ihn nie kennengelernt."

„Ich habe viel Gutes über die Hopi gehört. Sie sollen ein ganz außergewöhnliches und sehr friedliebendes Volk sein."

„Wie man es nimmt", sagt er lächelnd. „Die Hopi haben den spanischen Eroberern am heftigsten von allen Widerstand geleistet. Sie haben sich immer höher und höher in die Berge zurückgezogen und ihre Pueblos auf den Spitzen der Berge errichtet. Doch auch dort waren sie vor den Weißen nicht sicher. Soll ich euch eine wahre Geschichte erzählen?"

Ich sehe ihn aufmunternd an. Orlando nippt missmutig an seinem Bier.

„Schulkinder haben einmal die Geschichte der Hopi gezeichnet und darunter geschrieben: ‚Hopi-Krieger kamen zu den Mesas und haben den schwarz gekleideten spanischen Monstern getrotzt. Sie haben die katholischen Priester von den Klippen hinunter in die Schlucht geworfen ...' – das nur zu unserem Ruf, sehr friedliebend zu sein", sagt er. „Wir sind jedoch zutiefst spirituelle Menschen. Viele unserer jungen Männer haben den Kriegsdienst verweigert, damals im Vietnamkrieg und auch später."

„Warst du beim Militär?"

Er nickt. Hat aber offensichtlich keine Lust, darüber zu reden.

„Bei uns gibt es sogenannte ‚White Villages'. Das sind heilige Stätten. Wer Blut an den Händen hat, darf dort nicht rein oder muss sich zumindest vorher einer Reinigungszeremonie unterziehen, damit die bösen Geister draußen bleiben ..."

„Ihr lebt sehr traditionell?"

„Die Wüstenregionen im Südwesten der USA sind zuletzt von den Weißen erobert worden, daher haben sich hier die alten indianischen Bräuche und Zeremonien länger gehalten."

Orlando starrt weiterhin demonstrativ auf den Fernsehschirm.

„Eure Ethnologen behaupten, wir wären deswegen so friedliebend, weil wir nach wie vor matrilinear organisiert sind. Die Häuser gehören unseren Frauen. Und alle unsere Stämme sind in Mütter-Clans unterteilt", sagt Mike lächelnd.

Die Wirtin bringt uns die Suppe.

Er scheint hungrig zu sein. Sein Suppenteller ist nach wenigen Minuten leer.

Die Bohnensuppe ist so deftig, dass ich mein Steak am liebsten abbestellen würde.

„Die Mütter stillen ihre Babys sehr lange und tragen sie ständig mit sich herum, auch bei der Feldarbeit. Angeblich macht das die Kinder weniger aggressiv", fährt er fort, uns von seinen Leuten zu erzählen. „Die Männer werden bei einer Geburt aus dem Haus geschickt. Die Mutter bleibt zwanzig Tage im Haus. Danach wird das Neugeborene der Sonne präsentiert. Mit acht Jahren treffen die Buben die maskierten Regengeister und werden ausgepeitscht, nicht zu hart, nur ein bisschen. Eine Art von Exorzismus, verstehst du? Die wirkliche Initiation findet später in der Gruppe statt. Ab dann dürfen die Buben an allen Tänzen, Gesängen und Gebeten für das Wohl des Dorfes teilnehmen."

„Und die Mädchen, beziehungsweise die Frauen?", frage ich.

„Während die Männer für das spirituelle Leben zuständig sind, haben Frauen die Verantwortung für die materiellen Angelegenheiten. Unsere Frauen sind gute Töpferinnen. Ihre Arbeiten sind mittlerweile sehr gefragt. Das gilt auch für ihre Webereien und ihren Türkisschmuck. Oft sind die Türkise mit Korallen versetzt. Wenn du dich für solchen Schmuck interessierst, kann ich dir nachher im Hotel ein paar schöne Stücke zeigen."

„Ja, gerne", sage ich.

Orlando verdreht die Augen und stößt mich unter dem Tisch mit dem Fuß an.

„Die Männer der Hopi haben übrigens nur eine Frau. Scheidungen sind allerdings häufig und sehr einfach abzuwickeln. Das Haus gehört der Frau und das wahre Zuhause des Mannes ist das Haus seiner Mutter."

Orlando beginnt zu kichern.

„Was ist daran so witzig?", fahre ich ihn an.

„Das ist bei uns in Europa genauso. Zurück in Mamas Hotel ..."

„Halt den Mund!"

Mike blickt mich irritiert an. „Die Hopi bleiben meist unter sich, leben selten in den Städten der Weißen. Sie fühlen sich in der Welt der Weißen ziemlich verloren. Lieber betreiben sie auf winzigen Feldern Landwirtschaft, oft sogar viele Meilen von den Pueblos entfernt."

Unsere Steaks kommen. Riesige T-Bone-Steaks mit Ofenkartoffeln und Sauerrahm.

Mir wird allein beim Anblick der über die Teller ragenden Fleischstücke leicht übel.

Orlando schenkt mir einen angewiderten Blick, als ich trotzdem kräftig zulange. Lustlos stochert er in seinem Caesar Salad herum, der ebenfalls für eine ganze Familie gereicht hätte. Ich bin mir sicher, dass er nicht einmal die Hälfte davon schaffen wird.

Mike spricht weiter, während er isst: „Wir gehen von der Einheit zwischen Mutter Erde und Vater Himmel aus. Glauben, dass die Menschen tief im vierten Schoß der

Erde geschaffen wurden und mit Hilfe von zwei Kindern der Sonne, den Kriegsgöttern, herausgeklettert sind. Am beliebtesten bei uns sind die Übernatürlichen, die Wolkengeister und die Regengeister. Wir sind davon überzeugt, dass die Toten zu Wolken werden, die den Regen schicken. Unsere Katsinam zum Beispiel – das sind prächtig kostümierte Männer mit sehr fantasievollen Masken – tanzen auf den Plazas, um die Menschen glücklich zu machen oder um Regen zu bringen."

„Von den Katsinam habe ich gehört. Manche sollen ja richtig furchterregend aussehen."

„Unsere Religion ist relativ frei von Angst und Unterdrückung", sagt er gereizt.

Obwohl er sich offenbar ungern unterbrechen lässt, werfe ich jetzt eine Frage ein, die mich schon die ganze Zeit beschäftigt hat: „Ich habe gehört, dass die Hopi für ihre Schlangentänze berühmt sind, ja sogar Schlangen anbeten sollen."

„Du meinst unsere Schlangenpriester?"

„Ja. Was hat es mit denen auf sich?"

„Wieso interessierst du dich für sie?"

Bilde ich mir nur ein, dass er mich misstrauisch ansieht?

„Bei uns fürchten sich die meisten Menschen vor Schlangen."

„Die Schlangenpriester sind sehr mutig. Sie verwenden lebende Schlangen anstatt von Attrappen. Die Zeremonie, bei der sie mit den Schlangen in ihren Mündern tanzen, dauert acht Tage. Die maskierten Priester tanzen den ganzen Tag, um Segen für ihren Stamm zu erbitten. Einige dieser Medizinmänner können sogar Krankheiten heilen, indem sie diese buchstäblich heraussaugen. Die Heiler besuchen die Kranken aber meist heimlich, da sie verdächtigt werden, Hexenkräfte zu besitzen." Er ist immer leiser und leiser geworden. Seine letzten Worte habe ich kaum mehr verstanden.

Ich bestelle Kaffee für uns alle und verlange die Rechnung.

Mike besteht nicht darauf, sein Essen selbst zu bezahlen, sondern lässt sich von mir einladen.

Vor unserem Motel rauchen wir beide noch eine Zigarette.

„Möchtest du den Schmuck sehen?", fragt er.

In diesem Augenblick kommt Orlando aus unserem Zimmer und fährt mich an: „Du kommst jetzt sofort ins Bett. Wir müssen morgen früh raus, wenn du diese Felsenwohnungen sehen willst. Außerdem musst du die ganze Strecke bis Taos allein fahren. Nach diesem schrecklichen Debakel heute greife ich kein Steuer mehr an."

Mike schlägt vor, uns morgen Früh nach Mesa Verde zu begleiten und den Fremdenführer für uns zu spielen.

Als Orlando und ich endlich in unseren Betten liegen, warnt er mich vor unserem neuen Bekannten. „Dieser Typ ist nicht echt, glaub mir. Bei Karl May waren die meisten Mestizen Betrüger."

„Rassistischer Unsinn!"

„Du hättest ihm sicher seine ganze Kollektion abgekauft, wenn ich nicht eingeschritten wäre".

„Er hat kein Geld für die morgige Führung in Mesa Verde verlangt."

„Wer weiß? Zum Essen hat er sich ja auch von dir einladen lassen, obwohl ursprünglich nicht die Rede davon war. Deine Menschenkenntnis ist nicht die beste."

„Dafür bist du ein großartiger Menschenkenner!"

Er wirkt eingeschnappt.

„Hast du nicht interessant gefunden, was er uns über seinen Stamm erzählt hat?"

„Ja, von mir aus. Trotzdem, er kann einem nicht in die Augen sehen. Das ist ein falscher Hund!"

„Simon Hunter hat uns doch erklärt, dass die Indianer Augenkontakt mit ihren Gesprächspartnern vermeiden."

„Das hat er über die Navajo gesagt. Mike ist ein halber Hopi."

„Na und? Warum sollten sich die Hopi anders verhalten."

„Ach, Kafka. Sobald dir ein gut aussehender Mann über den Weg läuft, setzt dein Verstand aus ..."

„Du darfst gerade reden." Ich habe keine Lust, mich auf diese idiotische Diskussion einzulassen. Sage „Gute Nacht" und mache das Licht aus.

Der Sonntag beginnt mit einem leichten Regenschauer. Wir ziehen unsere mit Fleece gefütterten Windjacken an.

Mike erwartet uns im Frühstücksraum. Er trägt, so wie gestern, eine dünne Jeansjacke.

Das Frühstück lässt zu wünschen übrig. Außer ein paar in Zellophan verpackten Donuts gibt es nur labbriges weißes Toastbrot und kalte Rühreier.

Nach der ersten Tasse Kaffee drängt Orlando zum Aufbruch. Mike fährt mit uns.

Sobald wir in unserem Wagen sitzen, hat sich der Himmel wieder beruhigt. Ein gleichmäßiger, grauer Streifen erstreckt sich von einem Ende des Horizonts zum anderen. Die Temperaturanzeige des Suzuki verrät zwölf Grad Celsius. Der Wind weht leicht aus Nordwest. Es ist ein kalter Wind.

Eine gut ausgebaute Serpentinenstraße führt hinauf in die Mesa. Am Kamm des Hochplateaus hat es offensichtlich gebrannt. Schwarze Baumruinen, nackte dunkle Sträucher und verbrannte Erde.

Mike ist auffallend schweigsam, so als hätte er gestern alles gesagt.

Bei einer Abzweigung bleibe ich stehen.

Ein holpriger Pfad führt durch eine Schneise, die wahrscheinlich ein Felsrutsch verursacht hat, talwärts. Mit Allrad angetriebene Pick-ups und Broncos mit großen Geländereifen und Scheinwerferleisten am Dach stehen unten am Ende des Pfades. Die Männer in den martialischen Uniformen sehen bedrohlich aus. Sie blicken zu uns herauf.

„Das könnte die Stelle sein, wo vor ein paar Jahren eine alte Anthropologin und ihr Sohn ermordet worden sind." Ich erwarte, dass Mike mich fragt, woher ich das weiß. Doch er schweigt beharrlich.

„Was machen all diese Leute dort? Lasst uns nachsehen. Vielleicht sind sie von Simon Hunters Abteilung?"

„So schnell können die nicht hier sein." Orlando weigert sich auszusteigen.

Mike ist ebenfalls dagegen.

„Da ist ein Streifenwagen dabei. Ich will wissen, was los ist ..."

„Ich sehe die Polizei lieber aus der Ferne", murmelt Mike.

Ausnahmsweise sind er und Orlando einer Meinung.

„Wie ihr meint." Da es leicht zu schneien begonnen hat, was laut Mike in dieser Gegend durchaus keine Seltenheit ist, habe auch ich keine Lust, das warme Auto zu verlassen. Ein paar Meilen weiter bleibt mir dann nichts anderes übrig. Wir sind beim Eingang zum Visitor Center angelangt.

Wir bezahlen Eintritt. Mike zeigt dem Mann an der Kasse einen Ausweis und darf umsonst hinein.

„Siehst du, er hat die Wahrheit gesagt. Er ist ein Hopi", sage ich leise zu Orlando.

„Na und? Das bedeutet nicht automatisch, dass er ein guter Mensch ist und es ehrlich mit uns meint. Du bist wirklich hoffnungslos naiv, Kafka."

Während unseres kleinen Disputs verhandelt Mike mit einer Rangerin.

Wir müssen uns ihrer Gruppe anschließen, dürfen die Felsenhäuser nicht allein besichtigen. Aber wir halten ein wenig Abstand von den anderen Touristen und lassen uns von Mike die Geschichte der früheren Mesa-Verde-Bewohner erzählen.

Es regnet sich ein. Schirme sind verboten. Wir haben unsere Kapuzen aufgesetzt. Mikes Jeansjacke hat keine Kapuze. Das Wasser rinnt in kleinen Bächen über sein schönes Gesicht.

„Bitte gebt Acht. Die Wege sind bei diesem Wetter sehr rutschig", ermahnt er vor allem Orlando, der wieder einmal die falschen Schuhe anhat. Schicke, mit glitzernden Pailletten verzierte Turnschuhe mit hauchdünnen Sohlen.

Als wir an einer Aussichtsplattform Halt machen, bin ich froh, nicht vorne bei den anderen Touristen zu sein. Denn der Balkon aus Holzbalken liegt auf fast zweitausend Metern Höhe und ragt weit über den Felsen hinaus. Mir geht das Polizeiaufgebot von vorhin nicht aus dem Kopf. Es muss etwas passiert sein. Aber ich behalte meine Gedanken lieber für mich. Orlando würde mich sicher wieder als paranoid bezeichnen.

„Da drüben befindet sich das Spruce Tree House, es ist die besterhaltene Felsensiedlung in Mesa Verde. Aber ich denke, es wird genügen, wenn wir uns den Cliff Palace ansehen, er ist leichter zugänglich als die anderen. Hier haben vor 1400 Jahren die Anasazi gelebt, eine für damalige Zeiten recht hoch entwickelte Kultur." Mikes Worte holen mich in die Realität zurück.

Der Weg wird immer enger und steiler. An manchen Stellen klammere ich mich mit beiden Händen an Felsvorsprünge oder kräftig aussehende Büsche.

„Mich wundert, dass die dort vorn nicht stecken bleiben." Orlando deutet auf ein stark übergewichtiges Pärchen, das sich durch eine schmale Felsspalte zwängt.

„Pass lieber auf, dass du nicht ausrutschst."

Der Anblick, der sich uns nach der nächsten Wegbiegung bietet, ist umwerfend. Wären wir nicht vor kurzem erst beim Navajo National Monument gewesen, würde ich glauben zu träumen.

Eine große Siedlung mit mehrstöckigen Häusern klebt unter einem riesigen überhängenden Felsen.

„Cliff Palace." Aus Mikes Stimme klingt Stolz, so als hätte er dieses architektonische Wunder eigenhändig vollbracht.

„Ist das nicht schön?" Ich stoße Orlando, der mit unbewegter Miene auf den steinernen Klippen-Palast schaut, einen Ellbogen in die Rippen.

„Aua!"

Als wir hinunterklettern, geht Mike voran, reicht mir galant seine Hand und hilft mir über die schwierigsten Stellen. Als er daraufhin auch Orlando behilflich sein will, bekommt er eine Abfuhr. „Ich schaff das", zischt ihn mein Freund an.

Die Sonne ist wieder herausgekommen. Schüchterne Strahlen beleuchten die schroffen graubraunen Felswände. Ein Regenbogen spannt sich über den Canyon.

Orlando bleibt zurück, fotografiert ihn ein Dutzend Mal. Plötzlich stößt er einen gellenden Schrei aus.

Entsetzt blicke ich mich um. Eine Schlange bewegt sich keine zwanzig Zentimeter von seinen Füßen gemächlich über den Weg. Orlando ist zu einer Salzsäule erstarrt.

Die Leute vor uns recken die Köpfe, bekommen aber nicht mit, was los ist.

Mike zieht blitzschnell ein Messer aus der Seitentasche seiner Cargo-Hose und wirft es aus ein paar Metern Entfernung zielsicher auf das Biest. Trennt ihm den Kopf ab.

„Oh mein Gott, danke", flüstere ich erleichtert. „War das eine Klapperschlange?"

„Ja, eine kleine, fast ein Baby." Und da ist es wieder, dieses jungenhafte Grinsen, das mir so gut gefällt.

Beinahe vergesse ich darauf, den völlig aufgelösten Orlando zu trösten. Er hat sich auf einen Stein gesetzt und schluchzt herzzerreißend.

„Das war ein Schlangenbaby", wiederhole ich Mikes Worte. „Die hat noch gar kein Gift zum Verspritzen gehabt."

„Hältst du mich für vollkommen teppert!"

Bevor er richtig hysterisch wird, lasse ich ihn lieber in Frieden und folge mit Mike den anderen Touristen, die mittlerweile bereits beim Cliff Palace angelangt sind.

Als er mir die verschiedenen Häuser und Räume erklärt, bemühe ich mich, ihm zuzuhören, obwohl auch mir der Schrecken nach wie vor in den Knochen sitzt.

„Du siehst, wie großzügig sie damals gebaut haben. Jede Familie hatte mehrere Räume zur Verfügung. Und das ist eine Kiva." Er deutet auf eine große runde Vertiefung in der Erde. „Das Dach existiert nicht mehr. Früher ist man nur durch ein Loch in der Mitte des Daches über eine Leiter hineingekommen. Kivas sind Zeremonienräume, vergleichbar euren Kirchen vielleicht."

„Und wofür ist das kleine Loch da unten gut?"

„Das ist ein Sipapu. Der symbolische Eingang zur Unterwelt. Die Ureinwohner haben geglaubt, dass die Menschen aus der Unterwelt kommen."

Auch ich glaube mich plötzlich in der Unterwelt zu befinden. Der Himmel hat sich dunkelgrau verfärbt. Im nächsten Moment prasseln taubeneigroße Hagelkörner auf Mutter Erde nieder.

Die ganze Gruppe verharrt im Schutz der überhängenden Felsen. Ängstlich drängeln sich die Leute aneinander.

Orlando schließt sich uns wieder an. Er sieht sehr blass aus. Ich lege meinen Arm um seine Schultern.

Und wieder ertönt ein Schrei. Dieses Mal hat nicht Orlando geschrien, sondern die Rangerin. Ein junger Mann wäre beinahe in die Kiva gestürzt. Sie hat ihn gerade rechtzeitig an den Armen schnappen können, sonst wäre er drei, vier Meter hinuntergefallen.

„Mir reicht's! Hoffentlich hört es bald zu hageln auf. Wird Zeit, dass wir hier wegkommen“, sagt Orlando.

„Ich fürchte, wir haben den Zorn der Geister der alten Anasazi erregt.“

Obwohl ich einen Scherz gemacht habe, sagt Mike: „Du hast Recht. All diese Touristen stören ihre Ruhe. Zuerst die Schlange, jetzt der Hagel und beinahe ein Unfall? Womöglich passiert noch Schrecklicheres.“

Ich kann nicht glauben, dass er es ernst meint. Muss aber unwillkürlich wieder an die vielen Polizisten oben auf dem Kamm der Mesa denken.

Als der Hagel aufgehört hat, drängt Mike darauf, zum Visitor Center zu gehen.

Wir nehmen nicht denselben Weg zurück, sondern müssen durch eine Felsspalte, die höchstens einen Meter breit ist, über eine senkrechte Leiter hinaufklettern.

Ich werfe einen Blick in den Abgrund zwischen den Felsen.

„Da bringen mich keine zehn Pferde rauf“, sage ich mit zitternder Stimme.

„Pferde kommen da nicht durch“, scherzt Orlando. Er scheint seinen Schock von vorhin überwunden zu haben. „Sie leidet unter Höhenangst“, erklärt er Mike.

„Hier ist noch nie jemand runtergefallen“, sagt Mike.

„Können wir nicht so zurückgehen, wie wir gekommen sind?“

„Nein. Das ist nicht erlaubt. Da kommt schon die nächste Gruppe." Er deutet auf den gegenüberliegenden Steig, den ich so bravourös hinter mich gebracht habe.

Tatsächlich klettern dort gerade ein Dutzend vermummte Touristen herum.

„Da vorne geht es mindestens tausend Meter in die Tiefe, und ich habe nichts als morsche Holzsprossen unter meinen Füßen! Das schaffe ich niemals!"

„Du schaffst das, Kafka! Wenn die das kann, ist es für dich ein Kinderspiel." Orlando deutet auf die dicke Amerikanerin, die als Letzte der Gruppe die Leiter in Angriff nimmt.

Er stupst mich an. „Mach schnell. Zur Not kannst du dich an ihren fetten Hintern klammern, wenn dir schwindlig wird. Außerdem bin ich hinter dir und fang dich auf. Du weißt, ich bin stärker als du."

Seine Angeberei beruhigt mich nicht wirklich.

Ich wage mich auf die erste Sprosse. Nicht hinunterschauen, ermahne ich mich selbst und nehme die zweite in Angriff. Auf der vierten beginnt sich in meinem Kopf alles zu drehen. Gleich wird mir schwarz vor Augen werden und dann ... das Nichts, die Unendlichkeit ...

„Die Sprossen sind viel zu eng beieinander. Dazwischen kannst du nicht durchrutschen."

Orlandos Worte beruhigen mich ein bisschen. Tapfer steige ich auf die fünfte Sprosse und stoße mit dem Kopf heftig an das riesige Hinterteil der Amerikanerin.

Sie beginnt hysterisch zu kreischen und mich zu beschimpfen.

Ich entschuldige mich betreten.

Sie hört nicht auf zu schimpfen. Ich habe Ohrensausen und verstehe kein Wort. Orlandos und Mikes Gelächter hinter mir macht die Sache nicht besser.

„Geh endlich weiter, du blöde Kuh", murmle ich auf Deutsch.

„Das habe ich gehört, Kafka", zwitschert Orlando fröhlich.

„Scheiße, scheiße, scheiße", fluche ich, während ich mich die nächsten Sprossen hinaufschwinge. Erst als ich mir ausmale, wie sich meine klammen Finger um die ausladenden Hüften der Dicken krallen und ich mich halb bewusstlos von ihr hochziehen lassen würde, muss ich selber lachen und schaffe die letzten Meter, ohne ohnmächtig zu werden.

Oben beim Ausgang angelangt, möchte ich zuerst einmal eine Zigarette.

„Lasst uns lieber zum Auto gehen", sagt Mike.

Wahrscheinlich ist in Nationalparks Rauchen streng verboten, denke ich und folge ihm.

Kaum sitzen wir in unserem Wagen, dreht er einen Joint und reicht ihn als Erstes mir. Ich greife sofort danach, obwohl ich mir gerade eine Zigarette angezündet habe. Orlando ist ebenfalls ganz gierig auf einen Zug. Wir teilen uns den Joint zu dritt.

Mike bietet sich an zu fahren. Dankbar überlasse ich ihm das Steuer. Meine Hände zittern immer noch.

Als wir an der Weggabelung ankommen, von der aus wir vorhin die vielen Autos gesehen haben, bitte ich Mike anzuhalten.

„Ich bin mir sicher, dass der Mord an der alten Anthropologin und ihrem Sohn damals genau dort unten stattgefunden hat", sage ich und steige aus.

Keine Autos. Keine Polizei.

„Und was willst du jetzt dort machen? Die Geister der Toten beschwören?"

„Sei still, Orlando, ich muss nachdenken. Warum hat diese Anthropologin ausgerechnet hier Rast gemacht? "

„Ich weiß zwar nicht, wovon du sprichst, aber hier in der Nähe befindet sich die Rekonstruktion eines Pithouses", sagt Mike. „Pithouses waren die Vorläufer der Kivas ..."

„Und deswegen mussten eine alte Anthropologin und ihr Sohn sterben."

„Wie bitte?" Mike wirkt sichtlich irritiert.

„Mein Bedarf an den Überresten indianischer Ureinwohner ist für heute gedeckt", spricht Orlando ein Machtwort.

Als wir beim Ausgang angelangt sind, kann ich es mir nicht verkneifen, den Mann an der Kasse zu fragen, ob heute im Nationalpark etwas passiert sei.

„Ein Motorradfahrer ist auf der regennassen Straße ins Schleudern geraten und den Abhang hinuntergestürzt. Der Kerl hat ein Riesenglück gehabt, hat sich nur ein paar Rippen gebrochen. Wahrscheinlich war er in der Kurve zu schnell unterwegs."

„Und du hast gedacht, es hätte wieder ein Verbrechen gegeben. Du leidest echt unter Verfolgungswahn, Kafka." Orlando tippt sich mit dem Finger auf die Stirn.

Ich wundere mich erneut, warum Mike keine Fragen stellt. Orlando und ich haben diesen schrecklichen Mord hier in Mesa Verde immerhin mehrmals erwähnt.

Bei unserem Motel in Cortez lassen wir Mike aussteigen. Holen unsere Sachen und sagen Goodbye.

Orlando verabschiedet sich kurz und knapp mit Handschlag von Mike.

Ich umarme ihn mit den Worten: „Wir müssen heute noch nach Taos. Sehen uns dann spätestens in Albuquerque beim ‚Gathering of Nations' wieder."

„Okay." Er klingt enttäuscht.

Kaum haben wir Cortez hinter uns gelassen, sagt Orlando: „Mit Schlangen kennt er sich jedenfalls aus. Und mit dem Messer ist er blitzschnell."

„Sei nicht so undankbar. Er hat dich gerettet."

„Ah, gibst du jetzt endlich zu, dass ich in Lebensgefahr geschwebt bin."

„Musst du immer so übertreiben, Orlando?“

„Er könnte wirklich ‚The Snake‘ sein. Die Beschreibung passt, das Alter auch und Kriegsveteran ist er ebenfalls.“

„Ja, und wir sind Bonnie & Clyde.“

In den Bergen Südcolorados ist es deutlich kälter als in Cortez. Die Gipfel in der Ferne sind schneeweiß. Aber nicht nur auf den Bergen liegt Schnee. Als wir über einen Pass fahren, ist auch die Straße mit Schnee bedeckt. Weiße Flocken flirren im Rhythmus der Scheibenwischer über die Windschutzscheibe. Ein Streufahrzeug kommt uns entgegen. Ich weiche nach rechts aus. Lande beinahe im bräunlichen Matsch am Straßenrand.

„Kannst du nicht aufpassen!“

„Magst du fahren?“

„Bist du verrückt?“

Als wir die Passhöhe erreichen, wird das Schneetreiben dichter.

„Hier sieht es aus wie in unseren Alpen“, sagt Orlando angesichts der märchenhaften Winterlandschaft.

Erst kurz vor Taos wird das Wetter besser. Hier liegt kein Schnee mehr. Die Strahlen der Abendsonne tauchen das Land in ein weiches, freundliches Licht. Es ist immer noch sehr kühl.

Wir überqueren den berühmten Rio Grande auf einer alten, sehr schönen Stahlbrücke. Links und rechts von der Straße erheben sich merkwürdige winzige Hügel. Als wir an einer dieser Erhebungen, die sich nahe der Straße befindet, vorbeifahren, sehe ich, dass es sich um ein Haus handelt.

„Hey, schau, davon gibt es mehr, das sind Erdhäuser, glaube ich. Sie sind komplett ökologisch gebaut, bestehen aus mit Erde gefüllten Reifen, soviel ich gehört habe. Und die Zwischenwände innen sind aus recycelten Aludosen.

Für Beleuchtung und Heizung nutzen sie Sonnenenergie. Wenn du in so einem Haus wohnst, bist du vollkommen autonom. Die schauen wir uns morgen genauer an."

„Okay", murmelt Orlando gelangweilt, obwohl er an sich ein Grüner ist.

Die Ebene vor uns sieht sehr freundlich aus, verglichen mit der unwirtlichen Gegend, aus der wir kommen.

Vor der Tourismus-Information in Taos halten wir an. Zum Glück hat sie offen.

Ohne lange herumzufackeln, mieten wir uns ein kleines Adobe-Häuschen in der Nähe der Innenstadt. Da Taos nicht mehr als 5000 Einwohner hat, ist sowieso alles Innenstadt.

In einem Supermarkt kaufen wir Spaghetti, Roquefort und Crème fraîche, Salat und Dressing, Salz und Pfeffer, Kaffee, Brot, Butter, Käse, Eier, eine Flasche Wein, Wasser und Bier. Dann fahren wir zu unserem Häuschen. Inzwischen ist es 21 Uhr abends.

Unser Lehmziegelhaus ist innen sehr kuschelig, fast putzig. Drei Zimmer, Küche und Bad – alles winzig klein.

Während Orlando ausgiebig duscht, koche ich Spaghetti mit Roquefort-Sauce und mache den Salat an.

„Dieser Mestize gefällt dir", bringt Orlando die Rede wieder auf Mike Logan.

„Ja und?"

„Ist dir wirklich noch nicht der Gedanke gekommen, dass er der zweite Mörder deiner Eltern sein könnte?"

„Spinnst du?"

„Im Ernst. Du bist blauäugig, was Männer betrifft. Als wir in Wien-Margareten die Frauenmorde aufgeklärt haben, hättest du dich ja auch beinahe in den feschen Toni verknallt!"

„An den erinnere mich lieber nicht."

„Das war ein ziemliches Arschloch."

„Bitte, Orlando, lass mich jetzt in Ruhe essen. Es war ein harter Tag."

„Wie du meinst. Aber hast du dich nicht gewundert, wie schnell Mike mit dem Messer war? Ich habe so was bisher nur im Zirkus gesehen. Ein Mann, der so gut mit dem Messer umgehen kann ... Er hat diese Klapperschlange mit einem einzigen Wurf getötet! Und er ist ein Mestize. Dieser Dick Carson hat behauptet, dass sein Kumpan Indianer oder Mestize war und sich ‚The Snake' genannt hat. Warum wohl? Vielleicht weil er ein Schlangentöter war?"

Ich bin müde, will mir Orlandos verrückte Verdächtigungen nicht mehr länger anhören. Außerdem finde ich Mike Logan nicht nur attraktiv, sondern auch sympathisch.

Nach dem Essen gehe ich gleich ins Bett. Zum Glück haben wir zwei Schlafzimmer.

Ich kann nicht einschlafen. Orlandos Worte gehen mir nicht aus dem Kopf. Warum sollten wir in diesem riesigen Land ausgerechnet einem der Mörder meiner Eltern über den Weg laufen? Völlig absurd. Mein Freund spinnt sich da wieder einmal etwas zusammen. Aber was, wenn er doch Recht hat?

12.
Taos, New Mexico, April 2012

Nach einem fürstlichen Frühstück brechen wir zu dem Pueblo auf, das sich ein paar Meilen außerhalb der Stadt befindet. Wenn der zweite Täter tatsächlich ein Indianer oder Mestize ist, hat er vielleicht früher dort gelebt. Carson hatte ausgesagt, dass sein Komplize Jimmy aus der Gegend um Taos kam. Aber wer weiß, ob Jimmy sein richtiger Vorname ist? Außerdem gibt es in Taos bestimmt mehrere Männer mit diesem Namen.

Diese Art von Recherche hätte ich liebend gern der Cold-Case-Abteilung in Las Vegas überlassen. Aber falls das Schwein wirklich in diesem Pueblo gelebt hat, werde ich es heute herausfinden. So gut weiß ich über die indianischen Verwandtschaftsverhältnisse mittlerweile Bescheid. Bei den Indianern funktioniert es ähnlich wie bei uns Roma. Irgendwer ist immer irgendwie mit jemandem verwandt oder versippt.

Wer empfängt uns am Parkplatz vor dem Pueblo?

Mike Logan. Er plaudert mit den jugendlichen Parkwächtern.

Ich muss an Orlandos Worte von gestern Abend denken und begrüße ihn eher reserviert.

„Warum hast du gestern nicht gesagt, dass du auch nach Taos willst?“

„Ich hab auf meinen Wagen warten müssen. Er war in Cortez in einer Werkstatt.“

Dieses schüchterne Lächeln. Ich kann ihm einfach nicht widerstehen, frage ihn, ob er uns den Pueblo zeigen möchte.

Er schüttelt den Kopf.

„Okay, dann gehen wir allein rein“, sage ich zu Orlando. Bin aber leicht irritiert. Verstehe nicht, warum sich Mike so abweisend verhält.

Das bis heute bewohnte Pueblo liegt sehr idyllisch am Fuße eines Berges. Ein Bach fließt quer durch das Dorf. Am Ufer strecken kleine Frühlingsblumen ihre Köpfchen heraus. Am alten Friedhof, gleich neben dem Eingang zum Dorf, stehen die Mandelbäume in voller Blüte.

„Darf man hier fotografieren?“, fragt Orlando.

„Solange du nur die Häuser oder die Umgebung fotografierst, ist es okay. Wenn du die Leute fotografieren willst, solltest du vorher fragen“, sagt Mike.

„Ich will nur ein paar Bilder von dem verfallenen Friedhof machen."

„Mach schnell, Orlando. Da oben braut sich was zusammen." Ich deute auf den Himmel. Über dem Berg, der Taos beschützt, ist er fast schwarz.

„Der erste Eindruck täuscht. Hier herrscht große Armut. Die Leute haben weder Strom noch Fließwasser. Bis heute holen sie das Wasser aus dem Bach", sagt Mike.

„Wie viele Leute wohnen hier?"

„An die fünfzig, schätze ich. Viele, vor allem die Jungen, leben, zumindest im Winter, in der Stadt."

Wir lassen Mike bei den Jugendlichen stehen und gehen in das Dorf.

Manche der ärmlichen Häuser haben Türen, andere kann man nur über eine Leiter betreten. Einige Türen stehen offen. Orlando und ich schauen überall neugierig hinein.

In den meisten Häusern bieten die Leute einfachen Schmuck, Erfrischungen, Mokassins oder Keramik an.

Orlando entdeckt ein Schild, auf dem „Atelier" steht.

Ein älterer Mann kommt aus dem Atelier und betrachtet den rasch dunkler werdenden Himmel.

Wir grüßen ihn freundlich und fragen, ob wir eintreten dürfen.

Stolz zeigt er uns seine komplizierten Installationen. „Ich verwende für meine Objekte ausschließlich Materialien, die ich im Dorf oder im Bach und am heiligen Berg finde", sagt er.

Ich frage ihn, ob er von hier sei.

Er nickt.

„Mein Name ist Yellow Cloud. Ich bin hier geboren und lebe seit sechzig Jahren in diesem Pueblo. Im Winter wohne ich aber mit meiner Familie lieber in Taos. Ich habe dort eine kleine Galerie."

Orlando und ich schauen uns an. Wir haben anscheinend ein- und denselben Gedanken.

Nachdem ich die farbenprächtigen Plastiken und Installationen bewundert habe, frage ich den Mann, ob er einen Indianer oder Halbindianer namens Jimmy kenne.

Er schüttelt den Kopf.

„Er wird auch ‚The Snake' genannt, soviel ich gehört habe."

Yellow Cloud blickt zu Boden, scheint nachzudenken.

Sogleich werde ich misstrauisch. Warum muss er erst nachdenken, entweder kennt er einen Mann, der sich so nennt, oder nicht.

„Wie lautet sein indianischer Name?", fragt er.

Ich hatte bisher noch nicht daran gedacht, dass „The Snake" auch der indianische Name dieses Serienkillers sein könnte.

„Wahrscheinlich ‚The Snake'", sage ich zögernd.

„Vor vielen Jahren hat eine Zeit lang ein junger Halbindianer bei uns gelebt. Seine Mutter war eine Hopi, hat er zumindest behauptet. Aber er hat sich nicht an unsere Regeln gehalten und wir mussten ihn auffordern, den Pueblo zu verlassen. Ich habe gehört, dass er vor ein paar Jahren im Irak umgekommen ist."

„Wurde er ‚The Snake' genannt?"

„Nein, aber so ähnlich. Sein indianischer Name war ‚White Snake', wenn ich mich richtig erinnere."

Er ist es! Ich bin mir sicher, wir haben ihn gefunden. Am liebsten würde ich laut schreien.

„Er ist tot, Kafka", sagt Orlando, der wie so oft meine Gedanken lesen kann.

„Wie sah er aus?", frage ich.

„Er war größer als ich und schlank. Seine Haut war blasser als meine und seine Augen waren auffallend hell."

„Woher wissen Sie, dass er im Irak getötet worden ist?"

„Er stand auf der Liste."

„Welche Liste?"

„In jedem Ort hängen Listen mit den Namen der im Krieg getöteten Soldaten aus. ‚White Snake' ist offenbar bei uns gemeldet gewesen, obwohl er schon lange nicht mehr hier gewohnt hat."

Orlando drängt zum Aufbruch. Es hat zu tröpfeln begonnen.

Etwas überstürzt verabschieden wir uns von Yellow Cloud.

„Ich möchte unbedingt noch in die hübsche Kirche", sage ich zu Orlando und eile über den großen Platz zum Gotteshaus beim Eingang. Orlando folgt mir widerwillig.

Unter dem Vordach des Kirchentores steht Mike.

„Geht ruhig rein. Ich warte hier auf euch. Hab's nicht so mit euren Kirchen", sagt er. „Wir Hopi verehren Masaw. Er ist derjenige, der uns die Furcht vor dem Tod genommen hat."

Ich will fragen, wie ihm das gelungen sei. In diesem Moment beginnen sich die Schleusen des Himmels zu öffnen. Wir flüchten uns alle drei in die Kirche.

Der Innenraum ist hell und freundlich. An den weiß getünchten Wänden hängt naive Malerei. Szenen aus dem Neuen Testament.

Orlando ist entzückt von der hübschen indianischen Madonna, der die Leute verschiedene Gaben dargebracht haben. Maisfladen, gehäkelte Deckchen, kleine Stoffpüppchen und Blumen über Blumen.

„Die meisten Indianer glauben sowohl an den Gott der Weißen als auch an ihre alten Götter. Und manchmal vermischen sich eben die Bräuche und Rituale. Wir geben unseren Toten bis heute reichlich Gaben mit ins Grab. Da draußen am Friedhof liegen kleine Schätze unter der Erde", sagt Mike.

Obwohl ich nicht religiös bin, finde ich sein spöttisches Grinsen unangebracht.

Als wir die Kirche verlassen, ist der Regen in Schnee übergegangen. Wir laufen zu einer Hütte, vor der ein Schild mit der Aufschrift „Getränke und Bannockbrot" steht. Wir haben Hunger.

Die Tür der Hütte ist durch ein Stück gelbes Zellophan ersetzt worden.

Zwei Augenpaare blicken uns überrascht an. Die Gesichter der beiden Frauen, Mutter und Tochter nehme ich an, haben einen Gelbstich.

„Der Maisfladen wird wie ein Pfannkuchen gebraten. Ihr könnt euch zwischen salzig und süß entscheiden", sagt Mike.

„Sweeeeet", sagt Orlando.

Die alte Indianerin lächelt ihn an. Gibt eine halbe Tasse Maismehl und eine halbe Tasse Wasser, ein wenig Salz und vier Esslöffel Öl in eine Schüssel und verrührt die Zutaten. Erhitzt Öl in einer Pfanne, lässt den Teig löffelweise hineintropfen. Drückt den Fladen mit dem Löffel flach und brät ihn auf beiden Seiten, bis er knusprig braun ist. Auf Orlandos Brot gibt sie extra viel Ahornsirup.

Während wir essen, frage ich Mike, ob er auch einen indianischen Namen habe.

„Warum willst du das wissen?"

„Nur so. Aber wenn du ihn mir nicht verraten willst ..."

„Ich bin Halbindianer. Meine Mutter hat ihren Stamm verlassen. Ich habe keinen indianischen Namen."

„Ich werde dich ‚Bright Eyes' nennen", sage ich lächelnd und sehe ihm in die Augen.

Er blickt verschämt zu Boden.

„Hast du eine Idee, wohin wir heute Abend essen gehen könnten?"

„Nein, aber ich kann mich umhören."
Wir tauschen unsere Handynummern aus.

„Dieser Schnorrer lässt sich bestimmt wieder von dir einladen", schimpft Orlando, als wir in unserem Suzuki sitzen.

Das Schneegestöber hat genauso schnell aufgehört, wie es begonnen hat. Die Sonne kommt wieder durch und sogleich bessert sich meine Laune.

„Er ist ein armer Hund", sage ich.

„Und du hast einen Sozialtick."

Als wir nach Hause kommen, sehe ich, kaum dass ich in unsere Straße einbiege, einen Mann in unserem kleinen Vorgarten sitzen: Detective Simon Hunter.

Der Aschenbecher auf dem metallenen Tischchen vor ihm ist bis oben hin voll. Er scheint seit einer ganzen Weile auf uns gewartet zu haben. Woher weiß er, wo wir wohnen? Orlando? Natürlich. Bestimmt hat er wieder mit ihm telefoniert oder ihm eine SMS geschickt. Ich bin gespannt auf seine nächste Telefonrechnung.

Simon küsst mich auf die Wange. Seine Lippen so voll und weich, dass ich ahne, was für ein Gefühl es sein muss, wenn sie sich auf meine pressen würden.

Ich lasse Orlando und ihn allein und fahre einkaufen in den Supermarkt, in dem wir gestern waren. Bevor ich mich in das Getümmel stürze, rufe ich rasch Mike an, sage ihm, dass wir heute Abend leider keine Zeit hätten. Sage ihm aber nicht, warum. Plötzlich finde ich Mike Logan nicht mehr so sympathisch. Hat mich Orlando mit seinem absurden Verdacht doch angesteckt?

Als ich zurückkomme, haben es sich meine beiden Männer in unserem schnuckeligen Adobe-Häuschen richtig gemütlich gemacht, den Kamin eingeheizt und eine Flasche Wein geöffnet.

„Simon wird heute Nacht auf unserer Wohnzimmercouch übernachten." Orlando strahlt mich an.

„Wenn es dir recht ist", sagt Simon.

„Kein Problem."

„Sag mal, hast du vor, unser Abendessen erst zu schießen?" Simon deutet auf die Schrotflinte, die ich gestern ins Haus gebracht und neben den Kamin gelehnt habe. „Orlando hat gemeint, dass es deine Flinte ist."

„Lacht nur blöd", sage ich. Muss aber selber kichern. „Zwei so hübsche Mädels wie wir müssen uns eben vor den bösen Indianern schützen."

Ich ziehe mich in die Küche zurück, stelle Wasser für die Kartoffeln auf und mariniere die Thunfischsteaks.

Simon kommt zu mir in die winzige Küche, fragt, ob er mir helfen könne.

„Raus hier! Mit den toten Fischen werde ich allein fertig." Ich weiß selber nicht, warum ich so vergnügt bin.

Simon und Orlando sitzen vor dem Kamin im Wohnzimmer und unterhalten sich angeregt. Das Häuschen ist so klein, dass ich jedes Wort von nebenan verstehen kann.

Orlandos Englisch wird immer besser. Er hat endlich seine Hemmungen überwunden. Plappert drauflos, als wäre es seine Muttersprache. Außerdem scheint er Vertrauen zu unserem Detective zu haben. Ich höre, wie er Simon erzählt, dass statt der legendären österreichischen Kaiserin Sisi nun Romy Schneider sein Idol sei.

Simon hat keine Ahnung, wer Romy Schneider ist. Orlando klärt ihn über die berühmte österreichische Schauspielerin auf.

„Seither führt er sich genauso kapriziös auf, wie es diese Dame getan hat, und liebt 70er-Jahre-Schick", sage ich aus der Küche kommend.

Orlando lacht.

Ich bin überrascht. Humor zählt normalerweise nicht gerade zu seinen Stärken. Auch das hat er angeblich mit Romy Schneider gemein.

Er folgt mir in die Küche, holt eine zweite Flasche Wein. „Ich sag's dir, der steht auf mich", flüstert er mir auf Deutsch ins Ohr. Mein junger Freund ist so aufgekratzt, dass er vergisst zu fragen, ob ich auch ein Glas möchte.

Oje, denke ich. Denn mittlerweile bin ich fest davon überzeugt, dass Simon heterosexuell ist. Die Blicke, die er mir seit unserem Wiedersehen zugeworfen hat, waren eindeutig. Von wegen, die Navajo schauen ihren Gesprächspartnern nicht in die Augen. Er hat mir die ganze Zeit tief in die Augen gesehen.

Ich mache mir ein Bier auf und öffne das Küchenfenster, damit der Wasserdampf und der Fischgeruch entweichen können.

„Schaut mal. Dieses Licht! Das ist irre. Alles ist blau!", rufe ich.

„Die Dämmerung ist immer blau", sagt Simon und deckt den Tisch.

Meine Kochkünste werden von beiden Herren gewürdigt. Verlegen wehre ich Simons Komplimente ab.

Nach dem Essen und zwei Bier werde ich redselig. Spreche über meine große Familie, über das Begräbnis meiner Eltern und meine Zeit in New York bei meinem Onkel Sandor, dem Teufelsgeiger.

Orlando kennt diese Geschichten auswendig und übernimmt freiwillig den Abwasch.

Ich fühle mich sehr wohl in diesem 5000-Seelen-Städtchen und vor allem in unserem hübschen Häuschen. Am liebsten würde ich länger hierbleiben.

Simon, der nicht mehr ganz nüchtern ist, erzählt uns ebenfalls von seiner Familie.

„Wie bei vielen Indianern stammen auch meine Vorfahren von den verschiedensten Völkern ab. Mein Vater war ein Winnebago, meine Mutter eine Navajo, wie ihr wisst. Und obwohl man meinen könnte, dass ich mehr von dem Glauben und den Gebräuchen meiner Mutter mitbekommen habe, weiß ich viel mehr über meine Vorfahren väterlicherseits. Die Winnebago sind grandiose Geschichtenerzähler. Sie sprechen Siouan, gehören zur Sprachfamilie der Sioux'. Ursprünglich stammen sie aus Wisconsin und nennen sich selbst: Hotchangara, das bedeutet ‚People of the Parent Speech'. Die Weißen bezeichnen sie als Ho-Chunk-Nation. Heute gibt es weltweit leider nur mehr rund 10.000 Winnebago und die sind überall verstreut."

„Wo bist du geboren?"

„In Las Vegas. Mein Vater war bei der Armee und hat meine Mutter in Vegas in einem Krankenhaus kennengelernt. Sie war dort Krankenschwester. Er war ihr Patient. Ganz klassisch. Er hat eine relativ harmlose Schusswunde im Vietnamkrieg abbekommen. Angeblich war es Liebe auf den ersten Blick." Simon schenkt sich und uns nach, bevor er weiterredet. „Ich war der erstgeborene Sohn. Wurde ‚South Wind' oder ‚Elder First Son' genannt und gehöre dem Hawk Clan an."

Orlando beginnt zu kichern. „Bei uns bezeichnen sie die verschiedenen Altersgruppen im Kindergarten mit Tiernamen."

„Idiot!" Ich versetze ihm einen Stoß in die Rippen.

„Mach dich ruhig darüber lustig", sagt Simon. „Dieses Clan-System ist bis heute für die Winnebago von großer Bedeutung. Es gibt zwei große Clan-Gruppen: die Sky Clans und die Earth Clans. Die vier Sky Clans heißen Donner, Falke, Adler und Taube. Der Donner-Clan stellt die Anführer. Mein Clan, die Falken, waren die Krieger.

Früher waren die Winnebago Jäger und Sammler und haben mit Fellen gehandelt ..."

„Sind die Winnebago ein eher patriarchalisch orientierter Stamm?" Unwillkürlich muss ich an Mikes Geschichte über die Hopi denken.

„Ja. Auch die Eltern des Mannes gehören zur Familie. Die Buben werden von ihren Onkeln, den Brüdern der Mütter, im Fischen und Jagen unterrichtet."

„Die große Bedeutung des Mutterbruders kommt mir bekannt vor. Auch bei den Roma spielt er eine wichtige Rolle. Ist das nicht eher ein Relikt aus früheren matriarchalischen Zeiten?"

„Mag sein. Diese Onkel geben sowohl den Buben als auch den Mädchen die Namen. Es gibt spezielle Initiationsriten für die Knaben. Vier bis fünf Tage lang werden sie auf das Leben als Mann vorbereitet. In diesen Tagen müssen sie im Wald wohnen und fasten. Sie bekommen einen Helfer zur Seite gestellt, einen Mann, der das ganze Leben lang ihr Beschützer sein wird. Mein Helfer war ein alter Schamane, der leider längst tot ist."

Ich frage ihn nach den Frauen.

„Die Mädchen werden, wenn sie zu menstruieren beginnen, für ein paar Tage in einem Wigwam separiert. Danach werden sie von ihrer oder einer anderen Großmutter unterrichtet, wie man eine echte, gute Winnebago-Frau wird."

„Und wie hat eine gute Winnebago-Frau zu sein?", frage ich mit ernster Miene.

Simon entkommt ein Lächeln. „Sanft, fügsam, häuslich, fürsorglich, freundlich, devot ..."

„Es reicht", sage ich lachend.

Simon und Orlando stimmen in mein Gelächter mit ein.

„Und wie leben deine Leute heute? Ebenso traditionell wie die Hopi?"

„Nicht wirklich. Die meisten Winnebago haben sich angepasst, wohnen zum Teil auch in Städten. Die wichtigste Stadt ist Winnebago. Der Stamm meines Vaters ist relativ reich und privilegiert. 1992 haben die Winnebago das WinnaVegas Casino eröffnet. Der Gewinn aus dem Casino kommt dem ganzen Stamm zugute. Sie wollen mit dem Geld eine Büffelherde in ihr Land zurückbringen, um genügend Fleisch für die wichtigen Stammeszeremonien zu haben."

Seine Worte klingen ein wenig zynisch. Ich weiß wieder einmal nicht, ob Detective Hunter es ernst meint oder nur scherzt.

Ich schlage vor, eine letzte Zigarette im Garten zu rauchen.

Orlando bildet sich ein, dass wir wegen ihm nach draußen rauchen gehen. Er hat den Vertrag nicht gelesen. Darin steht, dass wir hundert Dollar Strafe zahlen müssen, wenn wir im Haus rauchen.

Er behält uns durch das Fenster im Auge.

Ich erzähle Simon von dem Künstler, den wir im Pueblo kennengelernt haben. „Er hat einen Mann namens „White Snake" gekannt. Aber dieser Mann ist angeblich im Irakkrieg gefallen.

„Ich werde mit ihm reden. Mach dir nicht zu viel Hoffnung. Ich fürchte, es handelt sich bei diesem ‚White Snake' nicht um den Jimmy, den wir suchen."

Als ich Simon das Bett im Wohnzimmer machen will, nimmt er meine Hand, hält sie lange in seiner und sagt: „Ich habe mich nie für sanfte, fügsame oder gar devote Frauen interessiert."

Verarscht er mich wieder?

Ich lasse ihn sein Bett selber machen.

In unserem Reiseführer wird ein Lokal in Taos vor allem wegen seiner grandiosen Frühstückskarte gelobt. Wir beschließen, nur Kaffee in unserem Häuschen zu trinken und dafür dort ordentlich zu frühstücken, bevor wir weiterfahren.

Ich bestehe darauf, zu Fuß zu gehen. Diese ewige Autofahrerei macht mich krank. Ich habe Rückenschmerzen und einen steifen Nacken.

Das Café ist gut besucht. Alle acht Nischen und die Hälfte der Hocker vor dem Tresen sind besetzt. Wir bekommen einen Tisch in der Mitte. Die beiden älteren Köche hinter der Theke arbeiten wie Besessene. Schieben ihre schmalen Körper mit einer Geschwindigkeit vom Grill zum Kühlschrank und wieder zur Theke zurück, die für Männer ihres Alters absolut erstaunlich ist.

„Du bist eine gute Beobachterin. Habe ich Recht?", fragt Simon.

„Ich beobachte gern Leute. Wenn ich nur zusehe, halte ich die nötige Distanz und kann mich jederzeit gefahrlos wieder zurückziehen. Glaubst du, sind diese beiden Cowboys am Nebentisch echt?"

Simon nickt.

Ich kann meinen Blick nicht von den ellenlangen kräftigen Kerlen wenden. Sie tragen typische Cowboyhüte, karierte Hemden, Halstücher und eine Art Lederschürze über ihren Jeans. Ihre Stiefel sind sehr spitz und ziemlich verdreckt.

„Hier steht, dass sie die besten Donuts in ganz New Mexico machen!" Orlando hat die Speisekarte bereits auswendig gelernt, als die Kellnerin uns endlich nach unseren Wünschen fragt.

Außer Donuts bestellt Orlando auch Scones mit Himbeeren.

Ich nehme zwei Spiegeleier, Speck und einen Bagel.

Simon entscheidet sich für zwei verschiedene Donuts.

Der anregenden Diskussion meiner Begleiter über Aussehen und Qualität der Donuts kann und will ich nicht folgen. Möglichst unauffällig beobachte ich weiterhin die beiden Cowboys am Nebentisch. Sie schaufeln Unmengen von pürierten Bohnen, Rührei und Würstchen in sich hinein.

„Wahrscheinlich sind sie die ganze Nacht durchgeritten", sage ich leise zu mir selbst.

„Die sind nicht echt. Nebenan gibt es einen Shop, in dem Wildwest-Kleidung verkauft wird, hast du den nicht gesehen? Ich will da nachher unbedingt rein", sagt Orlando, der sich gerade den letzten Bissen von Simons zweitem Donut in den Mund schiebt. „Die haben sich bestimmt gerade neu eingekleidet."

„Nein, ihre Stiefel sind dreckig und außerdem stinken sie nach Pferdestall", widerspreche ich.

„Soll ich sie fragen, ob sie echt sind?" Simon steht auf. Verzieht keine Miene. Er macht womöglich Ernst.

„Bleib sitzen!" Ich packe seinen Arm und ziehe ihn auf seinen Stuhl zurück.

Er schaut sich nach der Kellnerin um. Als sie endlich auf seinen Blick reagiert, gibt er ihr zu verstehen, dass wir mehr Kaffee möchten.

Sofort kommt sie herüber zu unserem Tisch und schenkt uns nach.

Wir besprechen kurz unsere Reiseroute und brechen dann auf. Simon bezahlt das fürstliche Frühstück und geht auf die Toilette.

Vor der Eingangstür stolpern Orlando und ich beinahe über einen Indianer. Er hat seinen Hut tief ins Gesicht gezogen, sitzt mit dem Rücken an die Mauer gelehnt auf dem kalten Pflaster und raucht einen Joint. Die Asche lässt er zwischen seine Füße fallen.

„Mike?“

Als Mike Logan aufsieht, erschrecke ich beinahe. Er ist ganz fahl im Gesicht. Seine Augen sind blutunterlaufen. Er stiert mich fast blöde an.

„Was ist los mit dir? Bist du krank?“ Ich packe ihn an der Schulter und rüttle ihn leicht.

Orlando deutet mir etwas. Ich verstehe seine Geste nicht.

„Er ist auf Drogen“, sagt Orlando auf Deutsch. „Lass ihn in Frieden.“

„Er wird sich den Tod holen. Das Pflaster ist saukalt.“ Mike trägt wieder seine dünne Jacke und zerschlissenen Jeans.

Ich versuche, ihn hochzuzerren.

„Shit“, murmelt er. Steht aber auf. Schaut mich nach wie vor mit irrem Blick an, so als würde er mich nicht kennen.

Als Simon in der Tür aufkreuzt, macht er sich rasch aus dem Staub.

„Was war denn das?“, frage ich Orlando.

„Dein geliebter Mike Logan!“

Am liebsten würde ich Orlando eine schmieren.

Es bleibt mir nichts anderes übrig, als Simon von Mike zu erzählen.

Sein Blick gefällt mir nicht. Obwohl ich mit keinem Wort erwähnt habe, dass ich Mike sympathisch finde, wirkt er fast ein wenig wütend, als ich ihm von unseren Erlebnissen mit diesem Hopi berichte.

Wir gehen zu Fuß zur Plaza von Taos, die sich gleich ums Eck befindet. Die kleine Galerie von Yellow Cloud liegt am Anfang des Platzes.

Nachdem wir den Künstler begrüßt haben, bittet Simon uns, allein mit ihm reden zu dürfen.

Orlando und ich sehen uns einstweilen die Auslagen der benachbarten Geschäfte an.

„Was ist los?", fragt Orlando. „Bist du etwa sauer auf mich?"

„Warum hast du von Mike angefangen?"

„Na hör mal, wenn dieser Spinner nicht Dreck am Stecken hat ... Wieso ist er plötzlich abgehauen, als Simon aufgekreuzt ist?"

„Woher soll er wissen, dass Simon Detective ist? Schließlich trägt er keine Uniform."

„Ein Gauner riecht den Bullen meilenweit."

„Sprichst du von dir selbst?"

Ich merke, dass ich zu weit gegangen bin. Orlando ist gekränkt. Redet nicht mehr mit mir.

Zum Glück kommt Simon bald aus der Galerie. „Fehlanzeige. Yellow Cloud hat mir zwar bestätigt, dass er einen Mann namens ‚White Snake', der ein bisschen verrückt war, gekannt hat, aber angeblich hat dieser Mann, bis auf Taliban, niemanden umgebracht. Außerdem ist er nicht aus dem Irak zurückgekehrt."

13.
Santa Fe, New Mexico, April 2012

Simon drängt zur Weiterfahrt nach Santa Fe.

Ich finde es idiotisch, mit zwei Autos zu fahren, und schlage vor, dass wir unseren Mietwagen in Santa Fe zurückgeben.

„Ist das denn möglich?", fragt Orlando, der sich wieder eingekriegt hat.

„Na klar. Die haben dort sicher eine Avis-Filiale."

„Darf ich mit dir fahren, Detective?", fragt mein untreuer Freund mit kokettem Augenaufschlag.

Simon wirft mir einen fragenden Blick zu.

Ich nicke. Bin froh, mal eine Weile allein sein zu können. Ich fahre einfach hinter Simon her.

Nach knapp zwei Stunden kommen die ersten Vororte der wahrscheinlich berühmtesten Stadt im Wilden Westen in Sicht.

Simon hat sich bereits in Taos telefonisch um ein Quartier für uns gekümmert.

Santa Fe ist eine Überraschung für mich. Habe die Bilder dieser Stadt, die Schauplatz unzähliger Wildwest-Filme war, im Kopf. Denke an den berühmten Santa Fe Trail, an Raubüberfälle auf Züge mit Geldtransporten, an Schießereien in verdreckten Saloons, an Duelle zwischen zwei Revolverhelden auf der staubigen Hauptstraße – und glaube meinen Augen nicht zu trauen, als wir durch schicke Villengegenden fahren.

Simon hat die Adresse der Avis-Filiale in sein Navi eingegeben. Ich folge ihm quer durch die Stadt. Staune über die großen, durch hohe Hecken geschützten Grundstücke, die geschmackvollen Häuser, exklusiven Galerien und teuren Geschäfte.

Avis hat sein Büro in der Nähe des Museum Hills. Ich lese die Schilder, möchte mir zumindest das Museum of Indian Arts & Culture ansehen. Auch die anderen Museen in dieser gepflegten Anlage wären bestimmt einen Besuch wert.

Nachdem ich unseren Wagen zurückgegeben habe und wir alle drei in Simons Jeep sitzen, sage ich: „Was für eine tolle Stadt! Damit habe ich nicht gerechnet."

„Willkommen bei Reich und Schön", spottet Simon. „Lasst uns eine kleine Sightseeing-Tour machen, bevor wir in unser Quartier fahren, okay?"

Wir verlassen die Stadt wieder. Simon will uns als Erstes das Open-Air-Opernhaus von Frank Llyod Wright zeigen.

Ich bin schlicht und einfach sprachlos angesichts dieser großartigen Architektur aus Stahl, Holz und Glas. Stelle mich mitten in den Zuschauerraum, der von beiden Seiten offen ist, schließe die Augen und male mir aus, wie hier „Tosca" oder „Madame Butterfly" klingen würden.

„Fantastisch." Vor lauter Begeisterung falle ich Simon, der lächelnd auf mich zukommt, um den Hals.

Er hält mich eine Spur zu lang in seinen Armen fest und streichelt meinen Rücken.

„Was macht ihr da?", schreit Orlando, der auf der Bühne steht. Trotz der großen Entfernung sind seine Worte klar und deutlich zu verstehen.

Auf dem Weg zurück in die Stadt fahren wir im Schritttempo durch die berühmte Galerienstraße.

Dutzende Kunstgalerien, eine neben der anderen, auf beiden Seiten. Sündhaft teurer Edelkitsch neben Picasso und Jackson Pollock. Lebensgroße versilberte Pferde in einem Garten erinnern mich an das silberne Rentier in Susan Hunters Haus. Bei einer Indian Art Gallery bitte ich Simon kurz anzuhalten. Ich möchte mir die Katsina-Puppen im Schaufenster genauer ansehen.

„Die Katsina-Schnitzer gehören zu den besten Künstlern unseres Landes. Ihre Figuren sind fast unbezahlbar", sagt Simon, der ebenfalls ausgestiegen und mir gefolgt ist.

Orlando interessiert sich weniger für die Katsinam als für die monströsen realistischen Bilder in der Nachbargalerie.

Simon und ich sehen uns die kleinen, kunstvoll gearbeiteten Gestalten in der Indian Art Gallery genauer an. Ich frage die elegant gekleidete Dame, die uns diskret im Auge behält, nach dem Preis für einen besonders hübschen Clown.

Fast breche ich in hysterisches Gelächter aus, als sie mir die Summe nennt. Sechstausend Dollar für so ein

Püppchen? Das gibt's nicht. Fassungslos starre ich Simon an.

Er nimmt meinen Arm und sagt mit todernster Miene: „Du kannst es dir ja überlegen, Darling." Dann komplimentiert er mich zur Tür hinaus.

Als wir wieder im Wagen sitzen, sage ich: „Nichts wie weg von hier, Darling. Sonst überziehe ich noch dein Konto."

Orlando verlangt natürlich, über unseren Scherz aufgeklärt zu werden. Ihn scheinen die Preise weniger zu schockieren. Wahrscheinlich denkt er an seine Bilder, die er liebend gern auch um solche Summen verkaufen würde.

Die Pension, die Simon gebucht hat, entpuppt sich als putziges privates Gartenhäuschen. Die Lage ist perfekt. Gleich in der Nähe der Plaza.

Ich teile mir mit Orlando das Schlafzimmer. Ein plüschiges Etablissement mit eigenem, in Goldtönen verfliestem Bad. Simon muss mit dem Wohnzimmer vorlieb nehmen, das völlig überladen ist mit Nippes, Antiquitäten, Kunstbüchern, Polstern, Decken und Stofftieren. Auch er hat ein eigenes kleines Bad.

Das Häuschen ist umgeben von einem gepflegten Garten, fast ein kleiner Park, mit altem Baumbestand und exotischen Sträuchern und Blumen.

Unser Hausherr, der nebenan im „Herrenhaus" wohnt, ist etwas tuntig, aber ausgesprochen lieb. Sein Name ist Daniel. Er ist ein bisschen rundlich und nicht mehr ganz jung. Und er erklärt uns jeden Einrichtungsgegenstand bis ins letzte Detail. Offenbar leidet er unter Logorrhö, er redet wie ein Wasserfall und sieht dabei nur Orlando an.

„Der Typ ist peinlich", sagt Orlando, kaum dass uns Danny allein gelassen hat.

Auf der großen Plaza von Santa Fe findet unter den Arkaden ein Kunsthandwerksmarkt statt. „Hier bieten Indianer täglich ihren Schmuck und kleine Keramiken an", sagt Simon, als wir zu Fuß die Stadt erkunden.

Ich glaube meinen Augen nicht zu trauen, als ich Mike zwischen all den anderen Indianern am Boden hocken sehe. Vor sich hat er seinen Türkisschmuck auf einer alten, schmutzigen Decke ausgebreitet.

Er benimmt sich erneut eigenartig. Sieht nicht einmal auf, als Orlando und ich ihn begrüßen. Ich werfe einen Blick auf Simon. Er unterhält sich mit einer alten Frau, die neben Mike ihre wenigen Schmuckstücke feilbietet. Die beiden scherzen offensichtlich miteinander, denn die Alte lacht laut und herzlich.

„Wer ist dieser Mann?", erkundigt sich Mike fast flüsternd.

„Detective Simon Hunter aus Las Vegas. Er ist halb Navajo, halb Winnebago ..."

„Ein Ho-Chunk? Oh nein! Weißt du, dass die Winnebago Menschenfresser waren?"

Bevor ich auf diese seltsame Aussage reagieren kann, steht Simon neben mir, legt seinen Arm um meine Taille und sieht sich Mikes Schmuck genauer an.

„Das ist Mike Logan", sage ich.

„Das habe ich mir gedacht. Hallo!"

Mike erwidert seinen Gruß mit einem knappen Nicken.

Simon kauft ihm einen türkisen Anhänger ab. Er ersucht Mike, den Anhänger als Geschenk zu verpacken. Dieser wickelt ihn in ein gebrauchtes Geschenkpapier, nimmt das Geld und beachtet keinen von uns weiter.

Ich bin enttäuscht, dass Simon den türkisen Stein nicht für mich gekauft hat. Er steckt ihn in ein durchsichtiges Plastiksäckchen und lässt ihn in seiner Jackentasche verschwinden.

„Der gute Mann hat lauter gefälschtes Zeug, made in China", sagt er, als wir die Plaza überqueren.

„Warum hast du ihm dann etwas abgekauft?"

„Ich will seine Fingerabdrücke an das Departement schicken."

Erstaunt blicke ich den Detective an. Hat auch er Mike in Verdacht, meine Eltern umgebracht zu haben? Hat er sich von Orlandos Paranoia anstecken lassen?

Orlando ist bester Laune. Er hängt sich bei mir ein. „Siehst du, der Detective hört auf mich", sagt er stolz.

Nach unserem Stadtbummel gehen wir zu einem Café, in dem wir mit dem pensionierten FBI-Agenten, der damals bei der Ermordung meiner Eltern für die Ermittlungen zuständig war, verabredet sind.

Ich bin voreingenommen gegenüber diesem Mann. Für mich ist er ein Versager. Und das sage ich auch zu Simon.

„Er hatte damals noch drei Wochen bis zu seiner Pensionierung. Wollte sich vermutlich nicht mehr anstrengen", sagt Simon. „Wahrscheinlich bringt ihn dieser Fall bis heute um seinen Schlaf. Jeder Polizist hat einen ungelösten Fall, der ihn schlecht schlafen lässt, ihn sein Leben lang beschäftigt. Detective Donally hat keinen besonders guten Ruf genossen. War angeblich bestechlich. Doch der Mord an deinen Eltern hat ihn offenbar nicht losgelassen. Er gibt immer noch jede kleinste, meist unwichtige Information über den Fall an uns weiter, hat er zumindest am Telefon behauptet. Und wir haben im Laufe der Jahre tatsächlich haufenweise Nachrichten von ihm bekommen. Leider waren sie nicht sehr hilfreich."

Das alte, hübsche und sehr europäisch anmutende Café befindet sich in einer Seitengasse der Plaza, die zur Kirche hinaufführt.

Wir sind als Erste dort.

Orlando und Simon sind große Naschkatzen. Ich betrachte sie neidisch. Beide sind superschlank. Wenn ich so viel süßes Zeug in mich hineinstopfen würde, wie sie es tun, wäre ich eine Tonne.

Kaum haben sie ihre Bestellung bei der Kellnerin abgegeben, mache ich mich über ihre Liebe zu Donuts und anderen Süßigkeiten lustig.

„Ihr zwei seid so richtige Sweethearts“, sage ich. „Habt ihr eigentlich in letzter Zeit mal euren Blutzuckerspiegel kontrollieren lassen?“

Simon und Orlando grinsen sich verschwörerisch an.

Ein alter, übergewichtiger Mann, dem man den Polizisten nach wie vor ansieht, nähert sich mit schlurfenden Schritten und gebeugten Schultern unserem Tisch. Er mustert die anderen Gäste mit kritischem Blick.

Nachdem wir uns alle drei höflich vorgestellt haben, nimmt er den vierten Stuhl, dreht ihn um und setzt sich drauf. Stützt seine Arme auf die Lehne.

Ich rieche seine Fahne, obwohl ich mindestens eineinhalb Meter von ihm entfernt bin. Er sieht aus wie ein schwerer Trinker. Rotgeäderte wässrige Augen, aufgequollene Schnapsnase, geplatzte Äderchen im ganzen Gesicht.

Er bestellt einen Whisky und fragt uns gereizt: „Was wollt ihr von mir? Ich habe euch alles, was ich weiß, schriftlich zukommen lassen.“

„Mit Ihnen reden. Vielleicht fällt Ihnen ja noch etwas ein. Jede Kleinigkeit kann wichtig sein ...“

Er geht nicht auf Simons Worte ein. „Dieser Doppelmord bei der Cadillac Ranch in Texas hat mich jahrelang verfolgt“, sagt er.

„Mich auch“, sage ich.

„Sie ist die Tochter des ermordeten Paares.“

„Das hast du mir schon am Telefon gesagt. Ich habe hunderte Fälle aufgeklärt, nur diesen einen nicht. So ist es eben."

„Wir haben vor kurzem einen der Täter gefasst. Der andere ist, wie gesagt, weiterhin auf freiem Fuß."

„Tja. Es gibt viele frei herumrennende Verbrecher in unserem Land."

Ich verschränke die Arme und lege meine Finger über die Oberarme, als wäre mir plötzlich kalt.

„Es gibt eine neue Spur. Ein Kerl, der ‚The Snake' genannt wird", sage ich frostig.

„Kennt ihr seinen richtigen Namen?" Er sieht Simon an, obwohl ich mit ihm rede.

„Leider nein. Angeblich treibt er sich in den Wüsten New Mexicos und Arizonas herum ..."

„Das ist keine neue Spur. Wir haben damals nach einem verrückten grünäugigen Halbblut gefahndet. Aber die Fahndung ist im Sand verlaufen."

„Davon steht nichts in deinen Berichten. Was habt ihr über ihn herausgefunden?", fragt Simon.

„Er hat kein Herz gehabt, war ein brutales Schwein und extrem gefährlich. Das haben zumindest die Rothäute behauptet, bei denen er eine Zeit lang gelebt hat."

„Wo war das?", frage ich schnell. Mir ist nicht entgangen, dass Simon bei dem Schimpfwort „Rothäute" zusammengezuckt ist.

„In einem Hopi-Reservat, in der Nähe von Gallup."

„Und ...?"

„Ich bin in Rente geschickt worden. Meine Nachfolger haben sich nicht mehr für diesen alten Fall interessiert."

Ich bin nahe am Explodieren.

„Aber du hast weiter Nachforschungen angestellt", sagt Simon betont gelassen. Ich sehe das bedrohliche Funkeln in seinen dunklen Augen.

„– die nichts gebracht haben. Deine Kollegen in Las Vegas haben es nicht einmal der Mühe wert gefunden, sich für meine Hinweise zu bedanken." Der Blick, den er Simon bei diesen Worten zuwirft, verrät alles.

Was für ein eitler, frustrierter, alter Mann!

„Ich entschuldige mich für meine Kollegen", sagt Simon fast devot.

Verblüfft schaue ich ihn an.

„Ich habe alle deine letzten Informationen gelesen. Über einen Mann namens Jimmy ‚The Snake' habe ich nichts gefunden."

„Kein Wunder. Der ist seit einer ganzen Weile tot. Er war im Irak stationiert und ist 2007 bei einem Bombenattentat ums Leben gekommen."

Ich muss sogleich an den Halbindianer „White Snake" denken, der ja angeblich ebenfalls im Irak gefallen ist.

Orlando, der seit dem Beginn dieses unerfreulichen Gesprächs geschwiegen hat, mischt sich plötzlich ein. „Woher wissen Sie das?"

„Ich hab eben meine Beziehungen, Honey."

„Im Ernst, woher hast du diese Information?", schaltet sich Simon wieder ein.

„Ein Halbblut namens Jimmy Rattle aus Taos steht auf der Vermisstenliste. Er war einer dieser Söldner, die nicht mehr in die Staaten zurückgekehrt sind."

„Das heißt nicht unbedingt, dass er tot ist."

„Was denn sonst, du Klugscheißer."

Simon bleibt ganz ruhig, schaut den alten Säufer verächtlich an und sagt leise: „Verschwinde!"

Ex-Detective Donally erhebt sich provokant langsam von seinem Stuhl, stiert Simon unverschämt ins Gesicht und murmelt etwas von „Scheiß-Rothaut".

Simon springt auf.

„Bitte beherrsch dich", sage ich laut.

Er beachtet mich nicht. Verpasst dem alten Mann mit seiner Linken einen Haken unters Kinn.

Donally gerät noch mehr ins Wanken, wirft im Fallen einen leeren Stuhl vom Nachbartisch um und landet auf dem schönen Holzboden des Cafés.

„Zahlen", rufe ich verzweifelt. Lege zwanzig Dollar und ein paar Münzen auf den Tisch und verlasse fluchtartig das Lokal, ohne mich nach Simon und Donally, der sich gerade hochzurappeln versucht, umzudrehen.

Simon und Orlando kommen ein paar Minuten später nach.

Donally hat sich auf die Toilette des Lokals verzogen. Das habe ich durch das große Schaufenster mitbekommen.

„Arschloch", sage ich.

„Ich hoffe, du meinst nicht mich", sagt Simon mit sanfter Stimme.

„Du bist mein Held! Du warst echt super. Richtig abgefahren, dein linker Haken!" Orlando strahlt Simon an.

„Verzeih", sagt Simon und legt mir seinen Arm um die Schultern.

Ich schüttle ihn ab. „Ich steh nicht auf Schlägereien."

„Ich wollte immer schon mal einem FBI-Agenten eine Abreibung verpassen."

„Sehr witzig. Du bist doch selber einer. Außerdem bringt das normalerweise zehn Jahre Gefängnis, oder?"

„Ja, aber bei einem pensionierten FBI-Beamten vielleicht nur fünf."

„Ich kann einfach nicht glauben, dass du das getan hast. Der Kerl ist ein Ekel, aber er ist ein alter kranker Mann. Wie konntest du ihn bloß zusammenschlagen?"

„Jetzt übertreib nicht so, Kafka! Simon hat ihm nur einen Kinnhaken verpasst. Das war keine große Sache. Mein Gott, bist du empfindlich." Orlando hängt sich bei mir ein und schlägt vor, essen zu gehen. „Raufereien machen mich hungrig“, sagt er.

„Ich finde, es ist viel zu früh fürs Abendessen. Außerdem habt ihr doch gerade zwei Donuts verdrückt.“

Simon gibt mir kleinlaut Recht.

Abends gehen wir in ein mexikanisches Restaurant in der Nähe der Plaza.

Ich bestelle wieder Chimichanga, mein absolutes Lieblingsgericht hier im Südwesten. Dieses Mal ist mein dicker Fladen mit Faschiertem und Avocados gefüllt.

„Dein Chimi-Chimi-Zeug sieht aus wie eine mexikanische Frühlingsrolle“, sagt Orlando, der seine mit Gemüse gefüllten Empanadas ebenfalls zu genießen scheint.

Nach dem Essen trinken Simon und ich im Clubraum, einem Nebenzimmer, in dem Rauchen erlaubt ist, ein Gläschen kalifornischen Weißwein. Orlando bestellt sich einen Shirley Temple.

Wir sind nach wie vor frustriert, oder zumindest Simon und ich sind es. Orlando plappert fröhlich vor sich hin, meint, dass Simons Exfrau bessere Drinks gemixt hätte als dieser umwerfend gut aussehende schwarze Barkeeper hier. Der Schwarze hat ihn keines Blickes gewürdigt, obwohl Orlando offensiv mit ihm zu flirten versucht hat.

Eingehüllt in dichte Rauchschwaden heben Simon und ich unsere Gläser, stoßen miteinander an, kippen den Alkohol hinunter und stellen die leeren Gläser wieder auf den Tresen.

„Schmeckt nach gar nichts.“ Orlando nippt an seinem alkoholfreien Cocktail.

Simon ruckt mit dem Kinn Richtung Barkeeper. Deutet auf die leeren Gläser und legt ein Bündel Dollarscheine auf die Theke.

„Ich möchte jetzt eine Bloody Mary“, sagt Orlando mit betont tiefer Stimme und zwinkert dem feschen Barmann aufreizend zu.

„Dieser Donally ist ein Idiot“, sagt Simon. „Kein Wunder, dass der Mord an deinen Eltern damals nicht aufgeklärt worden ist. Zum Glück sind nicht alle Detectives im Südwesten so daneben. Mein Onkel, Ben Nighthorse, war Sheriff bei der Navajo Tribal Police. Da die Reservate der Jurisdiktion von Washington unterstehen, sind sowohl der Doppelmord in Mesa Verde als auch die Ermordung des Pärchens im *Royal Hawaiian Motel* formal in den Zuständigkeitsbereich des FBI gefallen. Doch die Kleinarbeit vor Ort ist natürlich an der Tribal Police hängen geblieben. Ben kennt bestimmt den einen oder anderen Kollegen, der damals mit einem dieser Fälle befasst war. Vielleicht kann er uns helfen. Falls er sich nicht schon um den Verstand gesoffen hat.“ Ein zynisches Lächeln umspielt seinen Mund. Er nimmt sein Handy aus der Hosentasche und ruft seinen Onkel an. Verabredet sich mit ihm in Gallup.

„Das liegt auf unserer Strecke“, sagt er. „Vielleicht treffen wir ihn auch schon vorher beim Pow Wow in Albuquerque.“

Simon und ich sind nach den vielen Gläschen, die wir geleert haben, leicht beschwipst. Eingehängt wanken wir durch die nächtlichen Straßen von Santa Fe zu unserem Privatquartier.

Als wir zuhause angelangt sind, lässt sich Simon angezogen auf die Couch im Wohnzimmer fallen und schläft, umgeben von einem halben Dutzend niedlichen Stofftieren, sofort ein.

Orlando wirkt relativ nüchtern, ist aber auffallend schweigsam. Kaum liegen wir in unserem Doppelbett, macht er mir eine Eifersuchtsszene.

„Sag mir endlich die Wahrheit. Bist du in unseren Detective verliebt oder nicht? Ich halte das nicht mehr länger aus. Ihr schäkert dauernd herum. Muss ich euer Getue ernst nehmen oder spielst du bloß mit ihm? Glaubst du etwa gar, dass er bisexuell ist?"

Was für eine sinnlose Diskussion! Ich drehe mich auf meine Einschlafseite und höre ihm nur mehr mit einem Ohr zu.

„Übrigens bin ich mir mittlerweile sicher, dass Mike Logan der zweite Mörder ist. Seine Augen haben ihn verraten", zischt mir Orlando ins linke Ohr. „Der alte Detective hat gesagt, dass dieser Jimmy grüne Augen hatte. Mikes Augen sind graugrün! Wahrscheinlich hat er einfach einen neuen Namen angenommen ..."

14.
Albuquerque, New Mexico, April 2012

Wir erreichen Albuquerque am späten Nachmittag.

Simon und Orlando sind erst gegen Mittag aufgestanden und brauchten mehrere Tassen Kaffee und Donuts, bis sie endlich bereit waren, aufzubrechen.

„Bei diesem ‚Gathering of Nations' sind jährlich mehr als die Hälfte der tausend noch existierenden Indianerstämme vertreten. Dreitausend amerikanische Ureinwohner, von Alaska bis Lateinamerika. Pow Wows sind wundervolle Erfahrungen, glaubt mir!", sagt Simon, als wir uns dem großen Basketball-Stadion nähern.

„Glaube ich dir aufs Wort. Mich interessiert momentan aber mehr dieser Jimmy Rattle. Ist er tatsächlich tot?"

„Ich habe bereits mit meinen Kollegen in Vegas gesprochen. Sie werden sich darum kümmern. Wenn er nur vermisst wird, werden wir es spätestens morgen wissen."

Alle Parkplätze rund um das Stadion sind besetzt. Wir parken auf einem sandigen Gelände, etwa hundert Meter entfernt.

Zur Eröffnung des Pow Wow kommen wir zu spät. Der Einzug der verschiedenen Stämme ist bereits über die Bühne gegangen, als wir die Arena betreten.

Von oben sieht das Spielfeld aus wie eine blühende Wiese. Hunderte Indianer in wunderschönen fantasievollen Kostümen tanzen, lachen, pfeifen und singen. Der Lärmpegel ist enorm.

„Das ist der absolute Wahnsinn! Ihre Farbenkombinationen sind mehr als gewagt", sagt Orlando. „Oder hast du schon jemals ähnlich irre Rot-Gelb-Grün- und Blaukombinationen gesehen, die so perfekt miteinander harmonieren? Ich denke, die europäischen Modedesigner sollten sich mal von den Indianern inspirieren lassen."

Mich macht diese Farbenpalette fast schwindlig.

Wir suchen uns einen Platz, gehen eine der steilen Stiegen hinunter.

Als einige der Teilnehmer den Boden der Arena verlassen und uns entgegenkommen, zückt Orlando seine Kamera.

„Darf man hier fotografieren?", frage ich überflüssiger Weise, denn die Blitzlichter unzähliger Kameras erhellen den dunklen Zuschauerraum.

Der kostbare Federschmuck eines sehr dicken Indianers kitzelt meine Nase. Er trägt, so wie viele andere Männer, prächtige Halsketten und Armreifen. Manche haben ihre Stirn mit kunstvoll gearbeiteten Gehängen geschmückt. Türkise, Korallen und andere Steine, deren Namen ich nicht kenne.

Kaum haben wir uns auf die Plätze gesetzt, die Simon in der dritten Reihe für uns ergattert hat, beginnen die Trommler leise und langsam auf ihre Becken zu schlagen.

Die Töne gehen in der brodelnden Arena fast unter. Doch sie werden von Schlag zu Schlag lauter.

„Die große Trommel repräsentiert beim Pow Wow den Herzschlag. Ihrem Schlag folgen alle Tänzer“, erklärt uns Simon.

„Es gibt ganz viele verschiedene Trommeln“, sagt Orlando.

„Natürlich. Es kommt auf die Tänze und Gesänge an. Für traditionelle Lieder werden aber nur traditionelle Trommeln verwendet.“

Orlando ist hingerissen vom Tanz der jungen Männer. Keiner der Burschen scheint älter als zwanzig zu sein. Ihre Tänze sind sehr wild, sehr archaisch.

„Sie zeigen ihre Kraft, ihre Schnelligkeit und vor allem ihre Männlichkeit. Viel mehr hat ihr Tanz nicht zu bedeuten.“ Simon lächelt mich an.

„Hast du dich auch einmal so aufgeführt?“ Lachend zeige ich auf zwei eher schmale kleinere Burschen, die sich ein paar Meter vor uns wie in Trance dem Trommelwirbel hingeben. Alles um sie herum scheint eine einzige Kulisse für ihre fast schon akrobatischen Bewegungen zu sein. Ich bilde mir ein, dass ihr Keuchen und Stampfen bis zu uns herauf hörbar ist. Angesichts all des Lärms ist das völlig unmöglich. Ihre mit kräftigen Farben bemalten Gesichter wirken furchterregend. Als sie später knapp an uns vorbei die Stiege hinaufgehen, sehe ich ihre Kindergesichter aus nächster Nähe. Ihre Mienen verraten vor allem Erschöpfung.

Es folgen Schellentänze, Grastänze, Regentänze und andere Gruppentänze ... Orlando und ich kommen aus dem Staunen nicht mehr heraus.

„Die Wettbewerbe in den verschiedenen Altersklassen, und meist nach Geschlechtern getrennt, laufen den ganzen Tag über“, sagt Simon. „Jetzt kommen gleich meine Leute.“

Der Detective wirkt leicht nervös. „Der Stamm der Winnebago ist stark vertreten." In seiner Stimme schwingt Stolz mit. „Als junger Mann habe ich auch an solchen Tänzen teilgenommen. Zuletzt als ich aus dem Irakkrieg heimgekommen bin. Meine Leute haben eine Homecoming Celebration für mich veranstaltet.

„Und was ist da passiert?", fragt Orlando neugierig.

„Nichts anderes als Gesänge, Tänze und Gebete. Ich war damals fast gerührt, als die Trommler losgelegt haben und meine Leute in die kleine Arena im Heimatort meiner Vorfahren eingezogen sind. Sie waren geschmückt mit Adlerfedern, der US-Fahne und der Veteranen-Fahne. Hinter ihnen sind die Tänzer in ihrer Tracht gekommen. Während sich alle aufgestellt haben, ist das Fahnenlied gesungen worden. Die Gästetrommel hat danach das ‚Vier kleine Priester'-Lied angestimmt ... Aber lassen wir das jetzt. Ich hoffe, sie führen heute den Büffeltanz auf. Er gehört zu meinen Lieblingstänzen, weil er die Gesundheit fördert."

Mittlerweile habe ich mich an Simons schrägen Humor gewöhnt. Dennoch frage ich: „Wie bitte?"

„Wenn die Büffel zurückkommen, wird es den Indianern wieder besser gehen, glauben zumindest die Ho-Chunk. Büffelfleisch ist viel gesünder, hat weniger Fett als normales Rindfleisch. Indianer sind extrem anfällig für Diabetes. Fast jeder zweite wird bei uns zuckerkrank. Wir vertragen dieses Junkfood noch schlechter als die Weißen. Ist angeblich wirklich genetisch bedingt."

Ich weiß nicht so recht, ob er mich wieder einmal auf den Arm nimmt oder nicht. Wenn alle Indianer so versessen auf Süßes sind wie Simon, wundert es mich nicht, wenn sie Diabetes bekommen.

Faszinierend folge ich den seltsamen Verrenkungen der Tänzer. Ich fühle mich wie verzaubert. Spüre jeden Trommelschlag in meinem Bauch.

Simon schlägt vor, dass wir uns ein bisschen die Beine vertreten. „Zur ‚Miss-Indian-World-Wahl' müssen wir rechtzeitig zurück sein", sagt er. „Die will ich nicht versäumen."

„Oh nein! Müsst ihr den Weißen denn jeden Scheiß nachmachen?"

„Habe ich es mir doch gedacht, dass du der Misswahl nichts abgewinnen kannst." Er sieht mich verschmitzt an. „Lass dich überraschen ..."

„Komm, sag schon?"

„Bei dieser Miss-Wahl geht es nicht so sehr um Idealfigur oder ein schönes Gesicht. Außerdem haben Indianer ein anderes Schönheitsideal als Weiße. Meine Tante Esther mit ihren hundertdreißig Kilo hätte zum Beispiel, trotz ihrer Leibesfülle, bei diesem Wettbewerb gute Chancen."

„Wie bei den Arabern. Werden die Frauen gewogen?", fragt Orlando interessiert.

„Ja, und mit Mustangs bezahlt. Hast du das nicht bei Karl May gelesen?"

„Siehst du, Kafka, Simon kennt Karl May!"

Ich verdrehe die Augen.

„Hast du gedacht, wir Wilden kennen den nicht, Kafka?" Simon spricht meinen Nachnamen wie „Kefkä" aus und entlockt mir damit ein Grinsen.

„Also, im Ernst. Das ist kein reiner Schönheitswettbewerb. Die Frauen der verschiedenen Stämme treten in diversen Bewerben gegeneinander an, Gesang, Tanz, Kostüm und was weiß ich ... Prämiert werden vor allem ihre Fertigkeiten und Talente."

„Das will ich sehen", sagt Orlando und wirft mir einen drohenden Blick zu.

„Von mir aus, aber zuerst möchte ich was trinken."

Simon lässt die Decke, die er mitgebracht hat, auf unseren Sitzen liegen.

„Würden Sie bitte unsere Plätze freihalten?“, ersuche ich die beiden Holländerinnen hinter uns, die die ganze Zeit ebenso begeistert wie Orlando fotografiert hatten.

Wir steigen die nicht enden wollenden Stufen hinauf zur Galerie.

Orlando und ich sind völlig außer Atem, als wir oben angelangt sind. Simon atmet relativ ruhig und regelmäßig. Der Mann scheint eine Bombenkondition zu haben, obwohl er auch raucht. Wahrscheinlich trainieren FBI-Männer täglich, denke ich.

Auf der Galerie reiht sich ein Verkaufsstand neben den anderen. Schmuck, Musikinstrumente, traditionelle Kleidung, handgemachte Mokassins, Erfrischungen, Snacks ...

Wir decken uns mit Mineralwasser ein.

Ich halte Ausschau nach Mike Logan. Bestimmt treibt er sich auch hier herum und versucht seinen Türkisschmuck, made in China, loszuwerden.

Simon bleibt plötzlich stehen und begrüßt einen alten Mann mit langen weißen Haaren. Der Greis ist sehr ärmlich gekleidet. Halb verborgen durch eine Zeltplane, lehnt er am Geländer.

Simon redet mit ihm in einer Sprache, von der ich kein Wort verstehe. Nach einer Weile dreht er sich zu Orlando und mir um und macht uns mit dem Alten bekannt.

„Sein Name ist Rolling Thunder. Er ist ein berühmter Navajo-Heiler. Verzeiht, wenn ich mit ihm in unserer Sprache rede. Er ist ein weiser Mann, hat in seinem langen Leben tausende Menschen behandelt, aber er spricht kaum englisch. Schaut euch ein bisschen um. Wir treffen uns in einer halben Stunde wieder hier, okay?“

Orlando und ich schlendern durch das Stadion. Immer wieder bleiben wir stehen und sehen uns die hübschen

Sachen an den Ständen an. Orlando kauft einen Traumfänger und ein silbernes Armband mit einem türkisen Stein.

Auch hier oben spüre ich das Vibrieren der Trommeln in meinem Bauch. Verstehe jetzt endlich all diese Esoterikerinnen, die so scharf auf Trommelkurse sind. Kommt ja fast einem Orgasmus gleich, was sich da in meinem Unterleib abspielt.

Plötzlich erblicke ich ein bekanntes Gesicht. „Das darf nicht wahr sein, schau mal, wer da ist", sage ich zu Orlando.

Jamie, unser Retter aus dem Death Valley, steht neben Claire an einem Stand in der Nähe eines der zahlreichen Eingänge des Stadions. Sie haben vor allem Navajo-Silberschmuck auf einem Tapeziertisch liegen.

Clair verhandelt gerade mit einer weißen Kundin.

Jamie sieht ungepflegt aus. Sein Jeanshemd ist marmoriert von Fett- und Schweißflecken.

Jetzt hat er uns auch entdeckt. Er scheint ebenfalls überrascht zu sein. Begrüßt uns mit einem knappen „Hi".

„Wie geht's?", frage ich ihn.

„Beschissen. Die Leute gaffen nur blöd, kaufen aber nicht."

Claires potentielle Kundin wirft ihm einen wütenden Blick zu und verlässt den Stand.

Ich begrüße Claire mit einer Umarmung. Egal, was diese Navajo für Bräuche haben, ich mag diese Frau.

Sie sieht sehr müde aus und hat ein blaues Auge.

„Wie ist das passiert?", frage ich sie entsetzt.

„Hab beim Aufbau des Standes nicht aufgepasst und einen Holzpflock ins Auge gekriegt."

Sie lügt. Ich bin mir sicher. Werfe Jamie einen argwöhnischen Blick zu. Er blödelt mit Orlando, versucht, ihm ein Paar silberne Ohrringe anzudrehen.

„Ist Tom nicht hier?“

„Einer hat auf der Tankstelle bleiben müssen. Das Los ist auf ihn gefallen.“

„Ich will rasch eine rauchen, aber wir kommen wieder“, sage ich zu Claire, als sich ein junges indianisches Pärchen für ihren Schmuck interessiert.

Als wir uns ein paar Meter von ihrem Stand entfernt haben, höre ich Jamie sagen: „Was wollen die hier? Spionieren sie uns nach?“

Orlando hat es aufgegeben, mich wegen jeder Zigarette zu kritisieren. Geduldig wartet er mit mir vor dem Eingang, bis ich fertig geraucht habe.

„So ein Zufall. Die haben gar nichts davon gesagt, dass sie zum Pow Wow wollen“, sage ich.

„Wir ja auch nicht.“

„Damals haben wir noch nicht gewusst, dass wir hierherfahren werden. – Wir kaufen ihr was ab. Das sind wir ihr schuldig“, sage ich.

„Sie hat keine besonders schönen Sachen.“

„Egal, irgendwas werde ich schon finden.“

Als wir zu ihrem Stand zurückkehren, ist sie allein. Jamie ist nirgends zu sehen.

Ich entscheide mich für ein silbernes Kettchen mit einem türkisen Anhänger. Sie will mir die Kette schenken. Ich bestehe darauf, sie zu bezahlen. Wir streiten ein bisschen. Ich setze mich schließlich durch.

„Das war kein Unfall, oder?“ Ich deute auf ihr rechtes Auge.

Claire schüttelt den Kopf.

„Jamie?“

„Nein.“

„Tom?“

Sie nickt.

„Warum lässt du dir das gefallen?“

„Er war sauer, weil er zuhause hat bleiben müssen. Tom ist nicht wirklich böse. Es hat ihm gleich danach wieder leidgetan. Er ist nicht ganz richtig im Kopf, rastet leicht aus, dreht wegen jeder Kleinigkeit total durch und schlägt dann alles kurz und klein, was ihm in die Quere kommt. Er kann sich einfach nicht beherrschen."

„Du bist verrückt. Warum entschuldigst du ihn?"

Sie schaut beschämt zu Boden. „Du hast Recht", sagt sie leise. „Ich habe keine Chance gegen die beiden. Jamie ist fast genauso schlimm wie Tom ..." Sie bricht ab.

Zwei ältere Frauen nähern sich ihrem Stand. Es sind die beiden Holländerinnen, die vorhin hinter uns gesessen sind.

„Ich komme wieder", sage ich zu Claire. „Bleib in ihrer Nähe", sage ich auf Deutsch zu Orlando, der mir folgen will. „Ich muss was holen."

Er runzelt die Stirn, widerspricht aber nicht, sondern schaut sich Claires Kettchen und Ringe genauer an.

„Kauf irgendwas für deinen nächsten Liebhaber", sage ich zu ihm.

Ich laufe zurück zu Simon, der noch immer mit dem alten Medizinmann plaudert. Bitte ihn um die Autoschlüssel. Ignoriere seinen fragenden Blick, nehme den Schlüssel und bin schon unterwegs zum Parkplatz.

Die Schrotflinte, die ich mir in der Trading Post im Valley of Fire gekauft habe, liegt eingewickelt in eine von Simons kostbaren Navajo-Decken auf dem Rücksitz. Ich schnappe sie mir samt der Decke und spaziere zurück zum Stadion.

Hinter dem Stadion erblicke ich ein riesiges Zelt und jede Menge Imbissbuden. Auch auf der Rückseite wird an den Eingängen kontrolliert. Die muskulösen Indianer-Jungs haben alle Bierdosen und Zigaretten in der Hand. Sie wirken leicht illuminiert und blödeln mit den jungen Mädchen am Eingang.

Eine hübsche Kleine wirft kurz einen Blick auf mein papierenes Armband, das mich als zahlende Besucherin ausweist. Die Decke unter meinem Arm interessiert sie nicht.

Es dauert eine Weile, bis ich mich in der Halle wieder zurechtfinde. Erneut bin ich überwältigt von der Farbenpracht der Kostüme, von all den Bändern, Federn, Glasperlen und Fellen um mich herum.

Claire steht allein am Stand.

Ich überreiche ihr meine Flinte.

„Dieses Arschloch wird dich nicht mehr ungestraft schlagen", sage ich.

Ihr Gesicht ähnelt dem Pokerface von Simon. Ich lese weder Freude noch Entsetzen darin.

Geschickt, ohne dass man sieht, was sie in der Hand hält, wickelt sie die Flinte unter ihrem Tapeziertisch in Packpapier und gibt mir Simons Navajo-Decke zurück. „Danke", sagt sie ganz ruhig und schaut mich lange an.

Von wegen, dass Indianer einem nicht in die Augen sehen, lieber Simon, denke ich.

„Dein Freund ist vom FBI." Es klingt weniger nach einer Frage als nach einer Feststellung.

„Ja. Er ist Detective."

„Ich habe alles so satt." Sie wischt sich mit der Hand über das verletzte Auge.

Ich erwarte, dass sie in Tränen ausbricht. Sie vergießt keine einzige Träne.

„Er wird dem Ganzen ein Ende machen. Rede mit ihm!", fordere ich sie auf.

Hunter ist zwar nicht zuständig für Misshandlungen und Vergewaltigungen, aber ich hoffe, dass ihm schon etwas einfallen wird. Da sagt sie plötzlich: „Tom und Jamie sind Highway-Piraten. Sie sind ständig, vor allem nachts, in der Wüste auf der Suche nach Unfallwagen. Schwerverletzte lassen sie meistens einfach liegen oder helfen etwas nach, damit sie rascher ins Jenseits gelangen. Die Leichen haben sie in der Wüste verscharrt."

„Wie bitte?"

„Hast du noch nie etwas von den Löchern im Sand gehört? Die Mafia hat ihre Opfer jahrzehntelang im Sand verbuddelt. Die Wüste rund um Las Vegas ist eine einzige riesige Grabstätte."

Entsetzt starre ich sie an.

„Du musst es ihm sagen! Ich kann nicht selbst zur Polizei gehen, da ich ihnen manchmal geholfen habe."

„Sie haben dich dazu gezwungen, nehme ich an?"

„Wie soll ich das beweisen?"

„Lass das meine Sorge sein. Danke, dass du mir vertraust. Ich werde mit Simon reden. Und dir wird nichts passieren, das schwöre ich dir!"

Jamie kommt auf den Stand zu.

Ich mache mich rasch aus dem Staub, will ihm nicht mehr begegnen.

Claires Geständnis hat mich sehr aufgewühlt. Orlando und ich haben also Schwein gehabt. Aber wo ist mein Freund abgeblieben?

Als ich mich dem Stand, an dem Simon nach wie vor mit dem alten Heiler redet, nähere, erblicke ich auch Orlando. Er steht neben ihnen am Geländer und schaut dem bunten Treiben unten in der Arena zu.

„Das ist echt krass", sagt er. „Gerade hat einer von diesen Burschen einen Rap hingelegt, so was hast du noch nicht gesehen. Und davor hat eine Indianerin ‚Maria' aus der West Side Story gesungen. ‚Maria, Maria, Maria'", trällert Orlando. „Dieser Pow Wow ist echt das Geilste, was ich je erlebt habe."

Leider kann ich seine Begeisterung nicht mehr teilen. Ungeduldig warte ich darauf, dass Simon endlich sein

Gespräch mit dem Alten beendet. Ich muss ihm unbedingt erzählen, was ich gerade von Claire erfahren habe.

„Du wirst es nicht glauben, Rolling Thunder kennt wahrscheinlich den Mann, den wir suchen“, sagt Simon in diesem Augenblick.

Die Highway-Piraten und Claires Probleme können warten, beschließe ich.

Der Alte sagt etwas in der Sprache der Navajo zu Simon.

„Er möchte, dass ich euch von dem Mann, den er ‚The Snake‘ getauft hat, erzähle.“

Rolling Thunder nickt die ganze Zeit mit seinem Kopf, der einem Totenschädel ähnelt.

„Er hat vor vielen Jahren einen Weißen nach einem Schlangenbiss behandelt. Es war ein kleines Wunder, dass der Mann den Biss überlebt hat. Deshalb hat er ihn ‚The Snake‘ genannt“, sagt Simon. „Der Mann ist von einer hochgiftigen Mojave-Klapperschlange gebissen und erst viele Stunden später von einem Freund zu Rolling Thunder gebracht worden.“

„Von Dick Carson?“

„Schon möglich. Rolling Thunder kann sich nicht mehr an den anderen erinnern. Er hat ihn nur kurz gesehen. Der Unterschenkel des Mannes war jedenfalls stark angeschwollen und gerötet. Auch die Lymphknoten in der Umgebung der Bissstelle waren geschwollen. Er hat fantasiert. Etwas von Heckenschützen und Giftgas gestammelt. Rolling Thunder hat befürchtet, dass sein Nervensystem angegriffen sei, dennoch hat er ihn auf traditionelle Art behandelt.“

Ein verschmitztes Lächeln erscheint in dem faltigen Gesicht des alten Medizinmannes, als er plötzlich in perfektem Englisch sagt: „Natürlich haben ihn weder die kühlenden Umschläge und Heilkräuter noch die Tänze und Trommeln meiner Stammesbrüder am Leben erhalten, sondern das Schlangen-Antiserum, das ich für solche Fälle immer parat habe. Ich habe nicht einmal seinen Unterschenkel amputieren müssen. Der Mann hat eine unwahrscheinlich gute Konstitution gehabt. Er war ein richtiger Krieger. Als er am Weg der Genesung war, hat er mir erzählt, dass er im Ersten Golfkrieg gekämpft hatte und verwundet worden war. Ein Kopfschuss hatte ihn außer Gefecht gesetzt. Er musste mehrere Operationen über sich ergehen lassen. Offensichtlich hatten ihn meine weißen Kollegen wieder gut hingekriegt, denn er wollte sich bald wieder als Söldner bewerben und zurück in den Mittleren Osten gehen."

„Haben Sie den Eindruck gehabt, dass er psychische Schäden davongetragen hat?"

„Sie meinen von der Kopfverletzung?"

„Ja."

„Kann gut sein. Die weißen Ärzte haben ihm eine Metallplatte eingesetzt. Irgendwo da oben." Er deutet auf die linke Seite seines Kopfes. „Ihm hat bestimmt ein wichtiges Zentrum im Gehirn gefehlt. Jedenfalls hat er sich sehr eigenartig benommen. Aber wir sind daran gewöhnt, dass sich Weiße uns gegenüber merkwürdig verhalten."

„In welcher Hinsicht eigenartig?"

„Ich habe ihn gefragt, ob er sich wegen seiner Kriegserlebnisse einer Reinigungszeremonie unterziehen möchte. Er hat sehr aggressiv auf meinen Vorschlag reagiert. Ich habe mir seine Reaktion nicht erklären können. Ihm hätte so eine Reinigung vor allem wegen des ganzen Schlangengiftes in seinem Körper nicht geschadet. Besonders seine Nieren waren stark in Mitleidenschaft gezogen."

„Wie funktioniert so eine Reinigungszeremonie?", fragt Orlando.

Wahrscheinlich will er jetzt auch gleich so eine Zeremonie über sich ergehen lassen, obwohl ihn die arme kleine Schlange in Mesa Verde nicht einmal berührt hat, denke ich.

„Wenn ein Indianer jemanden getötet hat, muss er sich einer Reinigungszeremonie unterziehen, das bedeutet sechzehn Tage in der Einsamkeit leben und fasten. Er darf nur reines Quellwasser trinken. Lasst euch das von Simon genauer schildern. Als er aus dem Irak zurückgekommen ist, hat er so eine Reinigung bei einem meiner Schüler gemacht." Der Alte verabschiedet sich nun von uns. „Ich muss mich umziehen. Ich tanze mit den alten Medizinmännern. In zwanzig Minuten sind wir dran."

Simon weigert sich, uns die Geschichte seiner Reinigung zu erzählen. „Ich erzähl euch das gern mal später. Jetzt hab ich keinen Kopf dafür."

„Denkst du, Rolling Thunder hat eine Ahnung, ob ‚The Snake' noch am Leben ist und wo er sich aufhalten könnte?", frage ich.

„Nein, hellsehen kann er nicht."

Es ist spät geworden. Die Miss-Indian-World-Wahl wird verschoben und erst gegen Mitternacht stattfinden. Wir haben keine Unterkunft für heute Nacht. In Albuquerque ist sicher jedes Hotel und Privatzimmer vergeben. Simon und ich sind uns einig, dass es klüger ist, auf die Misswahl zu verzichten und uns rasch einen Campingplatz in der Nähe zu suchen. Orlandos Protest überhören wir einfach.

Obwohl mir die Heilung des Mörders meiner Eltern nach wie vor durch den Kopf geht, erzähle ich meinen beiden Freunden, sobald wir im Auto sitzen, was Claire mir anvertraut hat. Ich sage nicht die ganze Wahrheit, nur, dass sie den Verdacht mir gegenüber geäußert habe, dass Jamie und Tom Unfallopfern auf dem Highway den Gnadenstoß versetzen würden.

Trotz der späten Stunde ruft Simon sofort einen seiner Kollegen an. „Ich bin offiziell auf Urlaub, kann diese Kerle nicht festnehmen. Aber wir werden sie kriegen. Keine Sorge."

Mord am Rio Grande, New Mexico, April 2012

Der Campingplatz am Rio Grande war ziemlich voll, obwohl die Temperaturen in der Nacht angeblich unter vierzig Grad Fahrenheit sinken würden. Er nahm an, dass sich die meisten Camper noch beim Pow Wow befanden. Auch bei den Zelten einer Motorradclique war kein Mensch zu sehen. Keine einzige Maschine. Nur in ein paar Wohnmobilen von Ganzjahresgästen – Zweitwohnsitze von Rentnern, die in unmittelbarer Nähe der Sanitäranlagen standen – brannte Licht.

Der Mond, der über den Bergen im Norden Albuquerques aufging, sah aus wie ein glühender Ballon. Dick geschwollen und tief orangerot hing er zwischen den hohen Gipfeln.

Zwei ältere Frauen machten im hellen Licht des Mondes komische Verrenkungen vor ihrem Zelt. Tai-Chi, vermutete er. Während seiner Zeit in Asien hatte er davon gehört, es jedoch nie selbst ausprobiert. Er benötigte keine Entspannung. Im Gegenteil, er schätzte einen erhöhten Adrenalinspiegel.

Die Frauen hatten ihr Zelt direkt am Fluss aufgestellt, weit entfernt von den anderen Zelten.

Er saß versteckt unter einer Weide, deren Äste im Wasser des Rio Grande untertauchten, und schaute den ungelenkigen Damen bei ihren Übungen zu.

Das Risiko, gesehen zu werden, war relativ gering. Auf jeden Fall gering genug, um den Überfall wagen zu können. Er liebte es, den Höhepunkt hinauszuzögern. Genoss die Vorfreude ungemein.

Es machte ihm Spaß, die Frauen in Ruhe zu beobachten. Unter ihren T-Shirts malten sich deutlich ihre Bäuche ab. Gegen ihr Übergewicht würde Tai-Chi auch nicht helfen. Ihnen fehlte, seiner Meinung nach, ein anständiger Fick. Er überlegte kurz, ob er es ihnen mit dem Griff seines Jagdmessers besorgen sollte. Verwarf die Idee aber wieder. Es würde ihm nur geringes Vergnügen bereiten, verglichen mit dem, was er eigentlich mit ihnen vorhatte.

Er fragte sich, welche der beiden er sich als Erste vornehmen sollte. Die mit dem blond gefärbten Kurzhaar war eine Spur attraktiver als ihre Freundin. Sie sollte länger in den Genuss kommen zu leiden.

Er bildete sich ein, ihre Sprache zu kennen, auch wenn er nicht verstand, was sie einander zuriefen. Entweder waren sie Deutsche oder Holländerinnen oder Skandinavierinnen. Auf jeden Fall aus Europa. Touristinnen also.

Er fand den Gedanken, Europäerinnen zu töten, plötzlich besonders reizvoll. Kein Hahn würde nach diesen alten Hühnern krähen. Die Botschaft ihres Landes würde sich ein bisschen wichtigmachen. Das FBI würde zu tun kriegen. Die Detectives vielleicht ein paar Überstunden schieben. Der Gedanke, dass er seit Jahren für Beschäftigung beim FBI sorgte, gefiel ihm außerordentlich. Eigentlich müssten ihm diese Sunnyboys dankbar sein. Töten mit Erlaubnis war langweilig, das wusste er aufgrund seiner langjährigen Kriegserfahrung. Jedenfalls hielt es dem Vergleich mit gesetzwidrigem Töten nicht stand.

Lächelnd ging er auf die beiden Frauen zu. Sie unterbrachen ihre Übungen, als sie ihn kommen sahen. Die Hübschere lächelte zurück. Die andere starrte ihn mit heruntergezogenen Mundwinkeln misstrauisch an.

„Hallo", sagte er.

Zögernd erwiderten beide seinen Gruß.

Er zeigte sich interessiert an Tai-Chi. Erwähnte, dass er lange Zeit in Asien gelebt hatte.

Die Hässlichere wagte zu fragen, in welchem Land er gewesen sei.

Neugierige Kuh!

Er zog sein Messer aus dem Schaft an seinem Gürtel und zielte auf die Stelle zwischen ihren großen Brüsten. Als sich die Klinge in das weiche Fleisch ihrer Titten bohrte, verzog sich ihr Mund zu einem Schrei. Doch kein Ton kam über ihre Lippen. Sie geriet ins Wanken, kippte um, fiel zu Boden. Aber sie war ein zähes Luder. Gab auf einmal entsetzliche Geräusche von sich, als er sich über sie beugte.

Er erstickte ihr Röcheln mit weiteren Stichen. Es bereitete ihm ein spezielles Vergnügen. Er hasste ältere Frauen.

Die andere hatte sich keinen Zentimeter bewegt, hatte mit offenem Mund und weit aufgerissenen Augen zugesehen, wie er ihre Freundin massakriert hatte. Sie machte auch jetzt keine Anstalten davonzurennen. Murmelte etwas. Wahrscheinlich flehte sie ihn um Gnade an.

Er weidete sich an der Angst in ihren Augen. Sein Messer traf sie in den Hals. Genau in die kleine Kuhle bei ihrer Kehle. Das Blut schoss in einer Fontäne heraus. Volltreffer. Die Spitze des Messers hatte ihre Halsschlagader durchtrennt. Er gratulierte sich zu diesem Meisterstück.

15.
Rio Grande, New Mexico, April 2012

Auf dem Campingplatz außerhalb von Albuquerque gibt es keine freien Plätze mehr. Auf einem großen Schild neben der Einfahrt prangt eine Kuh mit einem prallen Euter. Darunter hängt ein Schild auf dem „full“ steht.

„Wie originell“, murmle ich.

Wir fahren ein paar Meilen weiter.

Die Scheinwerfer von Simons Wagen erfassen plötzlich Radspuren am linken Straßenrand. „Lasst es uns dort unten versuchen.“ Simon deutet Richtung Fluss.

Wir holpern etwa zweihundert Meter über eine Wiese. Als das Ufer des Rio Grande in Sicht kommt, hält Simon an.

Wir stellen unser Zelt unter einer riesigen Weide direkt am Flussufer auf.

Simon parkt seinen Wagen genau davor. Das Mondlicht reicht aus, um die Heringe in die Erde zu schlagen.

Alte Weiden und Oleander, so groß wie Bäume, säumen das sandige Ufer, dahinter erstreckt sich eine Wiese.

Orlando zieht sich sofort ins Zelt zurück und macht den Reißverschluss zu. Seit uns der Heiler die Geschichte von dem Schlangenbiss erzählt hat, fürchtet er sich noch mehr vor Schlangen.

Er tut mir leid, aber ich weiß nicht, wie ich ihm helfen soll. Orlando hasst Camping prinzipiell. Heute ist er jedoch extrem unruhig und angespannt. Er bittet uns, in seiner Nähe zu bleiben.

Simon und ich setzen uns zwischen Zelt und Wagen auf die Wiese. Betrachten den Sternenhimmel und den Mond, der bereits ein Stück seiner Bahn zurückgelegt hat und jetzt genau über den Dächern der Hochhäuser von Albuquerque steht.

Es ist fast taghell. Ich komme mir vor wie auf einem Präsentierteller. Unwillkürlich muss ich an die Morde auf den Campingplätzen im Südwesten denken. Mit dem Detective an meiner Seite fürchte ich mich nicht wirklich. Trotzdem bin auch ich nervös. Bilde mir ein, böse Blicke in meinem Rücken zu spüren. Werden wir von jemandem beobachtet? Ich bekomme eine Gänsehaut und verfluche meine Hypersensibilität.

Simon, der ganz nahe bei mir sitzt, scheint zu bemerken, dass ich mich unwohl fühle, obwohl ich kein Wort gesagt habe.

„Was ist los mit dir?"

Mein Unbehagen erscheint mir selbst lächerlich. Wer soll hier schon sein?

Um meine Anspannung loszuwerden, beginne ich wie aufgezogen zu reden.

„Seit wir in diesem großen weiten Land unterwegs sind, habe ich viel über mein Leben nachgedacht. Zuhause bin ich oft frustriert, weil ich als vierzigjährige Historikerin keine ordentliche Anstellung finde und nach wie vor, wie während meiner Studienzeit, als Barkeeperin oder Kellnerin arbeiten muss. Wozu habe ich sechs Jahre lang Geschichte studiert und einen Master gemacht? Aber anscheinend sind Frauen in meinem Alter nicht mehr vermittelbar, und zwar in jeder Hinsicht."

„Das heißt, du hast auch keinen Freund?"

„Du sagst es. Mittlerweile habe ich mich damit abgefunden, allein zu bleiben. Und je länger ich hier in den USA bin, desto mehr wird mir klar, dass es gar nicht darum geht, was man macht, beruflich, meine ich, sondern darum, wie man lebt. Ich möchte in Zukunft mehr versuchen, einfach nur zu leben, ohne großen Ehrgeiz, ohne Erfolgszwang und Leistungsdruck, aber natürlich auch ohne Existenzängste. Ich bin nicht sehr anspruchsvoll. Was ich mir wünsche, ist ein Job, der mich nicht allzu viel Kraft und Energie kostet und der mir viel Zeit für mich selbst lässt. Wenn ich mir diese Art von Leben ausmale, empfinde ich fast eine Art Glücksgefühl. Jemand anderen in meiner Nähe würde ich vielleicht sogar als störend empfinden, weil andere Menschen immer fordern, drängen, bestimmen und nicht zulassen, dass ich meine Tage so verbringe, wie ich es möchte. Ich habe nie genügend Freiraum für mich selbst gehabt."

Ich greife nach einer von Simons Zigaretten. Er gibt mir Feuer. Ich berühre sanft seine Hand, streichle sie liebevoll.

„Auch die Einsamkeit hier gefällt mir", sage ich. „Ja, wirklich, schau mich nicht so ungläubig an. Ich habe mir die Wüste früher oft als etwas Furchterregendes und gleichzeitig Langweiliges vorgestellt. Wenn du mir vor einem Monat prophezeit hättest, dass ich mich in dieser öden Gegend wohl fühlen und mich sogar an die mörderischen Temperaturen gewöhnen würde, hätte ich dich ausgelacht."

„Hier ist weit und breit keine Wüste. Wir sitzen am grünen Ufer des Rio Grande", sagt Simon lächelnd. Legt seinen Arm um meine Schultern und zieht mich eng an sich. „Auch ich liebe die Wüste. Der Sand erinnert mich an die Haut einer Frau. Weich und heiß und erregend. Und die Hitze kommt der Leidenschaft gleich. Die Nacht schleicht sich nicht an wie in den Städten. Sie kommt schnell, fast so schnell wie ein Wirbelsturm, der nichts mehr übrig lässt. Sie vernichtet alles und erlaubt zugleich alles, macht alles möglich, was am Tag noch unmöglich schien. Ich liebe die Nächte in der Wüste. Leider sind sie viel zu kurz. Schmerzlich sehnt man sich nach der Dunkelheit, der Kühle, und dann ist sie gleich wieder vorbei." Er spricht ganz leise, wie zu sich selbst.

Ich habe Mühe, seine Worte zu verstehen. Lehne meinen Kopf an seine Schulter und höre dem monotonen

Klang seiner Stimme weiter zu. Beinahe singend kommen die Worte aus seinem Mund: „Die Wüste ist nicht weit entfernt. Hörst du ihre Stimmen? Ja, du hörst sie auch, musst sie einfach hören. Du brauchst keine Angst zu haben."

Ich zittere, weil mir kalt ist.

„Die Wüste ist nicht wirklich gefährlich, nicht für diejenigen, die sie lieben. Man kann sich darin auch nicht verlieren. Jeder Stein, jeder Strauch sieht anders aus, besitzt eine eigene Farbe, eine eigene Form. Die Steine sind Wegweiser, keine Hindernisse. Komm einmal mit mir in die Wüste. Ich werde dir die Kakteen zeigen, die deformierten, die stolzen, die widerspenstigen. Hast du einmal Kakteen aufmerksam betrachtet? Sie wachsen jedes Jahr ein winzig kleines Stück, werden kräftiger und zäher. Ich mag sogar die verdorrten Sträucher am Straßenrand. Auch sie sind schön, wild und hartnäckig. Sie trotzen der Hitze. Keinem Sturm gelingt es, sie zu entwurzeln. Sie halten die Stellung. Außer irgendein Idiot von Autofahrer fährt sie nieder. Aber selbst dann stehen sie manchmal wieder auf und erholen sich. Du denkst bestimmt, dass ich verrückt bin. Ja, ich bin verrückt, so wie diese karge Landschaft, in der ich aufgewachsen bin und in der ich begriffen habe, was Leben für mich bedeutet."

Er verfällt in Schweigen. Auch mir ist nicht mehr nach Reden zumute.

„Langweile ich dich?", fragt er nach einer Weile.

„Wie kommst du auf diese blöde Idee." Ich lache verlegen.

Wir sehen uns an. Unsere Bierflaschen sind leer.

Er holt Nachschub aus seinem Wagen.

Als er sich wieder zu mir setzt, ist die Nähe zwischen uns verschwunden. Unsere Körper berühren sich nicht mehr. Es ist, als hätten wir Angst voreinander.

Wir trinken das zweite Bier ziemlich rasch. Ich spüre, wie mir der Alkohol zu Kopf steigt.

Behutsam lehne ich mich wieder an seine Schulter und sage: „Red weiter, ich höre dir so gerne zu."

Unsere Finger berühren sich zufällig.

Ich beuge mich zu ihm hinüber und küsse ihn auf den Mund. Er drückt mich fest an sich. Plötzlich schiebt er mich wieder sanft von sich weg.

„Wir sollten schlafen gehen", sagt er.

Simon klappt die Rücksitze seines Jeeps um. Legt sich quer in den Wagen und deckt sich mit seiner bunten Navajo-Decke zu.

Die Nacht ist kalt. Obwohl ich mich im Zelt eng an Orlando schmiege, friere ich.

Ein Hund beginnt zu jaulen und plötzlich ertönt in der Ferne bedrohliches Gekläffe.

„Was ist da los?" Orlando ist aufgeschreckt.

„Wilde Hunde. Aber die sind weit weg. Außerdem werden wir von einem Special Agent des FBI bewacht." Ich kichere blöde.

Als Orlando wieder eingeschlafen ist, schleiche ich mich aus dem Zelt und gehe zu Simons Wagen. Lege mich zu ihm.

Er schläft noch nicht. Nimmt mich in den Arm. Das Schiebedach ist offen. Schweigend betrachten wir den Sternenhimmel.

Er zeigt mir Capella, das Zeichen der Cassiopeia. Den Großen und den Kleinen Bären, Jupiter und Venus, die Milchstraße und die Myriaden anderer Sterne, die das Firmament erleuchten.

Zärtlich streicht er über meinen rechten Handrücken. Seine Fingerspitzen spielen mit meinem Handgelenk. „Du hast sehr schöne Hände."

Ich nehme meine Hand nicht weg. Überlasse sie ihm.

Seine Lippen streifen mein sonnenverbranntes Gesicht. Ich schließe die Augen, genieße seine Zärtlichkeit. Seine Hände wandern weiter, streicheln meinen Hals. Dann berührt er jede Stelle, die er mit seinen Fingern gestreichelt hat, mit den Lippen. Seine Finger verfangen sich in meinem Haar. Seine Liebkosungen haben nichts Drängendes, nichts Forderndes.

Ich sehne mich nach mehr. Beginne unmerklich zu zittern, aber ich rühre mich nicht, habe Angst, dieses wunderbare Gefühl würde aufhören, wenn ich mich bewege. Er nimmt mein Gesicht in seine Hände und bedeckt es erneut mit Küssen, beginnt bei meiner Stirn, geht über zu den Schläfen, den Augen, den Wangen. Dann erst suchen seine Lippen meinen Mund. Ein harter, verzweifelter Kuss.

Ich stoße ihn weg, bin total verwirrt.

Er presst seinen Körper an meinen.

Ich wehre mich nicht mehr, als er mich aus dem Wagen hebt, in eine Decke wickelt und mich ans Ufer des Flusses trägt. Eng umschlungen versinken wir im Sand. Lachend graben wir die Decke gemeinsam wieder aus, schlingen sie um unsere Schultern und liegen eine Weile regungslos nebeneinander. Ich weiß nicht, ob Minuten oder Stunden vergangen sind, als ich aufzustehen versuche.

Er bittet mich zu bleiben.

„Ich muss gehen. Orlando wird mich vermissen."

„Na und? Du musst nicht gehen, Katharina." Er spricht meinen Namen mit seltsamem Akzent aus. „Wir können hier bleiben, so lange wir wollen. Für immer, wenn du willst."

Feucht und schwül bricht der Tag an. Als ich am sandigen Ufer des Rio Grande erwache, hockt Simon bereits zusammengekauert an einem kleinen Feuer vor seinem

Jeep und versucht, in einem Topf Wasser für löslichen Kaffee heiß zu machen.

Ich blinzle im frühmorgendlichen Sonnenlicht. Sehe, wie sich die Landschaft aus dem grauen Licht schält: flaches Land, unendliche Weite und dahinter im Osten die dunklen Umrisse der Berge, hinter denen die Sonne aufgeht. Die Berge beginnen zu leuchten. Rosa, fast blau.

Simon hebt den Kopf und blickt mich forschend an.

Ich gebe ihm einen Guten-Morgen-Kuss auf die Wange, bevor ich mich zu ihm setze.

Leichter Wind kommt auf.

Ein magerer brauner Köter streunt vor dem Zelt, in dem Orlando schläft, herum. Pinkelt ausgiebig an das Vorderrad des Jeeps und trottet wieder davon.

Ich schlage vor, uns im Minimarket am Campingplatz Frühstück zu besorgen. Simon fährt mich hin, nachdem wir mit dem scheußlichen Kaffee die Wiese gedüngt haben.

Am Campingplatz ist die Hölle los. Noch vor Simon erblicke ich das gelbe Absperrband, das über die Einfahrt zum Campingplatz gespannt ist. Hundert Meter weiter verbreitert sich die zweispurige Piste zu einer weiten Grasfläche, die verstopft ist mit Autos: ein alter blauer Lieferwagen, drei Streifenwagen der Highway Patrol und ein nagelneuer Ford.

Simon steigt aus und zeigt dem Deputy, der bei der Absperrung steht, seinen Ausweis.

Auch ich verlasse den Jeep und gehe zu den beiden Männern.

„Heute Nacht ist hier ein Doppelmord verübt worden“, sagt Simon.

„Nein, das darf nicht wahr sein!“

„Es scheint, als würde uns der Killer verhöhnen.“

Mein sechster Sinn hat mich gestern Abend also nicht getäuscht. Er war in unserer Nähe. Er hat uns beobachtet. Hat vielleicht gesehen, wie Simon mich küsste und streichelte. Mir wird schlecht. Am liebsten würde ich mich übergeben. Doch ich habe nichts im Magen, was ich von mir geben könnte. Warum hat dieses feige Schwein nicht uns angegriffen? Wahrscheinlich hatte er Schiss davor, einen FBI-Beamten zu attackieren. Aber wieso sollte er wissen, dass Simon vom FBI ist? In meinem Kopf dreht sich alles. Ich versuche, mich zusammenzureißen.

Simon verlangt den Sheriff zu sprechen und wird von dem Deputy anstandslos durchgelassen.

Ich laufe einfach hinter ihm her. Wahrscheinlich hält mich der junge Mann für Simons Assistentin.

Als wir bei den beiden mit Planen bedeckten Körpern angelangt sind, geht Simon in die Hocke und hebt die Plane über der ersten Leiche hoch. Die neben uns stehenden Beamten hindern ihn nicht daran.

Ich blicke in sein kantiges Gesicht mit der breiten Stirn, dem ernsten sinnlichen Mund und den schräg stehenden schwarzen Augen. Plötzlich weiten sich seine Augen und ich sehe, wie sein Blick flackert, während gleichzeitig alle Farbe aus seinem Gesicht weicht.

„Schau nicht her“, warnt er mich.

Ich schaue hin. Sehe ein bleiches Frauengesicht. Sehe die Wunde in ihrem Hals und ihren blutüberströmten Oberkörper. Ich presse die Lippen zusammen. Bedecke die Augen mit den Händen und wende mich ab. Ich kann nicht weinen. Mir ist nur übel.

Als er auch das Gesicht der zweiten Leiche freilegt, bin ich mir sicher, die beiden Frauen schon einmal gesehen zu haben. Sie waren gestern beim Pow Wow. Sind nach der Eröffnung in unserer Nähe gesessen und haben fotografiert, und ich bin ihnen am Stand von Claire dann ein zweites Mal begegnet. Zwei fröhliche, abenteuerlustige Holländerinnen, wenn ich mich nicht irre.

Simon wechselt ein paar Worte mit den zuständigen Beamten. Kurze Zeit später steht er wieder neben mir. Legt seinen Arm um mich und fragt mich besorgt: „Alles okay mit dir?"

„Zwei Frauen."

„Europäische Touristinnen."

„Messer oder Revolver?"

„Messer."

„Er war es. ‚The Snake' lebt und mordet fröhlich weiter, während wir uns aufführen wie ein Pärchen in einem romantischen Liebesfilm. Mir reicht's!", fauche ich Simon an.

„Was haben Sie hier zu suchen?" Ein schlanker jüngerer Typ mit Halbglatze und einer runden Hornbrille starrt uns böse an. Schwarzer Anzug, weißes Hemd, dezente dunkle Krawatte. Er sieht aus wie ein Priester. Wirkt sehr steif, als hätte er einen Stock im Kreuz. Die meisten FBI-Agenten kommen aus katholischen Privatschulen, habe ich irgendwo gelesen.

Simon stellt sich vor, zeigt ihm seine Marke und erklärt ihm, warum wir hier sind.

Der FBI-Agent wird zwar eine Spur freundlicher, fordert uns aber trotzdem auf, den Tatort zu verlassen.

In Simons Augen erscheint dieser Blick, den ich bereits kenne und fürchte. Bevor er wieder einen seiner Wutanfälle bekommt und noch einmal einen FBI-Mann niederschlägt, ergreife ich seinen Arm und zerre ihn von den Leichen weg.

„Lass uns gehen", sage ich. „Wir können hier sowieso nichts tun."

Simon ist deutlich anzumerken, dass er nicht bereit ist, klein beizugeben. Schließlich gibt er aber meinem Drängen nach.

Als wir, ohne Frühstück, zu unserem Zelt zurückkehren, empfängt uns Orlando mit Vorwürfen, dass wir ihn allein gelassen haben.

„Der Campingplatz-Mörder hat wieder zugeschlagen." Mit diesem einen Satz bringe ich ihn zum Schweigen.

Orlando sieht mich an, als wäre ich irre.

„Wir haben es eindeutig mit zwei Serientätern zu tun. Dem Campingplatz-Mörder und dem Route-66-Mörder Dick Carson."

16.
Route 66, New Mexico, April 2012

Auf unserer Weiterfahrt nach Gallup hängt jeder von uns seinen eigenen Gedanken nach. Simon scheint nicht gewillt, den Doppelmord am Rio Grande mit uns zu diskutieren. Er hat, während Orlando und ich das Zelt abbauten, ausgiebig mit seinem Büro telefoniert, uns aber nicht gesagt, was er mit seinen Leuten besprochen hat.

Ich bekomme die bleichen Gesichter der beiden erstochenen Frauen nicht aus meinem Kopf. Mein Magen spielt verrückt. Ich habe noch immer nichts gegessen und bin mir sicher, dass ich in den nächsten Stunden keinen Bissen hinunterkriegen werde. Diese armen Holländerinnen! Plötzlich sehe ich ihre begeisterten Gesichter beim Pow Wow vor mir. Daraufhin wird mir erst recht schlecht.

Nach einer guten Stunde, in der keiner von uns einen Ton von sich gegeben hat, biegt Simon vom Highway ab. Die schmale Straße endet in einem Feldweg. Sein Jeep wirbelt mächtig Staub auf, als er bremst. Ein uralter schwarzer Chrysler, der mit der Nase zur Straße steht, versperrt den Weg.

„Wir sind da. Das ist Bens Wagen. Mein Onkel scheint ausnahmsweise zuhause zu sein. Na ja, wir haben erst elf Uhr, selbst für ihn ein bisschen früh für einen Pubbesuch. Er ist übrigens mit einer sehr imposanten, energischen Navajo verheiratet. Tante Esther wird euch gefallen", sagt Simon. „Bitte erwähnt den Mord von gestern und auch die anderen Morde nicht vor ihr. Es würde ihr Heim verunreinigen."

Ein Haus, ein Trailer und ein Tipi. Keine Menschenseele zu sehen.

Da geht die Tür des Trailers auf und ein großer, schwerer Mann, nicht wirklich dick, aber aufgeschwemmt, kommt auf uns zu. Er nimmt seine Pfeife aus dem Mund und umarmt Simon herzlich. Orlando und mir schüttelt er so kräftig die Hand, dass wir beide vor Schmerz das Gesicht verziehen.

In diesem Moment öffnet sich die Tür des Hauses, das sich etwa zwanzig Meter entfernt von dem Wohnwagen befindet. Eine mindestens hundertdreißig Kilo schwere Frau bleibt zögernd auf der Türschwelle stehen, so als ob sich ihre Augen erst an den grellen Sonnenschein gewöhnen müssten. Dann stürzt sie sich mit einem hohen Schrei auf Simon, rennt ihn fast um. Sie herzt und küsst ihn so heftig, dass mir ganz Angst und Bang um ihn wird.

„Das sind meine Tante Esther und mein Onkel Ben", sagt Simon.

„Kommt herein, herein mit euch ..." Ihre Stimme passt nicht zu ihrem voluminösen Körper. Es ist die Stimme eines jungen Mädchens.

„Sie wohnt sehr traditionell", sagt Simon leise. „Zieht bitte eure Schuhe aus."

Sein Onkel bleibt draußen.

„Die beiden wohnen getrennt. Er hat Hausverbot", flüstert Simon.

Auf dem festgetretenen Lehmboden im Inneren des Hauses liegt ein Teppich im Navajo-Stil. Auf den Regalen stehen farbenfroh bemalte Tonkrüge und -schüsseln – die gleichen, die in den Galerien von Taos und Santa Fe ein kleines Vermögen gekostet haben.

Ein in die Lehmwand genagelter Kalender, in dem einige wenige Termine eingetragen sind, ein paar Fotografien und gewebte Tücher schmücken die Wände. Ein gelbes Wachstuch bedeckt den Tisch. Hinter einem Perlenvorhang befindet sich die Küche. Die zeigt uns Esther nicht. „Möchtet ihr mein Tipi sehen?", fragt sie stattdessen.

„Unbedingt", sage ich.

Orlando schlüpft, kaum dass wir draußen sind, wieder in seine Highheels und stolpert hinter uns her. Er bleibt mit den spitzen Absätzen an einem Gestrüpp hängen.

Esthers Tipi hat eine kreisförmige Grundfläche von etwa sechs Metern Durchmesser. In der Mitte ist eine Feuerstelle. Der Rest des Bodens ist mit Planen und Fellen ausgelegt. Vorne über dem Eingang gibt es eine Öffnung für den Rauch. Zwei Klappen, die von hinten mit zwei Stangen gehalten werden. Die Auskleidung innen reicht eineinhalb Meter hoch. Orlando fasst den festen Stoff an, der mit Naturfarben, vermutlich aus Beeren, bemalt und verziert ist.

„Ist das nicht wunderschön, Kafka?" Orlando strahlt.

„Traumhaft", sage ich. „Kindheitsträume werden wahr."

„Das Innenfutter dient vor allem als Windschutz", sagt Simon, der sich offensichtlich über unser Interesse genauso freut wie seine Tante.

„Tipis dienen heutzutage als zusätzlicher Wohnraum, also als eine Art Gästezimmer. Früher hat in so einem Zelt eine ganze Familie gewohnt. Tipi bedeutet übrigens ‚das Haus, das man benutzt'. Ihr seht, unsere Sprache ist sehr klar."

„Nennt man das nicht Wigwam?“, fragt Orlando.

„Nein, mein Lieber. Die Indianer im Nordosten unseres Landes haben Wigwams. Bei uns im Südwesten gibt es nur Tipis.“

Nicht zum ersten Mal fällt mir auf, dass Simon mit meinem Freund Orlando sehr nett umgeht, ihn fast wie einen Sohn behandelt.

Esther, die den kurzen Wortwechsel mitbekommen hat, lädt uns sofort ein, in ihrem Tipi zu übernachten.

Simon lehnt dankend ab. „Wir haben es ziemlich eilig, können nicht lange bleiben.“

„Aber zum Essen müsst ihr wenigstens bleiben.“

„Ich kann deinen Kochkünsten nicht widerstehen, das weißt du doch, Honey.“

Esthers Gesicht glänzt nicht nur vor Freude. Schweißperlen stehen auf ihrer Stirn. Der kleine Rundgang scheint sie sehr angestrengt zu haben.

„Wir essen draußen. Ich will Ben dabeihaben. Muss mit ihm reden“, sagt Simon in energischem Ton.

Sie will etwas erwidern, fügt sich aber, als ihr Neffe sie anlächelt. „Bitte Tante, ich sehe euch beide so selten.“

„Wenn du nie Zeit hast ...“

„Ich muss arbeiten ...“

„Das hat Ben auch immer gesagt und dann ist er stundenlang im Pub gesessen.“

Simon würgt die leidige Diskussion rasch ab, indem er zu Orlando und mir sagt: „Sie wohnen, wie gesagt, getrennt. Ben lebt im Trailer. Tante Esther hat ihn ausquartiert. Sie kocht und wäscht aber für ihn. Im Haus herrscht striktes Rauchverbot. Und er raucht wie ein Schlot.“ Simon zwinkert mir zu.

„Das stimmt nicht. Gäste dürfen bei mir rauchen. Nur Ben nicht. Wenn er raucht, säuft er auch. Er säuft sich zu Tode“, sagt Esther, der Simons Zwinkern nicht entgangen ist.

„Musst du nicht kochen gehen, Tante?“, fragt Simon lachend und tätschelt liebevoll ihre feiste Wange.

Kichernd geht sie ins Haus.

„Die beiden und ihre Nachkommen sind meine einzigen noch lebenden Navajo-Verwandten. Ben ist der Bruder meiner verstorbenen Mutter. Väterlicherseits habe ich viele Cousins und Cousinen. Die sehe ich noch seltener. Die Ho-Chunk wohnen zu weit weg. Ben und Esther haben sich nach dem Tod meiner Eltern sehr lieb um mich gekümmert. Ich war sechzehn, als mein Vater von einem Drogendealer erschossen worden ist. Meine Mutter hat seinen Tod nicht lange überlebt. Ist ein Jahr später an gebrochenem Herzen gestorben. Dass ich aufs College gehen konnte, habe ich allein Ben und Esther zu verdanken. Sie haben mir auch den Besuch der Universität und der Police Academy ermöglicht. Die Army hat zwar die Studiengebühren bezahlt, für meinen Lebensunterhalt hat aber Ben gesorgt. Wenn ich sehe, wie armselig sie hier leben, krieg ich immer Schuldgefühle.“

Rund um das Haus sieht es tatsächlich nicht sehr einladend aus. Graublaues Abwasser sickert durch eine Lehmrinne neben der Hütte. Der Hof ist mit staubigem Unkraut bewachsen. Vor der Hütte steht ein Tisch unter einem Sonnendach aus Zeltstoff.

Bald riecht es verführerisch nach Knoblauch und Lorbeer und anderen Gewürzen, die meine Nase nicht identifizieren kann.

„Was gibt es zu Mittag?“, fragt Orlando misstrauisch.

Ben, der sich wieder zu uns gesellt hat, sagt: „Ziegenfleisch mit Chili.“

Bevor Orlando den Mund aufmachen kann, sage ich rasch auf Deutsch: „Sei still, ich regle das“, und gehe ins Haus.

In der Küche schmort in einem großen Tontopf das Zicklein in einer rotbraunen Sauce vor sich hin.

Esther schält Kartoffeln. Ich frage sie, ob ich ihr helfen darf.

Sie verneint.

„Meine Freundin darf leider kein Fleisch essen", sage ich verlegen. „Sie hat ein Problem mit ihrem Magen."

Sie mustert mich mit gerunzelter Stirn.

„Du lügst schlecht." Esther gibt mir einen Klaps auf die Schulter. „Dein hübscher Freund ist Vegetarier, oder?"

Ich spüre, wie ich erröte. Am liebsten würde ich Orlando erwürgen.

„Ich mache ihm eine garantiert vegetarische Tortilla, okay? Unser Enkel Manuel hat auch gerade diese Phase. Seit er in die Schule der Weißen geht, isst er kein Fleisch mehr."

Während des Essens unterhalten sich Simon und seine Verwandten über die Familie. Wir erfahren, dass ihre Tochter Alice geheiratet und sich wieder scheiden hat lassen. Ihr Mann hatte anscheinend nichts getaugt. War faul und geldgierig, und wollte bei den Weißen leben. Ein Jahr später hat Alice von einem anderen Mann, einem verheirateten Mexikaner, ein Kind bekommen. Einen Sohn, der mittlerweile in die erste Klasse geht. Esther hat nur abfällige Worte für den Vater ihres Enkels übrig.

Simons Cousine scheint ihren Eltern jede Menge Probleme zu bereiten, denke ich.

Als Esther Kaffee kochen geht und Ben kurz in seinem Trailer verschwindet, um Tabak für seine Pfeife zu holen, sagt Simon: „Meine Cousine Alice ist halt sehr lebenslustig und ein bisschen wild. Sie scheint mehr nach ihrem Vater geraten zu sein. Zum Glück auch vom Aussehen her. Sie arbeitet im Roadhouse Grill in Flagstaff als Kellnerin. Esther und Ben haben sich bisher um den kleinen Manuel gekümmert. Er ist ein aufgeweckter Junge und der absolute Liebling der Alten. Wenn er bei ihnen ist, hält sich Ben sogar mit der Sauferei zurück. Seit der Kleine zur Schule geht, müssen die beiden wieder allein miteinander zurechtkommen."

Wir trinken Kaffee aus Emailbechern. Esther hat Orlando ihren Schaukelstuhl auf der schmalen Veranda vor dem Haus überlassen. Die beiden scheinen sich prächtig zu verstehen. Er nennt sie höflich „Ma'am". Sie verwöhnt ihn mit selbstgebackenen Süßigkeiten. Orlando lässt sich die Rezepte geben.

Simon und Ben sind mittlerweile bei ihren Vorfahren gelandet. Ich höre lieber ihnen zu als Esther und Orlando.

Simons Großvater mütterlicherseits war Code Talker im Zweiten Weltkrieg.

Als Simon mein Interesse bemerkt, sagt er: „Vierhundert Navajos haben mit Hilfe ihrer Sprache einen unknackbaren Code für die US-Armee im Südpazifik erfunden. Bens Vater, mein Großvater, der große Black Hawk, war einer von ihnen. Ich kann mich kaum mehr an ihn erinnern. Er war ein sehr schweigsamer und ernster Mann, ein Kriegsheld, hat unzählige Auszeichnungen und Medaillen bekommen. Als Kind habe ich manchmal mit seinen Orden spielen dürfen."

„Im Zweiten Weltkrieg haben bei euch drüben in Europa viele Indianer gekämpft, so wie auch viele Angehörige anderer Minderheiten", sagt Ben. „Vor allem wir Navajo galten als furchtlose Kämpfer. Wir haben keine Angst vor dem Tod, da wir glauben, dass der Mensch nach dem Tod eine große Reise antritt."

„Das glauben viele", murmle ich.

„Bitte?"

„Du musst lauter sprechen. Ben hört schlecht", sagt Simon.

„Wohin soll diese Reise führen?"

„Es gibt keinen bestimmten Ort, an den man gelangt. Es geht allein um die Reise."

Esther zieht sich zu einem Mittagsschläfchen in ihr Haus zurück.

Ben lädt uns auf ein Schnäpschen in seinen Trailer ein.

Sie schenkt ihm einen bösen Blick, bevor sie die Tür hinter sich schließt.

Es ist ein warmer Tag. Das Thermometer im Wohnwagen zeigt bereits jetzt siebenundsiebzig Grad Fahrenheit.

Ben schiebt seinen Hut in den Nacken und wischt sich mit dem Hemdsärmel den Schweiß von der Stirn.

Simon informiert seinen Onkel nun über den Doppelmord auf dem Campingplatz in Albuquerque und bringt die Sprache auch auf die Ermordung des Pärchens im *Royal Hawaiian Motel* im Jahre 1993.

Ben langt nach einer von meinen Zigaretten. Klopft sie gegen das Feuerzeug, steckt sie in den Mund und zündet sie an.

„Rauch lieber deine Pfeife. Du sollst doch keine Zigaretten qualmen", ermahnt Simon seinen Onkel. „Er hat schweres Asthma und Herzprobleme", sagt er zu uns.

„Sei still, Junge." Ben zieht genüsslich an meiner Zigarette und sieht zu, wie der Rauch in kleinen Kreisen vor ihm aufsteigt.

„Der Doppelmord im *Royal Hawaiian Motel* ist damals in meinen Zuständigkeitsbereich gefallen. Ich war Sheriff bei der Navajo Tribal Police", sagt er. Es gab damals einen Verdächtigen. Ich erinnere mich sogar noch an seinen Namen. Der Typ hieß Jimmy Rattle. War angeblich ein Weißer, der sich gern als Indianer ausgab. Leider haben wir ihn nicht erwischt. Er ging zur Armee, hat im Irakkrieg gekämpft."

„Von diesem Rattle hat auch Donally gesprochen. Der Mann ist aber im Irak umgekommen", sage ich laut.

„Davon weiß ich nichts.“

„Hast du neue Informationen?“, frage ich Simon.

„Leider haben sich meine Kollegen noch nicht gemeldet. Sie durchforsten sicher noch die Vermissten- und Gefallenen-Daten.“

„Wie hat dieser Jimmy Rattle ausgesehen?“

„Ich habe ihn, wie gesagt, nie zu Gesicht bekommen. Bevor wir ihn festnehmen konnten, ist er spurlos verschwunden. Das FBI hat den Fall übernommen und einen anderen verhaftet, später aber wieder freilassen müssen. Er hat ein wasserdichtes Alibi gehabt.

„Sagt Ihnen der Name ‚The Snake‘ etwas? Ich glaube, dass dies sein indianischer Name war.“

Er schüttelt den Kopf. „Das ist kein indianischer Name. Wir verwenden keine Artikel, sondern beschreibende Worte.“

„Wahrscheinlich ist er wirklich ein Weißer. Ein Heiler hat uns erzählt, dass er einen Mann, der von einer Schlange gebissen worden ist und den Biss überlebt hat, so nannte.“

„Rolling Thunder“, wirft Simon ein. „Du kennst ihn.“

„Der ist ein bisschen plemplem“, sagt Ben. „Den kannst du nicht mehr ernst nehmen.“

„Alles, was er uns erzählte, hat sehr vernünftig und glaubwürdig geklungen“, widerspreche ich ihm.

Ben zuckt mit den Achseln. „Ich erinnere mich an diesen grässlichen Fall recht gut. Wir haben im *Royal Hawaiian Motel* ein richtiges Massaker vorgefunden. Die Frau ist in der Dusche gelegen. Ihre Kehle war durchgetrennt, ein klaffender Spalt. Sie war splitternackt. Kein Blut war zu sehen. Das war auffällig. All ihr Blut ist weggespült worden. Ihr Mann lag erschossen im Pool. Das Wasser war blutrot. Kurz nachher hat das Motel dicht gemacht. Kein Mensch hat mehr dort absteigen wollen.“

Simon erzählt ihm, dass einer der beiden Täter von damals inzwischen gefasst werden konnte und im Arizona State Prison in Florence sitzt.

„Gut gemacht, mein Junge! Darauf müssen wir anstoßen!"

Ben drängt uns, seinen selbst gebrannten Agavenschnaps zu kosten.

„Du weißt, ich mag keinen Mescal", verweigert Simon das Gläschen, das ihm sein Onkel hinstellt.

Ich nippe an meinem Glas. Verziehe das Gesicht und lasse den Rest stehen.

„Dieses Zeug kann man nicht saufen", sage ich auf Deutsch zu Orlando.

Orlando leert sein Glas in einem Zug. „Schmeckt wie Tequila."

„Das ist Tequila. Reinster Tequila. Er wird aus den Herzen der Agaven gemacht. Wie ich Ben kenne, hat dieses Zeug mehr als vierzig Prozent Alkohol", sagt Simon grinsend.

Als jemand an die Tür des Trailers klopft, lässt Ben die Schnapsflasche rasch unter seinem Bett verschwinden. „Dieses verfluchte Weib spürt es, wenn ich was trinke", sagt er.

Esther fragt, ob wir noch einen Kaffee und etwas Süßes möchten.

Bevor Orlando Ja sagen kann, schlage ich vor, aufzubrechen.

Simon ist ganz meiner Meinung.

Der Abschied von Esther und Ben fällt sehr wortreich aus. Esther lässt ihren Neffen erst gehen, nachdem sie ihm das Versprechen abgenommen hat, nächsten Monat wieder vorbeizuschauen.

„Ich habe Zimmer für uns im *El Rancho* bestellt", sagt Simon, als wir in seinem Jeep sitzen. „Meine Tante wäre zu Tode beleidigt, wenn sie wüsste, dass wir nur ein paar

Meilen weiter übernachten. Aber ich glaube, ihr habt für heute genug von meiner Verwandtschaft."

Das *El Rancho* in Gallup an der Route 66 ist ein echtes Kleinod.

Orlando und ich lassen uns von Simon vor dem Eingang Arm in Arm fotografieren. Über uns prangt der Spruch „Charm of Yesterday, Convenience of Tomorrow".

„Dieses Hotel ist ein Ort für Nostalgiker, für Menschen, die lieber von der Vergangenheit träumen, weil sie die Gegenwart schlecht ertragen", sagt Simon. „Die Hotelhalle befindet sich übrigens im Originalzustand. Jedes Zimmer wurde nach einem berühmten Hotelgast benannt. Ich glaube, es wird euch gefallen."

„Es gefällt uns, nicht wahr, Kafka?" Orlando schießt gleich noch ein paar Fotos.

„Das Haus ist Anfang der 1930er-Jahre gebaut worden. Finanziert von einem berühmten Hollywood-Produzenten, der ein Hotel für seine Stars und die Filmcrews gebraucht hat, während er in der Nähe unzählige Wildwest-Filme gedreht hat", sagt Simon.

Als wir die dunkle Lobby mit dem großen offenen Kamin betreten, verstehe ich, was er mit seiner Bemerkung über Nostalgiker gemeint hat.

Ich liebe diesen verblichenen Charme. Man spürt das ganz besondere Flair und den Luxus vergangener glanzvoller Zeiten.

Der hübsche, offensichtlich schwule Rezeptionist strahlt Orlando an, redet nur mit ihm.

Das *El Rancho* scheint schlecht besucht zu sein. Die angeblich besten Zimmer stehen zur Verfügung. Wir haben die Qual der Wahl.

Nach einer kurzen Diskussion entscheiden wir uns für die Humphrey-Bogart-Suite. Orlando hätte lieber das

Zimmer von Grace Kelly, der späteren Fürstin von Monaco, gehabt.

„Adel bleibt Adel, und gern unter sich", spotte ich in Erinnerung an Orlandos mörderische adelige Verwandtschaft in Florenz.

Daraufhin gibt er klein bei.

Simon verweigert die John-Wayne-Suite und entscheidet sich für Marilyn Monroes Zimmer. „‚Misfits', wurde hier in der Nähe gedreht, einer ihrer besten Filme", sagt er.

Unsere Suiten befinden sich im ersten Stock, am Ende eines langen Korridors.

Links und rechts in der Lobby führen Treppen hinauf auf die Galerie. Alle Wände des Hotels sind mit Hochglanzfotos aus der Blütezeit der großen Hollywood-Studios tapeziert. Auf den Fotos prangen die Unterschriften der Stars. Auch im ersten Stock zieren die Konterfeis von Hollywoodgrößen die Wände.

Orlando und ich sind begeistert von der altmodischen Einrichtung unserer Suite. Lauter Antiquitäten. Art-déco-Lampen aus den dreißiger Jahren, eine Kommode und ein Schreibtisch aus den Vierzigern des vorigen Jahrhunderts und ein verblichener Perser auf dem urigen, knarrenden Holzboden.

Die Matratzen unserer Betten sind ziemlich durchgelegen. Allein schon bei dem Gedanken, dass Humphrey Bogart vielleicht so manche Nacht in meinem Bett geschlafen hat, bin ich mir sicher, dass ich eine schlaflose Nacht verbringen werde. Ich zünde mir sofort eine Zigarette an.

„Hier ist Rauchverbot", zischt Orlando.

„Wir sind in der Humphrey-Bogart-Suite. Du wirst doch nicht im Ernst glauben, dass mir in dieser Suite jemand das Rauchen verbietet? Leider habe ich keine filterlose Chesterfield, sonst würde ich sie mir ihm zu Ehren anstecken."

„An der Decke ist ein Rauchmelder. Ich sag's dir nur."

Bevor er hysterisch wird, reiße ich das Fenster auf.

Wir packen aus, duschen und gehen wieder in die Lobby.

Simon wartet bereits auf uns. Er sitzt in einem dick gepolsterten Fauteuil vor dem Kamin, die Beine auf dem Couchtisch, und hält eine Zeitung in den Händen. Hat aber die Augen geschlossen. Vor ihm steht ein Whisky ohne Eis.

Ich schließe mich ihm an. Bestelle ebenfalls einen Bourbon ohne Eis. Orlando bleibt bei Wasser.

Im prunkvoll ausgestatteten Restaurant nehmen wir alle drei nur eine Kleinigkeit zu uns. Sowohl Esthers Zicklein als auch ihre Tortilla liegen uns schwer im Magen. Simon und ich teilen uns einen Waldorfsalat. Orlando entscheidet sich für einen Shrimpscocktail.

Nach dem Essen brauchen wir unbedingt noch einen Whisky in der Bar.

Simon hat mich während des Essens andauernd merkwürdig angesehen. Er scheint bester Laune zu sein. Oder er ist beschwipst. Jedenfalls schäkert er die ganze Zeit mit mir. Nennt mich Sweetheart, Darling und Honey ...

Als Orlando endlich mal auf die Toilette geht, wird Simon plötzlich ernst: „Bitte schlaf heute Nacht bei mir." Er greift nach meiner Hand. Ich entziehe sie ihm sofort.

„Das geht nicht. Hast du denn nicht bemerkt, dass Orlando auf dich steht?"

„Das glaubst du wohl nicht im Ernst! Für mich ist er wie ein Sohn, den ich leider nicht habe."

„Du bist zu jung, um sein Vater sein zu können."

„Wieso? Ich bin dreiundvierzig."

„Mit dreizehn Vater werden? Komm, hör auf."

„Orlando ist dreißig?" Er sieht mich ungläubig an.

„Ja. Sieht man ihm nicht an, ich weiß. Außerdem benimmt er sich meistens wie ein pubertierender Fünfzehnjähriger. Du magst meinen exzentrischen Freund, nicht wahr?"

„Ja, ich finde ihn witzig."

„Warum habt ihr, Susan und du, keine Kinder gehabt?"

„Sie wollte keine, wegen ihrer Figur und ihrer Karriere. Ich habe mir immer einen Sohn gewünscht ..."

„Keine Tochter?"

„Oder eine Tochter."

„Du lügst." Ich gebe ihm einen Klaps auf die Hand. „Ihr Indianer seid alle Machos. Das habe ich inzwischen kapiert. Ein Stammhalter ist wichtig, oder?"

„Hast du Kinder?", wechselt er rasch das Thema.

„Nein."

„Warum nicht?"

„Ich habe nie den richtigen Vater dafür gehabt. Um ein Kind allein aufzuziehen, hat es mir an Geld gemangelt. Eine Karriere als alleinerziehende Mutter war das Letzte, was ich meinem Kind und mir gewünscht hätte."

Simon versucht mich zu küssen. Ich weiche aus. Seine Lippen streifen meine Wange.

„Wo bleibt Orlando bloß? Vielleicht hat er sich bereits in die Suite zurückgezogen? Ich traue es ihm zu, einfach zu verschwinden."

Kaum habe ich den Satz beendet, kommt Orlando wieder.

Simon bestellt noch eine Runde und gesteht Orlando, dass er sich in mich verliebt habe.

Überraschenderweise reagiert mein Freund vollkommen gelassen.

„Glaubt ihr ernsthaft, dass ich das nicht längst kapiert habe? Du kannst ruhig in der Monroe-Suite schlafen, Kafka", sagt er. „In diesem wunderbaren Hotel fürchte ich mich nicht allein."

Kurz darauf sagt er uns „Gute Nacht".

Sobald wir die Monroe-Suite betreten haben, umarme ich Simon.

Seine schwarzen Augen glänzen fiebrig, als er sich von mir löst. Mit fahrigen Bewegungen macht er sich an meinem Kleid zu schaffen. Ich helfe ihm. Ziehe mein Kleid über den Kopf.

Er vergräbt sein Gesicht zwischen meinen Brüsten. Seine Lippen bedecken meinen nackten Oberkörper mit zärtlichen Küssen, gleiten über meinen Bauch, wandern zu meiner Scham.

Ich knöpfe sein Hemd auf und schmiege mich an seine glatte Brust, streichle seine muskulösen Arme.

Als er seine Hose auszieht, beuge ich mich über seine Lenden. Meine Lippen schließen sich um seinen Schwanz. Ich verstehe es, einen Mann mit meinen Lippen und meiner Zunge verrückt zu machen. Sein Stöhnen ist so laut, dass ich ihm am liebsten die Hand auf den Mund legen würde. Wer weiß, wie dick die Wände in diesem alten Hotel sind?

Bevor er kommt, stürzt er sich auf mich, begräbt mich unter seinem Körper. Ich kriege kaum mehr Luft. Seine Stöße sind heftig. Plötzlich schreie ich laut auf.

Simon bedeckt mein Gesicht und meinen Körper mit seinen Küssen, bevor er erneut in mich eindringt. Er spielt nur mit mir. Bald spüre ich jedoch, wie er wieder kräftiger wird.

Ich setze mich auf ihn, tanze wie eine Verrückte auf ihm herum, zerkratze seine Brust, schlage wild um mich, als er sich aufbäumt und unter heftigem Stöhnen erschöpft unter mir zusammenbricht.

Wir lieben uns bis zum Sonnenaufgang. Er kommt ein drittes Mal und flüstert immer wieder meinen Namen, so als hätte er Angst, ihn zu vergessen.

Zärtlich streichle ich die vielen Narben in seinem Gesicht und auf seinem schönen Körper, verlange, die Geschichte jeder einzelnen zu hören. Doch er schläft ein, während ich leise auf ihn einrede.

Als wir beim Frühstück Orlando treffen, strahlt er uns an.
„Habt ihr es nett gehabt?", fragt er mich.

Ich nicke grinsend.

„Ich hatte auch eine tolle Nacht. Mit Pat. Er war gestern Abend an der Rezeption", sagt er. „Pat ist Indianer, ein Hopi, und kennt wahrscheinlich den zweiten Mörder deiner Eltern."

Mord in Flagstaff, Arizona, Juli 1993

Als sie aus dem BMW stieg, wussten die beiden Männer in dem Chevy sofort, dass sie es sein würde. Sie oder keine. Das bunt gemusterte Designerkleid klebte unvorteilhaft an ihrem mageren Körper. Die Sonnenbrille auf ihrer Nase hatte bestimmt ein kleines Vermögen gekostet, und die Klunker um ihren Hals und ihre Handgelenke stammten ebenfalls aus keinem Trödelladen.

Sie war nicht mehr die Jüngste, bestimmt an die vierzig, aber sie war mindestens zwanzig Jahre jünger als ihr Mann. Klein, fett, Halbglatze, Immobilienmakler oder Anwalt. Er schleppte zwei große Koffer, ein Beauty-Case und eine Umhängetasche zur Rezeption.

Sie wackelte schmollend hinter ihm her. Das Motel war eindeutig nicht nach ihrem Geschmack.

Die beiden Männer warteten, bis das Pärchen das Appartement am Ende der Anlage bezogen hatte. Dahinter gab es nichts mehr außer Wüste.

Sie nahmen das Zimmer nebenan. Warfen sich auf die lausigen Betten und machten sich zwei Bierdosen auf. Sie waren beide bester Laune. Hatten nicht mehr damit gerechnet, heute noch fündig zu werden.

Die Luft in dem tristen Zimmer war stickig. Der altmodische Ventilator an der Decke diente reinen Dekorationszwecken. Der jüngere Mann riss das Fenster weit auf, machte aber kein Licht an.

„Ernest, komm sofort hierher!", schrie die Frau im Nebenzimmer.

Ihr Gekreische schwoll an. „Hier bleib ich keine Minute länger. Wenn du mich nicht sofort von hier wegbringst, lasse ich mich scheiden. Und dann Gnade dir Gott!"

„Die haben kein anderes Zimmer mehr frei", hörten die Männer den alten Kerl nebenan lügen.

Wären sie imstande gewesen, Mitleid zu empfinden, hätten sie es jetzt mit diesem armen Schwein gehabt.

„Das sind nur Käfer, die spülen wir einfach in den Abfluss", sagte Ernest.

„Cucarachas!" Sie brüllte wie am Spieß.

Kurz darauf vernahmen die beiden Männer den Strahl einer Dusche.

Der Ältere ging ins Bad ihres Appartements. Auch dort verschwanden die rosa Kacheln fast völlig unter einer schwarzen, krabbelnden Masse. Sie kamen aus allen Löchern, aus der Klomuschel, dem Abfluss des Waschbeckens und aus den verschimmelten Ritzen zwischen den Fliesen. Auch er drehte die Dusche auf. Aber wie viel kostbares Nass er für die Tierchen auch verschwendete, er wurde der Invasion nicht Herr. Bald stand das ganze Bad unter Wasser. Das schwarze Gewurle war kaum weniger geworden.

„Scheiß Viecher", schimpfte er. Schloss die Tür hinter sich und setzte sich wieder auf sein Bett.

Das Geschrei im Nebenzimmer hielt an. Plötzlich vernahmen sie ein lautes Klatschen. Stille. Hatte der alte Sack ihr endlich eine geschmiert?

Leises Schluchzen. „Warum schlägst du mich?", hörten sie den Mann nebenan fragen. „Ich habe alle Polstermöbel und den Teppichboden abgesucht. Hier herinnen sind keine Käfer, so glaub mir doch. Mir ist total schwindlig. Wo sind meine Blutdruck-Pillen?"

„In der Tasche, du Hypochonder!"

„In welcher?"

„Hör auf, mich mit deinen blöden Pillen zu nerven. Ich halte es in diesem versifften Loch nicht aus. Lieber verbringe ich die Nacht im Pool", hörten sie die Stimme der Frau von ganz nahe.

Sie stand vor ihrem Fenster, auf der kleinen Terrasse. Halbnackt, nur mit BH und Höschen bekleidet.

„Dir würde ein Bad auch nicht schaden, du stinkst erbärmlich!“ Ihre schrille Stimme fuhr ihnen durch Mark und Bein.

Die beiden Männer im Nebenzimmer versteckten sich hinter den schweren Vorhängen und beobachteten die Frau, die ihre Unterwäsche auszog, in ihren Badeanzug schlüpfte und eine durchsichtige Duschhaube über ihre toupierte Haarpracht stülpte.

„Magersüchtig. Nicht einmal gut genug zum Ficken“, murmelte der Ältere.

Der Pool war nicht beleuchtet. Trotzdem sahen sie, wie die Frau vorsichtig die Leiter hinabstieg.

„Hier ist es tief, ich kann kaum mehr stehen“, jammerte sie, als sie sich ein paar Meter vom Rand des Beckens entfernt hatte und nur mehr ihr Kopf aus dem Wasser ragte.

„Bleib, wo du bist, Baby. Ich komme“, rief ihr Mann. Nahm einen kurzen Anlauf und sprang kopfüber ins Wasser, tauchte sie mit dem ganzen Gewicht seines Körpers unter.

Prustend und wild um sich schlagend kam sie wieder hoch. „Du Idiot! Du weißt, dass ich nicht ordentlich schwimmen kann.“

Sie klammerte sich an den Beckenrand. Ernest war nirgends zu sehen. Ein sanftes Plätschern verriet, dass sie nicht allein im Pool war.

„Lass die dummen Spielchen“, schrie sie.

Als sie zu begreifen schien, dass der Sprung ins kalte Wasser zu viel für das schwache Herz ihres Mannes gewesen war, verließ sie rasch den Pool. Offensichtlich hatte sie keine Lust, ihm beim Sterben zuzusehen.

Nebenan öffnete sich die Terrassentür. Die Männer warteten, bis die Frau in ihrem Appartement verschwunden war. Zum Glück ließ sie die Tür zu ihrer Terrasse offen.

Der jüngere der beiden folgte ihr. Er bemühte sich, nichts anzufassen.

Sie war im Bad, stand unter der Dusche. Ernest hatte es anscheinend doch geschafft, die scheußlichen Kakerlaken zu beseitigen.

Sein Messer bohrte sich von hinten zwischen ihre Rippen. Kein Fleisch war im Weg. Es war, als würde sich die Klinge durch die Ritzen eines Skeletts bewegen. Ein perfekter Stich durch die Lunge. Es dauerte keine Minute, bis sie ihr Leben aushauchte.

Ein viel zu schöner Tod für dieses Aas, dachte er. Kurz darauf verließ er um tausend Dollar in bar und einige wertvolle Schmuckstücke reicher das Royal Hawaiian Motel *und ging zu seinem Wagen.*

Sein Komplize hatte den Mann mittlerweile aus dem Pool geholt. Plötzlich begann Ernest zu husten und zu spucken. Ein Schuss aus nächster Nähe genau zwischen die Augen – ein Schalldämpfer sorgte für ein leises „Plop" – beendete seinen schrecklichen Husten.

Der Mörder wälzte den leblosen Körper wieder in den Pool. Das Wasser verfärbte sich rot. Blutrot.

17.
Painted Desert, Arizona, April 2012

Schon beim Frühstück im *El Rancho* habe ich Orlando mit Fragen gelöchert. „Was hat dieser Pat gesagt? Wer ist der Mann, den er für einen Serienmörder hält?"

Orlando hat mich eindringlich gebeten, den Mund zu halten und erst im Wagen darüber zu reden.

„Pat kennt tatsächlich einen Mann namens ‚The Snake'. Er hat ihn in einem Diner in Flagstaff kennengelernt. Der Typ hat ihm Angst gemacht. Hat dort eine Show mit seinen Messern abgezogen. Zwar hat er niemanden verletzt, aber er hat sich aufgeführt wie ein Irrer. Und Pat meinte sich zu erinnern, dass dieser Mann von einem anderen Gast ‚The Snake' genannt worden ist", sagt er, kaum dass wir in Simons Jeep sitzen.

Simon will sofort umkehren und diesen Pat genauer befragen.

„Das hat keinen Sinn. Pat ist heute frühmorgens nach Flagstaff zu seiner Familie gefahren", sagt Orlando.

„Wieso hast du uns nicht früher Bescheid gegeben?", frage ich empört.

„Ich hab euch nicht stören wollen."

„Idiot", schimpfe ich.

Entlang der Route 66 von Gallup nach Flagstaff liegen Navajo-, Zuñi- und Hopi-Reservate nebeneinander. Die alte Straße zeichnet sich im rosafarbenen Licht ab. Eine graue Schneise mitten durch die Wüste. Tumbleweeds fegen vor uns über die Straße. Simon bremst jedes Mal, wenn so ein Strauchbündel daherkommt.

„Die haben uns in Utah auch genervt", sagt Orlando.

Simon fährt in das Navajo-Reservat, zu Bens früherem Arbeitsplatz.

Er hält direkt vor dem Office der Navajo Tribal Police und geht allein in das Büro. Orlando und ich warten draußen.

Beim Anblick der Misere rund um das offizielle Gebäude, das ebenfalls nichts als eine baufällige Hütte mit einem verrosteten Wellblechdach ist, wird mir ziemlich mulmig. Hier sieht es genauso aus wie in den Dörfern der Roma in der Slowakei oder in Ungarn. Dreck und Müll nicht nur auf den unasphaltierten Straßen, sondern auch im Umkreis der ärmlichen Hütten. Verwahrlost aussehende Kinder, erwachsene Männer mit Bierdosen in der Hand und verhärmte Frauen in schmutzigen Kleidern, die uns mit leeren Blicken anstarren. Was für ein Elend!

Ein paar räudige Köter laufen hinter uns her, als wir den Wagen verlassen. Ich verscheuche sie mit energischer Stimme.

Ein uralter Kleinlaster kommt uns entgegen. Auf der Ladepritsche drängen sich mindestens ein Dutzend Indianer. Grölend prosten sie uns mit ihren Bierflaschen zu. Von wegen Alkoholverbot in den Reservaten.

Simon kommt aus dem Büro und ruft den Betrunkenen in der Sprache der Navajo etwas zu. Daraufhin verstummen sie.

„Die Leute von der Tribal Police haben nie was von einem Mann namens Jimmy Rattle oder ‚The Snake' gehört. Und ich glaube ihnen. Hierher hat sich dieses Schwein anscheinend nicht verirrt", sagt er zu uns.

Auf der Weiterfahrt schenkt mir Simon immer wieder verliebte Blicke, tätschelt mein Knie oder greift nach meiner Hand.

Mir ist nicht nach Zärtlichkeiten zumute. Ich bin mir mittlerweile sicher, dass der zweite Mörder meiner Eltern noch am Leben ist. Wahrscheinlich hat er sich einen anderen Namen zugelegt.

Beim Petrified Forest National Park macht Simon Halt.

„Diese Gegend gehört eigentlich zur Painted Desert. Ich glaube, ihr solltet euch das ansehen. So was gibt es in Europa bestimmt nicht."

Orlando und ich sind fasziniert von dem versteinerten Wald. Die verkieselten Baumstümpfe, ja sogar mächtige Baumstämme glitzern wie Edelsteine.

Wir lassen den Wagen auf dem Parkplatz stehen und Simon führt uns zu großen, groben Steinen, auf denen alte Felsritzzeichnungen sichtbar sind.

„Wir nennen diese Steine hier Newspaper Rock. Schaut euch die Felsen dort drüben mal genauer an. Sehen sie nicht aus wie unsere Zelte? Wir haben sie Tepees genannt, wegen ihrer Kegelform, die eben an die Tepees der Prärie-Indianer erinnert."

Als wir auf der fünf Meilen langen Straße, die sich durch die hügelige Landschaft auf 1800 Meter Höhe hinaufwindet, weiterfahren, vorbei an weißen bis blaugrauen Tonschichten, stoße ich immer wieder erstaunte Rufe aus.

„Blue Mesa", sagt Simon stolz. „Unser Land. Das alles ist Navajo-Gebiet."

„Und hier kommt der Crystal Forest." Er deutet auf eine Senke, in der Baumstämme von knapp einem Meter Durchmesser liegen. Klare Quarz- und Amethystkristalle haben sich in den Hohlräumen der Stämme gebildet.

Wir steigen kurz aus und machen Fotos.

„Sehen tatsächlich wie Edelsteine aus", sage ich. „Aber ich würde jetzt trotzdem gern weiterfahren."

„Okay." Simon streichelt liebevoll meinen Nacken.

Orlando legt sich auf die Rückbank des Jeeps und schläft sofort ein. Seine Nacht mit Pat scheint ziemlich anstrengend gewesen zu sein.

Die auf der Straße liegenden Schatten werden immer länger und länger.

„Ich möchte euch rasch etwas zeigen“, sagt Simon und biegt Richtung Painted Desert ab.

„Mein Gott“, seufze ich ehrfürchtig angesichts der glühenden Wüste auf dem fast 2000 Meter hoch gelegenen Colorado Plateau. Die Abendsonne lässt das einsame Land rot und gelb leuchten. Es sieht aus, als würde es brennen.

„Deswegen haben die spanischen Eroberer dieses Gebiet ‚El desierto pintado‘ genannt“, sagt Simon.

Selbst Orlando wirkt nun interessiert. Schließlich ist er Maler.

Die Badlands, stark verwitterte runde Kuppen aus vielfach beschichtetem Gestein, erstrahlen in der untergehenden Sonne in allen Farben. Noch nie in meinem Leben habe ich so was Schönes gesehen. Mir kommen fast die Tränen.

„Im Südwesten der Painted Desert hat früher ein Teil meiner Familie gelebt. Leider ist es zu spät, sonst hätte ich euch diesen Ort auch gezeigt.“

„Bleiben wir noch ein paar Minuten. Es ist so wunderschön hier“, sage ich.

Simon nimmt mich in die Arme und küsst mich auf den Mund.

„Eure ewige Herumknutscherei nervt“, sagt Orlando. „Ihr führt euch auf wie zwei Siebzehnjährige.“

Als die ersten Häuser von Flagstaff in Sicht kommen, sage ich, um Orlando von vornherein zu beruhigen: „Ich will mir das *Royal Hawaiian Motel* nur ansehen, möchte nicht dort übernachten.“

„Dachte, du willst womöglich im selben Zimmer, in dem damals das Ehepaar dran glauben musste, absteigen.“

„So pervers bin ich auch wieder nicht.“

Das *Royal Hawaiian Motel* liegt am Stadtrand von Flagstaff, direkt an der Route 66. Es ist geschlossen. Die alte, halbverfallene Art-déco-Bungalow-Anlage sieht immer noch recht hübsch aus. Ist weiß gestrichen und hat kunstvolle hellblaue und ehemals goldfarbene Verzierungen über den Fenstern und Türen. Der Verputz bröckelt allerdings überall ab und viele Fenster sind kaputt oder ganz ohne Glas.

Wir parken vor der Rezeption. Ich werfe einen Blick durch ein glasloses Fenster in eines der Zimmer gleich daneben.

Fleckige Asbestdecke. Billige Möbel aus Spanholzplatten. Ein altmodischer Deckenventilator, eine zerrissene Chenille-Tagesdecke und alte Zeitungen am Boden – ein Quartier für Obdachlose im letzten Winter?

„Sieht aus wie Bates Motel in ‚Psycho'", sagt Orlando.

„Blödsinn! Bates Motel war ein mehrstöckiges Holzhaus, wenn ich mich richtig erinnere."

Ich wundere mich, dass die Mörder hier, direkt am Highway, zugeschlagen haben, und sage das auch zu Simon.

„Damals sind hier ständig Autos vorbeigerauscht. Der Lärm war unerträglich. Bestimmt hat keiner den Schuss gehört, den Dick Carson abgefeuert hat. Außerdem hat er einen Schalldämpfer benützt. Und der andere hat ohnehin lautlos mit dem Messer getötet."

„Lasst uns nachschauen, ob es den Pool noch gibt, in dem der Mann erschossen worden ist."

Wir klettern über das mannshohe Gitter. Simon hilft zuerst Orlando und mir hinauf. Als ich oben hänge wie ein Äffchen, weiß ich nicht, wie ich auf der anderen Seite wieder hinunterkommen soll, ohne mir die Beine zu brechen.

„Spring", sagt Orlando und macht es mir vor. Hält sich mit beiden Händen oben fest und lässt sich hinuntergleiten.

Es sieht ganz einfach aus.

Ich mache es ihm nach. Lande blöderweise auf meinen Knien.

„Scheiße!"

„Hast du dir wehgetan?" Simon kontrolliert den Riss in meiner Jeans.

Ich blute nicht. Die Haut auf meinem linken Knie ist ein wenig abgeschürft.

Der Pool ist die ganze Kraxelei nicht wert gewesen. Ein leeres, völlig verschmutztes Becken, das von den Zimmern des Motels aus direkt erreichbar ist. Trotzdem tauchen sofort schreckliche Bilder in meinem Kopf auf. Ich sehe plötzlich einen Mann, der nach Luft ringt, vor mir. Sehe, wie er langsam untergeht. Sehe das viele Blut, das sich im azurfarbenen Wasser ausbreitet. Blut, nichts als Blut ...

„Hauen wir lieber ab, bevor uns jemand entdeckt." Ich vergesse immer wieder, dass wir einen hochoffiziellen Bundesbeamten dabeihaben. Bestimmt würde es kein örtlicher Sheriff wagen, Detective Simon Hunter wegen unberechtigten Betretens oder Besitzstörung zu verhaften.

Wir machen ein zweites Mal Halt in Flagstaff, vor dem „Roadhouse Grill".

Simons Cousine Alice hat heute nicht Dienst.

Es ist spät geworden. Simon beschließt, sich nicht auf die Suche nach ihr zu machen und ebenso wenig nach Orlandos One-Night-Stand Pat Ausschau zu halten.

„Die Adresse deines Freundes Pat können wir leicht herausfinden. Ich werde einen Kollegen bitten, ihn zu befragen. Und Alice ist bestimmt nicht scharf darauf, sich meine Vorwürfe anzuhören."

Überraschenderweise protestiert Orlando nicht. Hat er seine Eroberung schon wieder vergessen?

Im Dunkeln fahren wir auf der Route 66 weiter Richtung Grand Canyon.

Kurz vor neun Uhr abends kommen wir in Williams an. Simon hält vor dem ersten Motel am Ortsrand und geht fragen, ob noch Zimmer frei sind.

Ich glaube es kaum, aber sie haben sogar Raucherzimmer.

Es ist kalt geworden hier oben, in der Nähe des Grand Canyon. Nachdem wir uns etwas Wärmeres angezogen haben, gehen wir in ein zünftiges Lokal mit rotweiß karierten Tischtüchern essen. Das Lokal erinnert mich, ähnlich wie das Restaurant in Cortez, an Almhütten in Tirol.

Simon und ich nehmen T-Bone-Steaks mit French fries. Orlando entscheidet sich für das Kindergericht: Spaghetti Neapolitana.

Seine Nudeln sind matschig und die Tomatensauce stammt aus einer Dose.

„Du bist selber schuld! Wir sind hier nicht in Lignano. Wie kann man nur in dieser Gegend Spaghetti Neapolitana bestellen ...", würge ich seine Raunzerei ab.

Nach dem Essen schlendern wir die Hauptstraße entlang. Orlando und ich schauen in ein paar Route-66-Souvenirshops, die noch offen haben.

Simon bleibt draußen. Er telefoniert wieder einmal.

Kaum gibt es etwas zu kaufen, vergisst Orlando seinen Frust. Er stürzt sich auf all die Kappen, T-Shirts und Schlüsselanhänger mit dem Route-66-Logo. Kauft gleich alles en gros. Ich bin gespannt, wie viel er bei unserem Rückflug fürs Übergepäck bezahlen wird. Als die Verkäuferin gerade mal nicht hinsieht, klaue ich eines der Feuerzeuge, die in einem Körbchen neben der Kasse liegen. Auf dem schwarzen Ding klebt ebenfalls das Logo der vielleicht berühmtesten Straße der USA.

Dann geselle ich mich zu Simon. Wir küssen uns unter einer Reklametafel, auf der für eine Harley Davidson geworben wird.

„Müsst ihr schon wieder schmusen?“, fragt Orlando. „Du hättest übrigens kein Feuerzeug klauen müssen, Kafka. Die bekommst du zu jedem Einkauf gratis!“ Grinsend zeigt er mir sein Route-66-Feuerzeug.

Ich löse mich höchst ungern aus Simons Umarmung. Hand in Hand kehren wir zurück in unser Motel.

Orlando beklagt sich, dass er heute allein schlafen muss.

„Du kannst dir ja wieder den Rezeptionisten einladen“, sage ich.

An der Rezeption macht ein alter Mann – ich schätze ihn auf Mitte siebzig – Nachtdienst.

„Du bist gemein!“

Orlando gibt vor, sich zu fürchten.

Unsere Zimmer sind ebenerdig, gehen auf ein ödes, unwirtliches Gelände hinaus. Dahinter ist nichts außer Wald. Simon hat außerdem dafür gesorgt, dass unsere Zimmer nicht nebeneinanderliegen.

„Sei nicht so kindisch. Was soll dir hier passieren?“ Ich bin müde, sehne mich nach einem Bett.

„Jeder könnte in der Nacht hier einsteigen. In diesem Land laufen genügend Verrückte herum. Lauter Serienkiller ...“, jammert Orlando.

„Schlaf gut“, sage ich und verschwinde in meinem Zimmer.

Simon stürzt sich, kaum hat er die Tür unseres Zimmers mit dem Fuß zugeschlagen, auf mich.

„Lass mich bitte zuerst duschen. Ich stinke wie ein Skunk.“

Er drängt sich mit mir in das winzige Badezimmer. Ich schubse ihn wieder hinaus. In diese Dusche passe ich kaum allein hinein.

„Wärm einstweilen das Bett für mich vor!“, sage ich.

Aus dem Nachbarzimmer dringt leise die klagende Melodie eines Willie-Nelson-Songs zu mir ins Bad. Ich frage mich, wer da drüben zu so später Stunde Countrymusik hört.

Als ich frisch geduscht und eingecremt in unser Zimmer komme, schläft mein großer, starker Detective wie ein Baby, eingewickelt in die fleckige Kunststoffdecke.

Schmunzelnd nehme ich mir ein Stück der ekeligen Decke. Vorsichtig, weil ich ihn nicht wecken will, kuschle ich mich an seinen Rücken und schlafe sofort ein.

In der Früh habe ich jedoch Lust auf ihn.

Simon ist halbtot. Sein bestes Stück rührt sich kaum. Ich streichle ihn zärtlich.

Orlando trommelt an die Tür.

Ich sage ihm auf Deutsch, dass er störe und allein frühstücken gehen soll. „Gegenüber ist ein McDonald's. Warte dort auf uns."

„Warum braucht ihr Heteros immer so endlos lange? Das liegt nur an euch Frauen. Zwei Männer kommen viel schneller zur Sache."

„Wenn du nicht sofort verschwindest, setze ich dich morgen in Las Vegas in die nächste Maschine nach Europa."

„Verzeih", sage ich zu Simon, der, obwohl er kein Deutsch spricht, anscheinend alles verstanden hat.

In aller Ruhe mache ich dort weiter, wo ich vorhin aufgehört habe. Stöhnend lässt Simon meine Liebkosungen über sich ergehen. Doch plötzlich packt er mich an den Armen. „Beweg dich nicht. Bleib ganz still liegen. Bitte!"

Ich frage mich zwar, was das soll, mache aber, was er sagt. Und ich bereue es nicht. Er verwöhnt mich mit seinen Händen, seinen Lippen, seiner Zunge.

Wenn es nach mir ginge, könnte er ewig so weitermachen. Ich muss nicht unbedingt vögeln.

„Seid ihr endlich fertig", ertönt wieder Orlandos Stimme vom Gang.

Sofort lässt Simon mich los und schaut mir tief in die Augen: „Ich will dich. Für immer. Nicht nur für ein paar schöne Stunden."

Sein Gesichtsausdruck macht mir fast Angst.

Ich bedecke meine Blöße mit der Kunststoffdecke und erwidere seinen Blick.

„Macht endlich weiter!"

„Verflucht seist du, Orlando!" Genervt schwinge ich meine Beine aus dem Bett. „Geh schon mal mit dieser Nervensäge frühstücken, damit er endlich Ruhe gibt", sage ich verlegen zu Simon, bevor ich das Bad aufsuche.

Als ich mich dem MacDonald's-Laden auf der anderen Straßenseite nähere, sehe ich Simon davor stehen und telefonieren.

Er deutet mir, hineinzugehen.

Ich setze mich zu Orlando. Zum Glück hält er den Mund. Ich bin nicht gerade gut auf ihn zu sprechen.

Nachdem Simon aufgelegt hat, kommt er ins Lokal gestürzt und berichtet uns, dass Jamie gestern in einem Diner an der Route 66, in der Nähe von Winslow, festgenommen worden ist.

„Meine Kollegen fahnden noch nach Tom. Leider haben sie ihn nicht auf seiner Tankstelle im Death Valley angetroffen. Aber keine Sorge, diesen Highway-Piraten werden wir das Handwerk legen."

„Hoffentlich!"

„Jamie war auf dem Heimweg von Albuquerque. Sie haben ihn in der Nähe von Flagstaff erwischt. Claire war bei ihm. Meine Kollegen haben sie auch festgenommen."

„Warum? Sie ist ein Opfer dieser beiden Kerle. Habe ich dir nicht gesagt, dass sie unschuldig ist? Die Typen haben sie gezwungen, mitzumachen."

„Beruhige dich. Genau das habe ich gerade meinem Kollegen erklärt. Sie wird höchstwahrscheinlich heute wieder freigelassen."

„Ich glaube dir kein Wort! Wenn ich das gewusst hätte ... Du bist und bleibst eben auch ein verdammter FBI-Mann!"

Mord im Grand Canyon, Arizona, März 2012

Die ersten Stunden des Abstiegs bewältigten sie ohne Probleme. Sie hatten den schwierigen Pfad gewählt.

Sind eben jung und sportlich, dachte der Mann, der hinter ihnen her war. Fluchend stolperte er über die Geröllhalde, denn als Pfad konnte man diesen Weg nicht bezeichnen. Zum Glück hatte er nicht schwer zu tragen. In seiner Jackentasche befanden sich ein Geldbündel und eine Smith & Wesson, Kaliber 34.

Das Pärchen war hingegen schwer bepackt mit Zelt und Schlafsäcken. Geschickt hantelten sie sich durch schmale Kamine inmitten bizarrer Felsformationen und blieben nicht nur einmal mit ihren prallen Rucksäcken hängen. Sie gaben nicht auf, sondern halfen sich gegenseitig Meter für Meter weiter.

Lange Zeit begegneten sie keinem Menschen. Erst als sie ungefähr die Hälfte des Weges hinter sich hatten, kam ihnen ein alter weißhaariger Indianer entgegen.

Der Mann, der sie verfolgte, wusste, dass unten in der Schlucht des Grand Canyon, auf der anderen Seite des Flusses, die Havasupai leben. Rasch versteckte er sich hinter einem Felsen, ein paar Meter oberhalb der Stelle, wo das Pärchen gerade mit dem Indianer plauderte.

Der junge Mann fragte ihn, wie lange sie noch bis ganz unten zum Colorado River brauchen würden.

„Es ist nicht mehr weit", sagte der Alte. „Aber ihr müsst vorsichtig sein. Jetzt im Frühjahr kommen die Wassermassen im Canyon oft ohne Vorwarnung angeschossen. Viele leichtsinnige Touristen sind hier schon verunglückt, weil sie die Warnschilder missachtet haben und sich nicht vorstellen konnten, dass der Regen in Sekundenschnelle die harmlosen Bäche in reißende Ströme verwandeln kann."

Ihr Verfolger verstand nahezu jedes Wort. Als der alte Havasupai auf sein Versteck zukam, fragte er sich, ob er ihn kaltmachen sollte. Der Indianer sah ziemlich klapprig aus. Er würde keine Kugel für ihn verschwenden müssen, könnte ihn von hinten anspringen und einfach erwürgen. Der Hals des Alten war dünn, durch die papierene Haut schimmerten die blauen Adern.

Während er überlegte, zog der Indianer ein Beil aus seinem Gürtel und fällte mit einem Hieb ein zartes Bäumchen. Entfernte die Äste und Zweige und spitzte das obere Ende des Stammes zu. Zufrieden betrachtete er sein Werk: ein Spazierstock, der gleichzeitig als Speer verwendbar war.

Der Mann hinter dem Felsen beschloss, lieber kein Risiko einzugehen.

Das smaragdfarbene Wasser des Little Colorado River glitzerte verführerisch in der Sonne. Die junge Frau schlug vor, kurz Rast zu machen. Auch ihr Mann schien mit seinen Kräften am Ende zu sein, wollte es aber nicht zugeben, obwohl sein Bubengesicht vor Schweiß glänzte.

„Jetzt schon, Darling? Ich fürchte, wir werden es nicht schaffen, bis zum Sonnenuntergang den Fluss zu erreichen", sagte er.

Sie küsste ihn. Ihr Kuss ließ keinen weiteren Widerspruch zu.

Sie ließen sich auf einem Felsvorsprung nieder. Lehnten sich an ihre Rucksäcke. Die glatte rosa Felsplatte ragte weit über den Abgrund hinaus. Sie saßen genau über jener Stelle, an der sich das saubere Wasser des kleinen Colorado in den schmutzigen Colorado River ergießt. Etwas weiter entfernt lag ein länglicher See von einem unwahrscheinlich tiefen Blau.

„Ist es nicht wunderbar hier, Honey?", fragte sie ihren Mann.

„Ja, Darling."

Der Anblick der von den Strahlen der untergehenden Sonne beleuchteten Wolkenbänke, die sich wie riesige weiße Himmelbetten im Norden und Westen auftürmten, war hinreißend.

Sie umarmten sich erneut. Er streichelte ihr Gesicht, legte seine Finger auf ihre Lippen und liebkoste sie. Eng umschlungen saßen sie da und betrachteten das schönste Schauspiel, das Mutter Natur zu bieten hatte.

Er lag in ihren Armen, als ihn die Kugel ins Genick traf. Der Knall hallte in ihren Ohren wider. Sie fürchtete, ihr Trommelfell würde platzen.

Automatisch griff sie nach dem Handy in ihrer Hosentasche. Ein Funkloch.

Völlig verwirrt und unschlüssig, ob sie sich um den Sterbenden kümmern oder davonrennen sollte, blieb sie wie angewurzelt sitzen und starrte auf den dicklichen Mann, der grinsend näher kam.

Ihr Schrei ging im Knall des Schusses unter. Der zweite Schuss traf sie aus nächster Nähe. Genau zwischen die Augen. Sie war sofort tot.

18.
Grand Canyon, Arizona, April 2012

Simon hat mich davon überzeugt, dass Claire nichts passieren wird. Trotzdem rede ich während der Fahrt von Williams zum Grand Canyon kein Wort.

Mir ist zum Heulen zumute. Ich habe alles so satt, diese ganze beschwerliche Reise, diese wahnsinnigen Highway-Piraten aus dem Death Valley, die Scheiß-Polizei und vor allem diese Serienkiller ...

Der überwältigende Anblick des Grand Canyon mit seiner Vielfalt an Formen und Farben raubt mir dann erst recht die Sprache. Ich versinke in eine Art Trance. Starre minutenlang auf das gewaltige Bergmassiv. Im Wechsel von Licht und Schatten verändert sich laufend die Farbe der Felswände. Plötzlich erblicke ich ein winziges Stück des Little Colorado River. Ein schmaler smaragdfarbener Streifen, der sogleich wieder hinter dem nächsten Felsvorsprung verschwindet.

Simon drängt darauf, zuerst etwas trinken zu gehen.

Ich habe keine Lust, diesen schönsten Ausblick, den ich je gesehen habe, gegen einen Platz in einem Restaurant zu tauschen. Doch Orlando ist hungrig.

Wir setzen uns auf die Terrasse des Restaurants, bestellen alle drei verschiedene Salate und schauen schweigend in die unendliche Tiefe vor unserem Tisch.

Als wir das Restaurant verlassen, fällt mir ein Mann auf, der etwa fünfzig Meter entfernt auf dem kleinen Mäuerchen über dem Abgrund hockt und raucht. Der Mann kommt mir bekannt vor.

„Ist das nicht Mike?“ Ich gehe auf ihn zu.

„Hi Man!“

„Hi Ma’am ...“

Ein Lächeln erhellt das hagere, sonnenverbrannte Gesicht des Mestizen.

Er sieht krank aus. Hat dunkle Ringe unter den Augen. In seinem Blick liegt eine erschreckende Trostlosigkeit, die er zu überspielen sucht, indem er mich angrinst und fragt, ob wir einen Führer brauchen.

„Ja. Wir wollen ein Stück runter", sage ich. „Kommst du mit uns?"

Ich kümmere mich nicht um Simons und Orlandos abweisende Blicke. Stecke Mike zwanzig Dollar zu. Er will sie nicht nehmen. Ich bestehe darauf.

Simon und Mike übertreffen sich dann gegenseitig als Fremdenführer. Mike scheint merkwürdiger Weise keine Angst mehr vor dem Detective zu haben. Er widerspricht ihm dauernd.

Ich amüsiere mich, bin nach wie vor schlecht auf Simon zu sprechen, weil er zugelassen hat, dass auch Claire verhaftet wurde.

Selbst Orlando ist schwer beeindruckt vom Grand Canyon. Er fotografiert wie verrückt, macht hunderte Fotos.

Eine kaum merkliche Veränderung des Lichts lässt plötzlich die Tierwelt ringsum erwachen.

Hunderte Schwalben stürzen sich, wahrscheinlich auf der Jagd nach Insekten, die steilen Hänge des Canyon hinunter.

Es sind nicht viele Wanderer unterwegs. Trotzdem ist es nicht still. Der Schrei einer Eule, das Gequake der Kröten und das Rascheln von kleinen Tieren in den Büschen begleiten uns auf unserem Abstieg.

Orlando schreckt zusammen, als plötzlich ein Salamander unseren Weg kreuzt.

„Gibt es eigentlich ein Tier, vor dem du dich nicht fürchtest?", frage ich gereizt. „Salamander bringen außerdem Glück."

Mike kann die Schreie der Tiere sehr gut imitieren.

„Hör auf“, faucht ihn Orlando an.

Ich weiß, dass er Mike nicht mag. Immerhin hält er ihn ja für den zweiten Täter.

Ich kann mir Mike beim besten Willen nicht als gemeinen sadistischen Mörder vorstellen. Er ist zwar ein merkwürdiger Typ, ein Spinner, würde man bei uns sagen, aber ich halte ihn für harmlos. Nur weil er Drogen nimmt, ist er noch lange kein Verbrecher, denke ich.

Simon lässt Mike und mich nicht aus den Augen.

Mike warnt uns vor Schlangen.

„Du kennst dich mit Schlangenbissen aus?“, frage ich.

„Ja. Ich habe einst den Biss einer sehr gefährlichen Schlange überlebt.“

Orlando nimmt meinen Arm und bleibt mit mir ein paar Meter zurück.

„Er ist ‚The Snake‘, er hat sich gerade selbst verraten“, flüstert er mir auf Deutsch ins Ohr.

„Ach komm, hör auf!“

„Er verfolgt uns seit Mesa Verde. War in Taos und Santa Fe und jetzt ist er hier. Bestimmt war er auch in Albuquerque und hat die armen Frauen am Campingplatz umgebracht“, flüstert er aufgeregt weiter.

„Hör auf. Er ist ein Loser, ein armes Schwein ...“

Plötzlich höre ich Simon, der vor uns geht, Mike fragen, ob er ein Hopi sei.

„Ja. Mütterlicherseits“, antwortet Mike knapp.

Simon redet ihn nun in einer fremden Sprache an. Ich nehme an, es ist die Sprache der Hopi.

Obwohl ich kein Wort verstehe, merke ich, dass Simon mit Mike scherzt.

Mike wirkt sichtlich nervös.

„Sein Körper verrät, dass er lügt“, murmelt Orlando.

„Wie bitte?“

„Er hat Simon kein einziges Mal in die Augen gesehen, wenn er ihm geantwortet hat. Sein Kopf ist immer mehr zurückgewichen und seine Hände haben sich verkrampft. Außerdem hat er vor fast jedem dritten Wort eine Pause eingelegt – hast du das nicht bemerkt?“

„Wow! Ich wusste bisher nicht, dass du die Körpersprache anderer Leute so gut lesen kannst. Noch dazu, wenn du sie nur von hinten siehst.“

Simon wartet beim nächsten Felsvorsprung auf uns. Mike klettert bereits etwa fünfzig Meter weiter den Abhang hinunter.

„Er ist kein Hopi. Er spricht die Sprache der Hopi mehr schlecht als recht. So wie einer dieser weißen Anthropologen, die sich jahrelang bemühen, unsere Sprachen zu lernen“, sagt Simon.

„Wieso sprichst du ihre Sprache?“

„Ich war als Kind viel mit Hopi zusammen. Das Reservat, in dem ich zum Teil aufgewachsen bin, grenzt unmittelbar an das Land der Hopi. Einige meiner besten Jugendfreunde waren Hopi. Nur mehr rund fünftausendzweihundert Menschen sprechen diese Sprache.“

Ich habe keine Lust, mir einen von seinen Vorträgen anzuhören. Bin nach wie vor ein bisschen sauer auf ihn. Ich versuche Mike einzuholen.

Nach Westen hin tauchen dunkle Regenvorhänge am Horizont auf. Ein paar Meter unter mir kniet Mike auf einem Felsen und verbeugt sich vor zwei Maiskolben, die er vor sich auf einen Felsen gelegt hat.

„Er bringt den Schutzgeistern des Salzpfades kleine Opfergaben dar“, sagt Simon, der knapp hinter mir ist.

„Die werden den Regen verhindern, oder?“

Simon und ich grinsen uns an.

„Ich weiß jetzt übrigens, warum sie ihn ‚The Snake‘ nennen. Wegen eines fehlenden oberen Schneidezahns zischt er beim Sprechen so komisch, wie eine Schlange", sagt Orlando, der uns inzwischen eingeholt hat. Er trägt heute ausnahmsweise vernünftige Kleidung, Jeans und neue Converse, die er sich in Santa Fe gekauft hat.

„Halt den Mund", fahre ich ihn an und lasse mich demonstrativ neben Mike auf dem steinigen Boden nieder.

Simon und Orlando setzen sich hinter uns auf einen Felsvorsprung.

Schweigend starren wir die fast zweitausend Meter hinunter auf das funkelnde smaragdgrüne Wasser des Little Colorado River.

Der Fluss hat sich tief in die Berge gegraben. Wild zerklüftet und unüberwindlich ragen die Steilwände in den Himmel. Im Westen bauen sich jetzt drohend schwarzgraue Kumuluswolken auf.

„Gleich werden heftiger Regen, Blitz und Donner kommen – dieser ‚männliche' Regen, den ihr Navajo ja so liebt", sagt Mike und sieht Simon herausfordernd an.

Simon wirft einen besorgten Blick auf den Himmel. Ein fernes Donnergrollen scheint Mikes Worte zu bestätigen.

„Wir Hopi bevorzugen den sogenannten ‚weiblichen' Regen, der das Gras wachsen lässt und uns eine gute Maisernte verspricht", sagt Mike.

„Blabla", spottet Orlando genervt.

„Wir müssen sofort umkehren. Das sieht böse aus." Simon greift nach meiner Hand und zieht mich hoch.

Ich gehe mit ihm voran.

Er erzählt mir, dass er vor kurzem ein Mail von seinen Mitarbeitern auf seinem Handy abgerufen habe. „Mikes Fingerabdrücke stimmen nicht mit denen des zweiten Täters überein. Das FBI hat aber seine Fingerabdrücke. Mike saß mal im Gefängnis wegen Drogenhandels."

Ich bin total erleichtert.

Simon wirkt jedoch deprimiert. „Ich weiß nicht, wonach wir hier noch suchen. Wir sollten schleunigst zurück nach Las Vegas. Ich kann so nicht arbeiten."

„Was ist los mit dir?"

„Ich fühle mich nicht gut. Ich kann dieses Gefühl nicht benennen. Es ähnelt Traurigkeit. Aber das ist es nicht ... nein, ich weiß, was es ist: Es ist das Gefühl der Niederlage. Ich habe versagt. Der zweite Mörder deiner Eltern rennt frei herum und ich habe keine Spur von ihm. Das ist sehr bitter für mich."

„Vielleicht ist er wirklich im Mittleren Osten getötet worden. Yellow Cloud und dieser Donally waren sich ganz sicher."

„Und wer hat die beiden holländischen Touristinnen am Rio Grande auf dem Gewissen? Ein Nachahmungstäter?"

„Scheiße! Du hast Recht."

Als wir im Grand Canyon Village ankommen, verabschieden wir uns rasch von Mike und gehen zu Simons Wagen.

Simon liest ein Mail auf seinem iPhone und entfernt sich ein paar Meter von uns. Das anschließende Telefonat dauert eine kleine Ewigkeit.

Als er zurückkehrt, ist er aschfahl im Gesicht.

„Ihr wisst, dass ich veranlasst habe, dass dieser Jamie wegen der Highway-Überfälle festgenommen wird. Als Erstes sind ihm natürlich seine Fingerabdrücke abgenommen worden. Ein junger Kollege ist auf die glorreiche Idee gekommen, sie durch den Computer zu jagen. Und es ist unfassbar: Es hat sich herausgestellt, dass die Abdrücke dieses Jamie nicht nur mit denen des Mörders deiner Eltern übereinstimmen, sondern auch mit den Fingerabdrücken des Täters, der die beiden Holländerinnen am Rio Grande, die alte Anthropologin und ihren Sohn in Mesa Verde und wahrscheinlich auch andere Pärchen auf diversen Campingplätzen umgebracht hat, einschließlich des Paares, das er gemeinsam mit Dick Carson 1993 im *Royal Hawaiian Motel* ermordet hat. Und die Blutspuren auf dem Küchenmesser, mit dem ihn deine Mutter attackiert hat, passen ebenfalls zu seiner Blutgruppe. Wir benötigen nicht einmal mehr seine DNA, um ihm all diese Morde nachweisen zu können."

„Ist das hundertprozentig sicher?" Mir ist schlecht. Wenn ich daran denke, dass ich mit dieser Bestie seelenruhig Bier getrunken und herumgeblödelt habe, muss ich kotzen.

„Ja. Die Fingerabdrücke und der Blutgruppen-Vergleich haben ein eindeutiges Ergebnis geliefert."

Der Inhalt meines Magens ist in meinem Mund versammelt. Ich kann ihn nicht mehr länger zurückhalten. Beuge mich über die kleine Mauer und kotze in den Grand Canyon.

Als ich den letzten Schleimbrocken ausgekotzt habe und mich wieder aufrichte, umarmt mich Simon, drückt mich fest an sich.

„Es tut mir so leid, Liebes, aber das ist längst nicht alles. Ich habe noch schlimmere Nachrichten. Jamie ist entwischt …" Die letzten Worte flüstert er fast.

„Wie bitte?"

„Er hat den Wachebeamten erdrosselt. Diese Provinzsheriffs sind dermaßen überheblich. Sie sind daran gewöhnt, harmlose kleine Gauner zu verhaften und einzuschüchtern, und begreifen einfach nicht, wenn sie es mit einem wirklich gefährlichen Verbrecher zu tun haben. Der Sheriff hat Jamie mit auf den Rücken gefesselten Händen in der Ecke des Büros stehen gelassen, während er es sich auf dem Drehstuhl hinter seinem Schreibtisch bequem gemacht hat. Wahrscheinlich hat er seine Beine hochgelegt und sich damit in eine sehr leicht angreifbare Stellung gebracht. Als er gerade telefonieren wollte, hat sich Jamie, alias Jimmy Rattle, auf ihn gestürzt und seine gefesselten Hände um seinen Hals geschlungen. Vermutlich hat der Sheriff das Telefon fallen gelassen und versucht, seine Finger zwischen Hals und Fessel zu zwängen. Er dürfte wild herumgefuchtelt und mit seinen Beinen ausgeschlagen haben, denn der Tisch war umgeworfen und der Inhalt des Papierkorbs lag am Boden verstreut, als ihn einer seiner Deputys gefunden hat. Dieser Psychopath hat anscheinend mit gefesselten Händen das Büro des Sheriffs verlassen, ist seelenruhig zu seinem Wagen gegangen und losgefahren, ohne dass ihn jemand bemerkt oder gar aufgehalten hätte."

„Oh nein! Das darf nicht wahr sein!"

„Du sagst es."

„Ich bin mir sicher, dass er zu Claire zurückkehren wird. Er hat mit ihr eine offene Rechnung zu begleichen. Claire hat ihn ans Messer geliefert. Wir müssen sie warnen."

„Nein, du irrst dich. Er ist auf dem Weg in den Süden. Wir nehmen an, dass er nach Mexiko will. Und ich muss jetzt sofort nach Las Vegas in mein Büro. Kann nur von dort aus die Fahndung dirigieren. Es läuft bereits eine Großfahndung. Sein Wagen wurde auf dem Highway 95/South gesichtet. Ein größeres Polizeiaufgebot ist hinter ihm her."

„Nein, ihr liegt falsch. Der Typ ... will sich Claire vorknöpfen, glaub mir ...", stammle ich. „Schick deine Leute zu dieser Tankstelle im Death Valley und zwar schnell."

„Dort ist niemand mehr. Die Tankstelle ist geschlossen. Aber ich schicke noch einmal einen Streifenwagen vorbei, wenn du willst."

Ich muss dringend aufs Klo, mir ist schrecklich übel.

Orlando blickt mich besorgt an. „Ich komme mit."

„Beeilt euch. Ich warte bei meinem Wagen", sagt Simon.

Ich spucke gelben Schleim. Ausgiebig wasche ich mir Gesicht und Hände. Als ich die Toilette verlasse, ist mir immer noch schlecht. Ich schaue mich nach Orlando um. Er ist nirgends zu sehen. Offenbar ist er längst zurück zu Simons Wagen gegangen.

Plötzlich höre ich Schritte hinter mir. Ich drehe mich um. Im nächsten Augenblick presst jemand ein Tuch auf meine Nase und Mund. Mir wird schwarz vor Augen. Und dann spüre ich nichts mehr.

Als ich wieder zu mir komme, weiß ich nicht, wo ich bin. Ich werde von jemandem getragen. Ich will runter. Zapple mit den Beinen. Sie sind genauso gefesselt wie meine Hände.

Ich versuche zu protestieren. Bringe meinen Mund nicht auf. Ein ekelhaft schmeckendes Band verklebt meine Lippen.

Mein Blick fällt auf das Gesicht des Mannes, der mich trägt. Mein Schrei hört sich an wie ein leises Gurgeln.

Ich registriere die Erweiterung seiner Pupillen und den Puls seiner Halsschlagader.

Langsam kehrt die Erinnerung zurück. Wo ist Orlando? Er wollte auch auf die Toilette. Hat dieser Psychopath ihn umgebracht? Mein Herzschlag beschleunigt sich. Da ich keinen vernünftigen Ton von mir geben kann, starre ich meinen Entführer nur böse an.

Mitten im Wald steht ein Wagen. Er kommt mir irgendwie bekannt vor.

In meinem Kopf dreht sich alles. Ich kann keinen klaren Gedanken fassen.

Mein Entführer lässt mich neben dem Wagen wie einen Mehlsack auf den Boden plumpsen.

„Du hältst dich wohl für besonders schlau, du Zigeunerschlampe.“ Sein höhnischer Ton macht mich rasend.

„Deine Mutter, diese geile Hure, war viel tapferer als du. Sie hat mir nicht nur ein paar blutige Kratzer verpasst, sondern gleich auch einen Stich in die Lunge und einen

Tritt in die Eier. Der hätte mich fast lahm gelegt. Dafür habe ich sie bluten lassen wie eine Sau.“

Ich ertrage es nicht, ihn über meine Mutter sprechen zu hören. Bäume mich auf und brülle vor Wut und Schmerz. Meinem Mund entweicht bloß ein armseliges Röcheln.

Lachend öffnet er den Kofferraum seines Wagens, wälzt mich hinein und schließt den Deckel. Es ist nicht der Ford-Kastenwagen, mit dem er uns vor ein paar Tagen abgeschleppt hat, sondern ein schicker BMW. Plötzlich weiß ich, warum er mir bekannt vorkam. Es ist der Wagen, der an der Tankstelle im Death Valley den Geist aufgegeben hatte. Was mit dem Besitzer passiert ist, wage ich mir gar nicht erst vorzustellen.

Minuten vergehen, während ich in die Finsternis lausche. Ich höre nur das Rauschen des Blutes in meinen Ohren.

Obwohl mir nach Weinen zumute ist, vergieße ich keine einzige Träne. Plötzlich kann ich Simons Gefühle von vorhin nachvollziehen. Es ist nicht allein die Angst, sondern auch das Gefühl der Niederlage, des Geschlagenseins, das mich so wütend macht.

Egal, was er mit mir vorhat, ich werde ihm die Genugtuung nicht geben, sich an meiner Angst aufzugeilen.

Ein Schauder nach dem anderen läuft mir den Rücken hinab. Ich atme tief durch, um mich wieder zu fangen. Konzentrier dich auf die Stille. Lass dir etwas einfallen, Kafka.

Warum hat er mich nicht gleich vor der Toilette umgebracht. Was will er? Benützt er mich als Geisel? Warum? Wofür?

Simon wird nach mir suchen. Und Orlando, falls er denn hoffentlich noch lebt, wird ebenfalls keine Ruhe geben, bis er mich gefunden hat. Aber wo bleiben sie? Wie lange bin ich schon in der Gewalt dieses Monsters?

Einige Stunden oder sind erst ein paar Minuten vergangen, seit ich das Bewusstsein verloren habe?

Motorengeräusch. Schluss mit der Stille. Wir fahren einen holprigen Weg entlang. Ich rolle im Kofferraum hin und her. Die Fesseln schneiden in das zarte Fleisch meiner Gelenke. Ich versuche mich möglichst wenig zu bewegen. Spüre jedes Schlagloch.

Nach einer Weile gewöhne ich mich an die unbequeme Fahrt.

Als ich wieder etwas klarer im Kopf bin, packt mich jedoch wirklich die Angst. Richtige Scheiß-Angst! Mir ist plötzlich ganz heiß und mein Herz klopft stark und schnell. Der Gedanke, dass dies meine letzten Stunden sein könnten, macht mich halb wahnsinnig.

Er wird mich töten. Aber warum hat er mich nicht jetzt im Wald umgebracht? Er hat etwas mit mir vor. Und das macht mir am meisten Angst.

Ich will schnell sterben. Fürchte mich vor Schmerzen. Ein langsamer Tod ist das Entsetzlichste, was ich mir vorstellen kann. Bilder von Vergewaltigung und Folter erscheinen vor meinen Augen. Ich kann meine Tränen nicht länger zurückhalten.

Plötzlich bleibt der Wagen stehen.

Schweiß tropft von meiner Stirn. Meine Tränen vermischen sich mit meinem Schweiß. Auf der linken Wange löst sich das Klebeband. Ich schneide die wildesten Grimassen, helfe mit meiner Zunge nach und bekomme endlich einen Teil meines Mundes frei.

Ich starre in die Finsternis. Als ich meinen Mund und meine Nase an das Schloss des Kofferraums drücke, erhasche ich ein bisschen Luft, die durch den winzigen Spalt zwischen Deckel und Karosserie strömt.

Plötzlich rieche ich Benzin.

Er tankt.

Ich liege auf dem Rücken. Trommle mit gefesselten Händen und Füßen gegen den Deckel des Kofferraums. Er öffnet ihn einen Spalt weit.

Ich sehe seinen Mund, den er zu einer Grimasse verzerrt hat. „Gib Ruh, du Bastard, sonst muss ich dich gleich erledigen. Eigentlich brauche ich dich nicht wirklich, außer dein smarter Detective verfolgt uns."

„Darauf kannst du Gift nehmen", zische ich.

„Sobald ich die mexikanische Grenze erreicht habe, wirst du sterben." Sein höhnisches Gelächter dringt mir durch Mark und Bein.

„Du wirst es niemals bis an die Grenze schaffen. Das FBI ist bereits hinter dir her. Sie wissen, dass du all die Campingplatz-Morde auf dem Gewissen hast."

„Du unterschätzt mich, Baby. Vielleicht will ich gar nicht zu den Scheiß-Latinos? Vielleicht jagen deine FBI-Leute hinter dem falschen Wagen her? Ich habe meinen alten Ford einem besoffenen Indio geschenkt. Sie werden viel Spaß mit ihm haben. Er ist total durchgeknallt."

„Detective Hunter weiß, dass Claire auf deiner Abschussliste steht", sage ich ganz ruhig.

„Umso besser. Wir beide werden jetzt deine Freundin Claire und den fetten Tom besuchen und auf ihrer Tankstelle ein hübsches Feuerwerk veranstalten. Vielleicht werdet ihr alle gemeinsam mit großem Trara in die ewigen Jagdgründe eingehen."

Das Leuchten in meinen Augen verrät ihm anscheinend meine Gedanken.

„Du freust dich zu früh, Schlampe. Mir ist schon klar, dass es auf der Tankstelle bald nur so von Detectives wimmeln wird. Keine Angst, für die habe ich mir etwas Besonderes ausgedacht. Und ich kann nur hoffen, dass dein schwuler Freund und diese Rothaut bereits dort sein werden, wenn wir hinkommen. Du hast mir anscheinend nicht richtig zugehört, damals, als wir noch gute Freunde waren. Ich war einer der Besten in der Army, vergiss das nicht, Honey!"

Jamie klebt das lose Ende des Bandes wieder auf meine Wange und klappt den Kofferraumdeckel zu.

Er hat die Hoffnung in meinen Augen nicht gesehen. Orlando lebt. Er hat ihn nicht erwischt. Sogleich fühle ich mich besser.

Der Wagen setzt sich wieder in Bewegung. Garantiert hat er bei einer abgelegenen Self-Service-Tankstelle getankt. Ich hasse all diese Self-Service-Einrichtungen in diesem verfluchten Land.

Die Fahrt dauert endlos lange. Ich habe das Gefühl, dass Stunde um Stunde immer langsamer vergeht. Beginne die Sekunden zu zählen. Eine Minute erscheint mir wie die Ewigkeit. Ich habe schrecklichen Durst.

Meine Beine werden steif. Ich bekomme einen Krampf in der linken Wade. In meinen Armen und Händen habe ich kein Gefühl mehr. Das Blut staut sich. Ich werde an einem Gehirnschlag sterben, so wie meine geliebte Großmutter.

Der Gedanke an diese alte Romni gibt mir plötzlich Kraft. Du musst lernen, allein zu überleben, hat sie nach dem Tod meiner Eltern zu mir gesagt. Denk nicht an die Vergangenheit oder die Zukunft, konzentrier dich auf das Jetzt. Kurz danach hatte sie den Schlaganfall.

Wie kann man überleben lernen, wenn man gefesselt und geknebelt im Kofferraum eines Wagens liegt? Irgendwann wird er den Knebel wieder entfernen. Ich bin mir sicher, dass er mit mir reden will, nur um mir noch mehr Angst einzujagen, und um diese Angst aus meinen Worten herauszuhören. Er ist ein Sadist. Er genießt es, andere leiden zu sehen.

Verbal fühle ich mich diesem Arschloch überlegen. Vielleicht kann ich ihn beim nächsten Stopp dazu bringen, meine Fesseln zu lösen? Er unterschätzt garantiert meine körperlichen Kräfte. Ich bin mindestens so stark, wie meine Mutter es war. Wenn ich meine Hände freikriegen sollte, werde ich ihm meine Finger in die Augen drücken, sie ihm herausreißen, egal was dann mit mir passiert. Zu mehr, als mir sein Messer in den Bauch zu rammen oder mir die Kehle durchzuschneiden, so wie meinem Vater, wird er dann nicht fähig sein.

Mein Schluchzen klingt erbärmlich. Beruhige dich, Kafka, so weit wird es nicht kommen. Entweder werden Simon und Orlando mich vorher finden und befreien oder ich werde schnell sterben. Ich weiß, was er vorhat. Er wird die Tankstelle und alle Menschen, die sich dort befinden, in die Luft jagen.

Epilog

Death Valley, Kalifornien, April 2012

Ein Streifenwagen parkte mit eingeschaltetem Standlicht vor der Bar im Death Valley. Das „Fuck off" auf dem Schild war angestrahlt.

Der Officer am Fahrersitz hatte seinen Hut tief ins Gesicht gezogen und schien zu schlafen.

Durch die offene Tür konnte er den zweiten Officer, der an der Bar lehnte, sehen. Die Bar war hell beleuchtet. Eine schrille Frauenstimme schallte aus den kleinen Boxen über der Theke.

Jamie ließ seinen Wagen etwa fünfzig Meter nach der Tankstelle am Straßenrand stehen, machte die Lichter aus und wartete.

Als er den Officer aus der Bar kommen und hinter der Hütte verschwinden sah, fuhr er zurück. Ließ seinen Wagen hinter der großen Reklametafel stehen und öffnete den Kofferraum.

„Viel Spaß, Baby", flüsterte er. Katharina Kafka reckte den Kopf.

Claire war nirgends zu sehen. Aber am Tisch im Freien saß Tom. Seine Füße waren an das Tischbein gebunden und seine dicken Pranken zierten Handschellen. Er schaute nicht einmal auf, als sich sein Kompagnon dem Polizeiauto näherte.

Ein leises gurgelndes Geräusch und der Kopf des Officers sackte auf seine Brust.

„Hinten ist noch einer", murmelte Tom und versuchte mit den Zähnen eine Zigarette aus dem Päckchen zu ziehen, das vor ihm auf dem Tisch lag. Als er es endlich geschafft hatte, bat er Jamie um Feuer.

Sein Kompagnon gab ihm Feuer und ließ ihn einen Zug machen. Es war Toms letzter Zug.

Jamie stieß ihm sein Messer in die Brust.

Tom riss die Augen weit auf und fiel ohne einen Laut von sich zu geben vom Stuhl. Eine riesige Blutlache breitete sich in Sekundenschnelle um ihn herum aus.

Der verlauste Manson kam schwanzwedelnd herangetrottet, begann an dem Blut seines Herrchens zu schnüffeln.

Jamie versetzte dem alten Hund einen heftigen Tritt. Sein Jaulen ging in Gitarrenklängen unter.

Er kam nicht mehr dazu, sein Messer aus Toms Brust zu ziehen. Der Officer war inzwischen sein Bier losgeworden und noch mit dem Reißverschluss seiner Hose beschäftigt, als Jamie einen Schritt auf ihn zu machte. Langsam, fast bedächtig, griff der Officer nach seinem Revolver. Doch da stand Jamie schon hinter ihm. Packte ihn an der Stirn, zerrte seinen Kopf nach hinten, nahm das Jagdmesser aus der Seitentasche seiner Cargo-Hose und zog die scharfe Klinge über seinen Kehle.

Ein schneller, glatter, sauberer Schnitt. Das Messer hatte die Luftröhre des Mannes durchtrennt. Zischend strömte die Luft durch die klaffende Wunde. In einem großen Strahl spritzte Blut heraus. Fast wie in Zeitlupe ging der Officer zu Boden, als Jamie ihn losließ. Der Sand unter seinen Füßen verfärbte sich rot.

Jamie hörte offensichtlich das Klicken des Abzugs nicht. Die Stimme von Dolly Parton übertönte jedes andere Geräusch. Erst als ihn eine Ladung Schrotkugeln an der rechten Schulter traf und sich das Blut auf seinem schmutzigen T-Shirt ausbreitete, begann er zu schreien. Sein Jagdmesser fiel ihm aus der Hand. Er drehte sich um und riss Claire, die in der Tür der Bar stand, das Gewehr aus der Hand, bevor sie erneut laden konnte.

Auch sie war schnell. Stürzte sich auf das am Boden liegende Messer. Er war schneller. Versetzte dem Messer mit dem Fuß einen Stoß. Es schlitterte ein paar Meter weit, landete vor Toms leblosem Körper. Claire rappelte sich hoch. Er schlug mit dem Gewehrkolben nach ihr. Der Kolben streifte ihre Stirn.

Sie taumelte.

Er ließ das Gewehr fallen, zog das Messer aus Toms Brust und schlitzte ihr mit der Klinge den Arm auf. Mit der Linken war er nicht ganz so geschickt wie mit seiner Rechten. „Verfluchtes Weib", zischte er.

Claire machte ein paar unsichere Schritte. Stolperte beinahe über Toms Leiche. Brachte aber den Tisch zwischen sich und Jamie. Blut rann ihr zwischen den Fingern hindurch. Ihre Hand war klebrig.

Jamie grinste hämisch.

Es war ein ungleicher Kampf. Seinen nächsten Stoß würde sie nicht überleben.

Katharina Kafka zerrte an den Schnüren um ihre Handgelenke. Scheuerte sich Gelenke und Hände auf.

Claire und Jamie umkreisten den Tisch. Ließen einander nicht aus den Augen. Plötzlich täuschte er mit dem Messer einen zweiten Stoß an. Sie duckte sich.

Er stach einfach drauflos.

Als sie zurückwich, hatte sie frische Schnitte am rechten Arm und ihr Kleid war vorne über der Brust zerfetzt. Blut tropfte auf den Sand.

Sie ging in die Knie, erwischte mit den Fingern das Jagdmesser, das nach wie vor am Boden lag, und stieß von Kniehöhe aus zu, rammte es mit aller Kraft in seine Eier. Er schrie wie ein abgestochenes Schwein. Blitzschnell zog sie das Messer aus seinem Allerheiligsten und stieß es in seinen Bauch.

Sein Blut spritzte in einem großen Bogen bis an die Hausmauer. Er torkelte zur Bar, sackte dort röchelnd zusammen. Mit zuckenden Gliedern und verzerrtem Mund rutschte er an der Mauer hinunter.

Claire kroch zu ihm. Beugte sich über ihn, um nachzusehen, ob er wirklich tot war. Fühlte seinen Puls am Hals.

„Fahr zur Hölle!", schrie sie und spuckte ihm ins Gesicht.

Dann schleppte sie sich zu dem BMW hinter der Reklametafel. Sie hatte Geräusche gehört. Geräusche, die aus dem Kofferraum kamen.

Sie befreite Katharina Kafka. Würgte ihre Dankesworte barsch ab und bat sie, ihr zu helfen, die Schweinerei vor ihrer Bar zu beseitigen.